グリルパルツァー戯曲選

フランツ・グリルパルツァー
城田千鶴子訳

グリルパルツァー戯曲選

――リブッサ／夢は人生

水声社

目次

リブッサ

——五幕の悲劇

登場人物

カシュア　リブッサの長姉
テツカ　リブッサの二番目の姉
リブッサ　主人公、三姉妹のうちの末娘
プリーミスラオス　農民の出から、統治権を委託される身分となる
ドマスラフ　リブッサとの婚姻を狙う領主のひとり。「権力者ドマスラフ」の呼び声高い富豪
ラパク　「賢者ラパク」の評判通り、的確な賢者だが、腕力は非力な領主。ドマスラフ、ビーヴォイとともにリブッサとの婚姻を狙っている
ビーヴォイ　「剛力なビーヴォイ」と称される通り、言動に豪腕ぶりが目立つ領主
ヴラスタ　姉妹の侍女のひとり。侍女の中で最も注目される存在で、登場の頻度も高い
ドブロミラ　姉妹の侍女
スヴァルツカ　姉妹の侍女
ドブラ　姉妹の侍女
スラーヴァ　姉妹の侍女。異性を惑わすという役割を担わされている
子供連れの女
農民たち
武装した者たち
従者たち

第一幕

森の中の開けた場所。前景右手に一棟の家屋。
その傍らで松明が燃えている。

プリーミスラオス　（家屋の扉の前で聞き耳を立てながら）支度は整いましたか。
リブッサ　（中から）。まだよ。
プリーミスラオス　（前方へ歩み出ながら）。神々よ！　これはいったい真《まこと》のことなのか。現実に起こったことなのか。私は森の中を歩いていた、激流伝いに。そのとき叫び声を耳にしたのだ。すると女物の鮮やかな衣装が渦に巻き込まれながら、夜の闇の中をひらめき過ぎていった。私は急いで駆け寄り、それをつかみ取り、ここまで運び込んだ。道中ずっと、その甘美な戦利品は生温かな雫《しずく》を滴《したた》らせていた。彼女は我に返り、私がこの手で、彼女の両足から黄金の靴を引きはがし、水を吸って重くなったヴェールを草原に広げ、私の侘《わ》び住まいがこの貴い賓客を迎え入れた。

この上なく幸運なそなたたち、わが妹の衣服等よ、妹が身に着けておったが、死に瀕して私に残していった、その衣服等よ、そなたたちがこの貴いお方の御身体《からだ》を覆うことになるのだ。そして、遠くかけ離れていたあの方を、魔法のように私に近づけるのだ。

リブッサ　（田舎風の身なりで家の中から登場しながら）。さあ、いかがかしら、この通り変身しました。農民の衣服が領主の衣装よりも温かくないということはないようね、その点では、どちらも甲乙つけがたいことがわかったわ。

プリーミスラオス　高貴なる姫様！　この田舎風のみすぼらしい衣服が、姫様のおかげで何と輝いて見えることでしょう。私の中で何とかまだ消え去らずにいる妹の面影が、あなた様のお姿の中で新たに息をふき返し、私の前に立ち現れたかのようです。同じそのお姿、しかし明らかにより魅力あるそのお姿。

リブッサ　この衣服にもお礼を言わねば！　私の救い主よ！　さほど大きな危険ではなかったとはいえ、救ってもらったのだから。そなたが現れなかったとしても、私は自力で何とかしていただろうが、いや、本当に！　しかし、そなたの立派な約束をこれから果たしてもらいたい。そしてそなたの思い通りに、私を家族のもとに送り届けてもらいたい。

プリーミスラオス　気高い姫様のお身体のために、休息が必要なのではありませんか。

リブッサ　もはや充分休んだ。勤めが私を呼び寄せるのだ。

プリーミスラオス　お勤めならば、お側近くお仕えの方がお力をお貸しくださるのでは？

リブッサ　いいや。

プリーミスラオス　目指す行き先を、姫様が先ほどお示しくださいました。ブーデシュへ向かう道沿いの丘の上に立っている三本のオークの木のもとへご案内したらよいのでしょうか。そこに姫様のお住まいがあるのでは？

リブッサ　そこではない。

プリーミスラオス　ひょっとすると、そこからならば、ご自身で行き先がお分かりになるのでは？

リブッサ　そのとおりだ。

プリーミスラオス　そこで私は姫様を運命に委ねれば良いのですね、——そうすれば運命は私たちを二度と再び引き合わせはしないでしょうが——

リブッサ　人の進むべき道は実に多様に交差し、往き交っているものだ。いったん分かれた道も、たやすくまた出会うこともあろうものよ。

プリーミスラオス　姫様は、求愛して得ることができるような、そのようなお相手ではないのでしょう？

リブッサ　そなたの言うとおりだ。

プリーミスラオス　姫様のお立場が、それを禁じるとして、まだ他にそうしてはならない、別の理由もあるのですか。

リブッサ　どちらもその通りだ。さあもう一度、そなたの言葉を思い出してほしい。そして私をこの森の入り口から連れ出し、そなたが知っているという、私の進むべき道の目標地まで案内してほしいのだ。

プリーミスラオス　かしこまりました。姫様がお命じになれば、私は従う他はありません。そこに、従順な愛馬が繋《つな》がれております。よろしければ、それにお乗りください、私が手綱を取って、そのオークの木の分岐点までご案内いたしましょう。……そう、別れのオークの木のところまで、恐らくは永遠の……、承知しました、それでは。姫様の宝石類はこのあたりの草地の上に散らばせて置いてあります。ベールはそこに、黄金の靴はここに、ベルトの豪華な鎖《くさり》*は力づくで解《ほど》こうとして引きちぎられ、見事な全体は二つに分かれてしまった。私がこれらをひとつにまとめて携えながら、姫様の背後から付き従って参りましょう。お別れの場所で、姫様がお受け取りになるまでの間。そして再び自分の住まいに戻って来ると、そこではもはや姫様がいらっしゃった名残は跡形も無く吹き消されており、姫様が足を踏み入れた芝地でさえも、あらたに生え変わるのです。そして、夢見る者が夢から覚めた後にそうするように、自らに問いかけるのです、いったいどうなっていたのだ、心を鎮めることができない、と。

それでは、出かけましょう！

リブッサ　その前に、忘れものがある。（家屋の中に入って行く。）

プリーミスラオス　自分の行動の証《あかし》となるものを取っておこう。いつの日かそれを手掛かりに、私は彼女を、彼女は私を見分けることができるように。なぜなら、彼女が高貴な自分自身を懸命に隠そうとしていることが、私にはわかるからだ。ベルトの黄金の鎖[*]に飾り石[**]がはめ込まれているのを私は見た、恐らくはさほど高価なものではないだろうが、しかし図柄と言葉が刻まれている。それをはがし取って、証《あかし》として保持しておこう。それが名前と素性、家柄、地位をも告げ知らせてくれることだろう。

（彼はその飾り石を胸元に突っ込み、リブッサの持ち物の残り一式をかき集める。）

（リブッサが戻って来る、薬草の入った籠《かご》を携えている。）

リブッサ　さあ、戻ったわ！

プリーミスラオス　用意はできております。

リブッサ　よろしい、では！　そなたの馬はどこだ。

プリーミスラオス　あそこをご覧ください。

リブッサ　それでは出かけよう！

*　装身具としての鎖、特に首飾り、ネックレス。

**　宝石に準じて装飾品とされる石。水晶、瑪瑙《めのう》など。

プリーミスラオス　神のご加護を！

（彼らは出発する。プリーミスラオスがリブッサの衣装を携えている。――間――やがて、狩猟用の槍で武装したヴラスタが、左手から登場する。）

ヴラスタ　誰もいないのか？――いや、ここに、家がある。

（扉をたたきながら。）

どなたか居られますか。――返事がないようだが……

（扉を開けた後で。）空っぽだ！　またしても何の手掛かりもないし、知らせもない。

（ドブロミラが背景に登場する）

ヴラスタ　あそこを歩いているのは誰なのか。

ドブロミラ　おーい！　こちら、リブッサ様の侍女です！

ヴラスタ　こちらもリブッサ様の侍女よ。

ドブロミラ　あー、ヴラスタなのね？

ヴラスタ　その通りです。姫様を探しているのですか。

ドブロミラ　ええ、リブッサ様をね。

ヴラスタ　それで、手掛かりは？

ドブロミラ　まだ、何も。お一人で出かけられたのよ。病気のお父上のための薬草を探して。城のあるプサーリ*を出て、ブーデッシュの方へ向かわれたのだけれど、その後行方が分からなくなってしまったわ。

ヴラスタ　殿様のお加減はどうなのでしょうか。

ドブロミラ　まだご存命ではあるけれど、まるで生きることをやめてしまったかのようなのよ。もはや絶命されたと危うく案ずるところだったわ。

ヴラスタ　大丈夫、殿様の娘様方ですよ！　秘術の達人たちではないですか、姫様たちがきっと殿様の最期を阻むことでしょう。

ドブロミラ　でも、秘術なんてものは、死を迎える前にしばしば尽きてしまうものよ。さあ、一緒にブーデッシュへ向かいましょう、歩きながら声を上げて合図を送れば、ひょっとして姫様が気づかれて現れるかもしれない。

ヴラスタ　見て、ここに道があるわ。あなたは右へ、私は左へ向かって藪の中へ進みましょう。そして大声で叫ぶのよ、オーイ、リブッサ様の侍女ですよ、と。

ドブロミラ　（すでに舞台から姿を消している）。リブッサ様！

（ふたりとも退場）

＊　地名。プラハの南南東約一四キロメートルに位置する。

ブーデッシュ――姉妹たちの城

宮殿の内部。左手に、門のある住居の一部。背景は土塁のような塁壁で囲まれている。塁壁には大きな入り口の門が設《しつら》えられている。塁壁の上にスヴァルツカが座っている。左手前方ではドブラがテーブルについている。そのテーブルの上にはページが開いたままの大きな本が載っている。彼女の脇には、煌々《こうこう》と光を放つ大きな青銅の燭台《しょくだい》が立っている。

ドブラ　今、どのくらいの時間でしょう？

スヴァルツカ　真夜中はとうに過ぎましたよ。星々が群れを成して眠りに就いています。そして星座は次々と消えていきます。一段と煌《きら》めくアルクトゥルス星が他の星々の先頭に立っています。冠座《かんむりざ》が天空を下降し、鷲座は気怠《けだる》そうな飛翔で山の端へと向かいます。

ドブラ　（本で調べながら）ああ、何てことでしょう！

スヴァルツカ　何を嘆いているのです？　いったい何を？

ドブラ　火星と木星がこんな風に向き合うときには、今が、命の危険が迫っているときであることを示しているのです。お労《いた》わしい、クロークス公よ、たとえ今、生き永らえたとしても。どの星座が強く輝いていますか。

スヴァルツカ　私の頭の上の方で明るい白鳥座が翼を広げているわ、消えていってしまった星座の正当な継承者だわ、それに、まるで爪弾《つまび》かれた琴が震えながら鳴り響いているかのように、琴座の光が近づくのが見えるわ。

ドブラ　どうかこれが、お姫様たちの未来の良き先触れであらんことを。でも、この本には、それらしいことは書いてないわ。

スヴァルツカ　下位の形相をなす小狐《ぎつね》座、魚座そして蜥蜴《とかげ》座が、高貴な鳥を追いやっている。狡猾な蛇座は青白い閃光を放ちながら威嚇している。そして王様の星々の軌道には、名もなき民がはるか彼方まで付き従っている。

ドブラ　スヴァルツカ、もうそのくらいにしましょう！　降りていらっしゃいよ。上のお部屋で、カシュア様とテツカ様がまだお目覚めでいらっしゃる。お二人のもとへ行きましょう、私たち侍女たちの熱意を褒《ほ》めてくださるわ。

スヴァルツカ　すぐ行くわ。もう少し待って！（彼女は上から降りてくる。）

（門をたたく音が聞こえる。）

外からの声　開けてくれ！　開けてくれ！

ドブラ　誰なの？　何の騒ぎ？

外からの声　どうか、開けてください！

ドブラ　スヴァルツカ、行って門を開けて！　理由は何であれ、とにかくこのやかましさを何とかしなければ。

（開かれた門を通ってドマスラフ、ビーヴォイ、ラパクが押し入る。民衆が彼らの後に続く。）

ドマスラフ　ご令嬢たちはどこだ。私に会わせてもらいたい。

ドブラ　まだお目覚めではありますが、決してお会いにはなりません。

ラパク　重大な知らせをもたらす者であってもか。

ドブラ　あなたのおっしゃる重要さと、姫様方のおっしゃるのでは、重みが違います。

ドマスラフ　しかし、われわれの役に立つということは、すなわち国中の役に立つということだ。

ドブラ　姫様たちご自身にとって大事なことか否かは、あなたにも断定はできないでしょうに。

ビーヴォイ　ならば、声を出せ、盾を叩け、姫たちには我々の言うことを聴いてもらわねばならない、たとえ強引になろうともな。

ドブラ　見張りの門前で、乱暴者が騒ぎ立てるのは、自身の言葉がもたらす反響がいかばかりか、聞き知りたくてたまらないときなのだ。

ラパク　ならば、教えてやろう、われわれに命令を下す君主にして、ボヘミア王、そなた等の姫君たちの父君であるクロークス公が絶命された。

ドブラ　何と！　亡くなられたと！？

ラパク　この国の宝であり、守護者でもあった助言者が今宵《こよい》亡くなられた。

ドブラ　それではあれは本当だったのか、星々が描き出すものの中に私が読み取ったお告げは。クロークス公が亡くなられる、という！

ビーヴォイ　女が身体を揺すってうたた寝するのを妨げてまで知らせねばならない理由がおまえにもわかっただろう。

ドブラ　あの方々はうたた寝しているのではありません。しかし眠りに落ちているのであれば、あの方々の夢に注意を払います。あなたたち、よその方々がお考えになることよりも。

ビーヴォイ　よかろう、では、この手で自ら扉を揺さぶってやろう、あちらがわれわれを迎え入れないのであれば、こちらから出向いて行こう。

（彼が扉に近寄る。すると扉が開かれ、テッカとカシュアが出てくる。テッカは広げられた巻物を手にし、カシュアはもの思わし気に頭を垂れている。全員がうやうやしく背後に退く。）

カシュア　そなたに言い伝える、真夜中頃であった、あの方は逝去された。生と死が相争うしるしにもう少し配慮していたならば、あの時はまだ、父上に猶予を与えることができる時期だったのかもしれなかった。

テッカ　リブッサが父上の介抱をしていた。

カシュア　そうではなかった、と言って間違いないと私は考えている。太陽系の中で彼女の座位は暗かった。

テッカ　他のどこにいたのでしょう？

カシュア　まもなくそれも私にははっきりしてくるであろう。次のひと時が彼女の行動を判明させせるに違いない。彼女が父上にあの飲み物を与えていたなら、おそらくおまえも知っているであろうあの飲み物だ、森に自生する薬草を絞って作る、そうすれば、父上はまだお亡くなりにならなかったかも知れぬ。

テツカ　病を押しとどめることができないなんて、そうよ、意志と決断によって死を阻むことができないなんて！　生きる意志を失ってしまうから人は死ぬのかもしれないのだとしたら、死を拒絶しているのになぜ生きられないのか。弱きものにはそんなにも多くが可能なのに、強き者には何も許されないのか！　もしも私が父上の病床の傍らにお仕えして、父上がもっと生き永らえたならば、どれだけ多くの者たちの助けになるかを、父上に思い起こしていただくことができていたなら、父上は死に対してまともに向き合い、いまだ死に屈することはなかったかも知れぬ。

カシュア　私の治療の技をお示しできたら、どんなにかうれしかったことでしょう。

テツカ　私はあなたの技に敬意を表します。あなたがそうと信じているからです。でもその技は、あなたと同じ考え方の人にしか助けにはなりません。あなたが病人に最良の薬を飲ませたとしても、あなたの与えたものを本人が毒だと見なしたなら、その者は死んでしまうのです。意志の力が病んでしまっているような弱い精神の持ち主にとっては、あなたの技は援助としてならばいまだ効果を発揮することがあるかもしれない。しかし実際には人の心を救うことができるのは、人の心だけなのです。人の心は医者であり、寝台であり、薬なのです。私が父上の上に身をかがめ、老いた父の英知の言葉を読み取り、彼の一族の窮状を訴え、敵方の妬みを伝えていたら、彼は勇気を奮い起こし、元気を回復したかも知れぬ。

カシュア　しかし今や彼は死去し、私たちは孤児《みなしご》だ。

テツカ　あなたは孤児《みなしご》なのですか。私は違います。私にはいまだに彼の姿が見えます、衰弱によって自由を奪われてしまった最後の姿ではなく、たとえ高齢ではあっても、畏敬の念を起こさせる老人の姿です。父は私には若者としてよみがえって現れたのです。

ラパク　（近くに歩みよりながら）。高貴なるご令嬢方！

カシュア　どうしたのですか。

テツカ　何をお探しなの、何をお望みなのです、あなた方は。

ドマスラフ　あなた方へご報告するために、我々は参上しました。

カシュア　そんなことは、起こる前から私たちは承知しています。

テツカ　あなた方がまだ望みを抱いたり、ためらったり、あれこれと思いをめぐらせていたときに、私たちにはもうすでにそのことが分かっていました。そして嘆き悲しみました。

ラパク　最良の君主様を死が襲った今となっては——

カシュア　あなた方にとっては好都合ね、私たちにとっては酷《ひど》過ぎるわ。というのも、もし彼があなた方のことを気にかけずに、家族のことだけを気にかけていたら、あなた方はこれまでどおり放埒な生き方をしていたでしょう。そして私たちは父の死を嘆くことはなかったでしょうに。

テツカ　あなた方の不従順が日々彼を苦しめ、心労に勝てず、生気を失って斃《たお》れてしまった。

ドマスラフ　たとえそうであったとしても、そしてわれわれに対するご懸念が、父上の日々に重くのしかかり、それればかりか、そのお命さえも奪うもととなってしまったのだとしても、ご令嬢たちよ、われわれが寄せる「天真爛漫な信頼」に免じて、どうかわれわれにそのことの責めを負わせないでいただきたい。お父上の高邁なお考えがお始めになったことを、完成させていただきたい。

ラパク　彼が頭上に頂いていた王冠、国土、彼の領国、これらのものを放棄してはなりません、あなた方のうちの一人を選び出して、それらを引き受けなさい。

ドマスラフ　あなた方がより高貴な諸力を有する身分に由来することをわれわれは知っている。われわれは素性の知れない一族だ、法律の知識ももたない。クロークス公の手中にあった支配者の杖、この杖を手にすることができる者は、彼自身の血脈を受け継いだ者以外、他に誰が考えられるというのでしょうか。

全員　（跪《ひざまず》く）私たちの王冠を受け取ってください。そして選んでください、カシュア、あなただ！

カシュア
我《われ》、星々の下、天界をさまよい、下界を統治する身。
大自然の成し遂げた成果は、みな、我《われ》に服する。
命なきものが生き、命あるものの存在は死である。
我《われ》、亡骸《なきがら》の統治者たるを欲せず、
汝《なんじ》らの事は他に頼るべし。

ラパク　我《われ》、汝らと分かち合うもの無し。
テツカ　ならば、テツカよ、あなたがわれわれを受け入れよ！
あり得ることは数多《あまた》あれども、
あるべきことは唯一無二なり、
我、一意専心を求む。
利得を数えあげ、
真偽を見定めること、
不正から正義を捏造《ねつぞう》すること、
そは、罪の僕《しもべ》に委ねよ。
わが太陽の王国は、より輝かしき光を放つ。
我、そなた等の王冠を望まず。
ラパク　では、あなた方はわれわれを見捨てられて孤独のまま放置するのですか！　リブッサ様はどこにおられるのです、一番年下の妹君様は？
テツカ　彼女は家にはおりません。たとえ在宅していても、あの子はあなた方には従いません。
ドマスラフ　われわれに試させてください。
テツカ　彼女は受け付けないと言っているのです。
ラパク　良いでしょう。しかし、聞くだけでもお願いしたい。あの方にはわれわれの話を聞いていただきます。待ち続けることをお許しください。

カシュア　あなた方がもう一遍さげすまれるのをそんなにもお望みならば、彼女がやって来るまでお待ちなさい。さあ、そこにお入りなさい！　ところでお前たち、この者らが今最高に心惹かれているものを与えてやりなさい、彼らに食事と飲み物を与えるのです、それだけでよろしい。

ドマスラフ　では、これにて失礼いたします、ご令嬢方。

カシュア　悪く思わないでね！　そう、それと、たとえお妃ではないとしても、私はあなた方の友人ではありますわ。

（派遣されて来た者たちは左手の入り口を通るように導かれて立ち去る。）

さて、方々！

ぐるりと囲んでお並びなさい、黒いベールを下ろしなさい、そして、静かに、哀悼を込めて弔いましょう、あの高貴な方の思い出を、われわれの仲間内から去って行ってしまったあの高貴な方の思い出を。今や我々の周りは夜の闇に覆われ、だからこそ、かの方の思い出はわれらの灯となる！

（全員ベールで顔を覆う、場面が変わる。）

近くの森の辺り。いまだ薄暗い。

プリーミスラオス登場。リブッサを乗せた白馬の手綱を引いている。

プリーミスラオス　ここがその場所です、あなたが私にお示しになったその場所です。ブーデシュへ向かう道がこれです、これが三本のオークの木です。これで、私は約束を果たしました。

リブッサ　ありがたく思う。

プリーミスラオス　これであなたとお別れですね、あなたを残して去ります、もはや二度と再びお会いすることがないかもしれませんね？

リブッサ　そうかも知れぬ。

プリーミスラオス　あなたは、求愛することが叶うような相手ではないのですね？

リブッサ　そのことは、すでにお断りしたはずだ。

プリーミスラオス　もしも私が、いつか再びあなたに巡り会うことがあったとしたら、私はあなたを見分けることができるでしょう、たとえ何千人の中に紛れ込んでいようとも。しかし、あなたはどうでしょうか、私を見分けられますか。私は、暗闇の中であなたを見つけ、そして、謎の暗闇に包まれたままお暇《いとま》します。もしも、私があなたに再びお目にかかるようなことがあったときに、あなたが私を見分けることができるような、何か目印となるものを私にお与えください。

リブッサ　その必要はない。

プリーミスラオス　しかし、私が帰宅する道中で、あなたのものである装身具を見つけたとしたら?

リブッサ　ここへ持って来なさい、そうすれば、使いを遣って、いかなる金品とも喜んで交換しようではないか。

プリーミスラオス　私にとっては、金品は何の価値もありません……では、お別れしましょう……私があなたを激流から引き揚げたとき、あなたが身に着けておられたベールや、ほのかに輝くご衣裳は、ここ、馬の背中に括《くく》り付けてあります。ベルトの役を果たしていた鎖だけは、お助けする折に、私の手の中で千切れてしまいましたが、金色の鉤金具を付け足しておきました。首を私の方へお下げください、そして、作り直した鎖をお付けください。

（リブッサは頭を下げる、彼は彼女の首の周りに鎖を掛ける。）

さあ、飾って差し上げましょう、美しく、神聖で位の高いあなたを。いったいどなたのためなのでしょう、私にはまだわからぬままだ、しかし私のためでないことだけは確かだ。さあ、それではごきげんよう……

リブッサ　そなたも！

プリーミスラオス　わずかに三歩先の距離です。そこから道が分かれることはひとりでにわかります。右手側の森の中の道を用心深く避けさえすれば、たやすくお身内のもとへたどり着くことでしょう。あなたという女性がやって来たのは、メルヘンであり、去って行かれるのが、現実だ。

（馬の手綱を引きながら。）

馬に任せておきなさい、首尾よく、確実にあなたをお連れするでしょう。

（ふたりとも退場。）

姉妹たちの城の前庭

カシュア、テッカ、そしてそれぞれの侍女たちが前々景の最終場面と同じ配置に並んでいる。

カシュア　死者に供える生贄《いけにえ》が法に従い執り行われた、さて、次は生きている者たちの面倒に取りかかろう。

（全員立ち上がる。）

リブッサが欠席している。父上の死に際にも居合わせなかったように、思われる。

スヴァルツカ　そのとおりです。

カシュア　（テッカに）お前に宿る精霊は何と言っている?

テッカ　沈黙しているわ。ただ、闇の中に苦しみと危険が満ちているかのようです。

カシュア　（地面をじっと見つめていたが）、彼女が今、幸運と不運が同時に起こりうるような、歓喜と嘆きの分岐点にいるかのような、そんな状況の中にいるように告げられた気がする。耳を澄ませて！　ほら、男の声がしないか？

テッカ　どこ？

カシュア　いや、そうではない、リブッサの話し声だ。しかしながら、彼女は従者を伴っている。

テッカ　どうあろうと、彼女が見つけられますように、そして無事でありますように！　従者たちを行かせなさい、男たち全員に明かりを持たせなさい、松明《たいまつ》を持たせて暗い森の中へ行かせなさい。そなたたち、他の者たちは、あそこの胸壁の上へ登りなさい。生贄《いけにえ》の太鼓をうち鳴らしなさい、遠方への合図として。道に迷った者の耳にも、聞き慣れた響きです。さあ、全員で叫ぶのです、「リブッサ」と。さあ、始め！

女中たち　（そのうちの何人かは、駆け足で城壁に近寄りながら）。リブッサ様！

（遠方に角笛の響きが聞こえてくる。全員がじっと立ち尽くす。）

ドブラ　そうです、あの者たちです。リブッサ様の侍女たちです。ヴラスタとドブロミラがご主人様を探り当てたのです。

テッカ　（激しく）リブッサ、ここよ！

（角笛の響きが、やや近づく。）

彼女だわ。門を開きなさい。急いで明かりを持って行って、彼女を出迎えるのです。そして、手助けするのですよ。

（門が開けられる。数名が外に出る。他の者たちは門の胸壁の内側にとどまっている。その中にスヴアルツカが混じっている。）

スヴァルツカ　姫様です。毛並みの良い馬上高々と跨《また が》っておいでです。それにヴラスタとドブロミラが付き従い、角笛を吹いています。

（リブッサが門の胸壁からの視界に入って来る。彼女は白いマントを羽織《はお》り、頭上には羽飾りの付いたふちなし帽を被《かぶ》っている。武装したヴラスタとドブロミラが彼女の後に従っている。）

リブッサ　この馬が、あの三本のオークの木のところへ連れ戻してくれたなら、一人の男に会えるだろう、そうしたら、これをその男に返しなさい、それは、その男のものなのだ。そして、彼が褒美を受け取るようならば、与えなさい。

（一人の侍女が出かける。）

テツカ　それはもう！

心配をかけましたか。

カシュア　心配などしませんよ、あなたは戻って来ると確信していたもの。

リブッサ　いえいえ、もっと用心するべきでした。森の中で道に迷い、道らしきものの痕跡も、案内人もなく、渓流は凶暴で恐ろしげな様相を呈していて困っていました。そのとき救いの手が差し伸べられたのです。

（テツカの前に歩み寄り、彼女の眼を見つめながら。）それより、お父様のことよ、その方が大事だわ。

テツカ　ええ、そうね。

リブッサ　（彼女の首に抱きつきながら）。ああ、お姉さま！　それなのに、私は遠くに居ました。

テツカ　どうしてそんなことになったの？

リブッサ　（上体をまっすぐ起こしながら）。私が父上のベッドの脇で見守っていた間ずっと、私の心の目には、ある花の姿が浮かんでいました。それについて私は以前に聞いたことがあったのでしょうか、あるいはもともと知っていたのでしょうか、それはある花の形なのですが、白くて小さく、七つの裂け目のあるガクと、ほっそりした花弁をもった花です。それを父親に与えよ、そうすれば父親は元気になると私は告げられたのです。それは湿った土地に生育すると思われたので、ブーデシュの谷を思い浮かべずにはいられなかった。そこで私は籠《かご》と小型のスコップを手にして出かけて行った。私は探したが、しかし父上は亡くなられてしまった。私は生きている限り、この不本意な過失を償うつもりでいる、そして見誤ってしまったこの目の償いをしていくつもりでいる。今日というこの日より、私の眼《まなこ》は、あの崇高で善良な父上を悼む涙に捧げられることになるわ。

テツカ　（彼女を抱きしめながら）。よくわかったわ、リブッサ。悲しみと嘆きとそして任務がのしかかろうとも、われら三人が皆、もとのように回復できますように。

カシュア　「ふたりが」、と言い直しなさい。

リブッサ　（興奮して）。なぜなの？　誰を除外しているの？

カシュア　父上のことを嘆くよりも、父上が負っていた厳しい義務を引き継ぐ責任のある者を、よね。チェコ人民の中の最高位の者たちが城内に来ているわ。彼らはクロークス公の娘たちのうちの一人が、その支配する領地の女領主となることを要求している。

リブッサ　あなたたちが引き受けてよ、私は駄目だわ！

カシュア　私たち二人も、そう話していたところよ。でもね、この蒙昧《もうまい》な民族のために父上がなされたことが未完のままであるのをご覧になったら、父上は喜ぶかしら？　そしてたとえ微弱であろうとも、父上が始めたことを前に進めていくことが、父上への追憶を尊重することになるのではないかしら、と。

リブッサ　でも、それを誰が引き受けるというの？

カシュア　それならば、くじで決めましょう。

リブッサ　何ですって？

カシュア　私が考え出したことを聞いてちょうだい。今は亡き父上は、母上とのお別れの記念日に、両親の像を半ば浮き彫りにする細工を施《ほどこ》した、高価な装身具を私たちそれぞれにお与えになった。それは、ベルトが黄金の留め金にはめ込まれるような体《てい》を成したもので、飾りは同型ながら、入念に彫り込まれた名前が、持ち主が誰かを告げ知らせている。これはリブッサのものだ、テッカ用だ、カシュア用だ、というように。それらのベルトは、いわば父上からの最後の賜物であり、さらにその上父上のご遺志そのものでもあるのだが、父上はこう語った、それらを身に着けたそなたたちが顔を合わせる度に、私はそなたたちの精神の中でそなたたちに寄り添い、助言を与えるつもりだ、と。さあ、これらのベルトを生贄の血を受ける鉢の上に入れましょう。生真面目なテツカよ、近くに寄りなさい、目を閉じたまま手を伸ばし、名前の書かれたベルトをつかみなさい。そのベルトの持ち主は「はずれ」となる、それに、二番目も同様よ。第三番目のベルトが王位を示すものとなるのです。そのベルトの持ち主が、たとえそうしたくないとしても、領主の居城へ従うのです。皆、それで不満はないですね?

リブッサ　(縁なし帽とコートを手渡し、農民の服装のまま立ちながら)。わかったわ。

テツカ　リブッサ、あなたなの? なんておかしな身なりをしているの。

リブッサ　(自分の姿をじっくり見つめながら)。おかしな身なり? そうそう、あやうく忘れるところだったわ! ああ、なんてお利口なテツカなの、偶然だったのよ、何の前触れもなく、彼が突然に姿を現して、そこにいた、そして別れるときに、彼は私たち二人が別人に見えるようにして、変装した。この衣服は暖かい、だから私はこれを気に入っている。

テツカ　私たちって?

リブッサ　(装身具を首からはずしながら)。さあ、私のベルトよ。

テツカ　(自身のベルトをはずしながら)。これが私のものです。

カシュア　(リブッサの装身具を受け取りながら)。首に掛けていたの?

リブッサ　まぎれもなくそれそのものよ、私が私自身であるように。

カシュア　これはあなたのベルトではないわ。

リブッサ　どこが違うのかしら？

カシュア　鎖は無事だわ、ただ、お母様の肖像が、つまり、あなたの名前が入った中央の飾り石が無くなっているのよ。ああ、なんて軽率なのでしょう！

リブッサ　まあ、そんな風に罵《ののし》るのね！

（遣いに出した若い侍女たちが戻って来る。）

ドブロミラ　姫様、お申しつけのありました、あの三本のオークの木のもとへ参り、あの殿方をお探しいたしました。しかし、あの方の姿は無く、見つけ出すことはできませんでした。

リブッサ　そうか、ならば、良い。

（独り言を言う。）あの男の仕業だわ！

（若い侍女たちが引き下がる。）

カシュア　夜中の森の中で、農民の衣服に包まれながら、大事な父上の記念の品を失くしてしまった……

リブッサ　父上は、私の中で生きていらっしゃる、在りし日のお姿のまま、私の命ある限り、父上の思い出もまた生き続ける。

カシュア　愛は確実な印《しるし》に結びつきたがるものだ、軽薄さは、それ自身と同じくらい不安定なものを好む。

リブッサ　一言、打ち明ければ謎解きは簡単にできるのです。でもあなた方はきっとそのことを誤解し、歪めて解釈することでしょう。だから、私のゆるぎない心よ、どうか、お前の知っていることを漏らさずにもちこたえよ！

カシュア　（リブッサの装身具を投げ出しながら）。鎖の輪が千切られている。そなたは私たちが籤《くじ》で決めることに参加できない。

リブッサ　（リブッサの合図で、一人の侍女が装身具を拾い上げる）。籤《くじ》を引くことができない、ですって？　はたして私にその意思があるかどうかを確かめもしないで？　慣れ親しんだことから一歩踏み出すこと、その歩みは新たな道筋の上を不安げに進むことになるのだろうと気づいた。でも、人生は前に進むしかない、後ろ向きには決して進むことはない。私には籤《くじ》を引く権利が無い、ですって？　そもそも、私にはその気が無いわ。チェコ人の参事会から来た人たちはどこにいるのですか。父上への尊敬の念は、行動によって示していくつもりです、あなた方は、いつもながらの逡巡でもって、籤の結果にこだわっていれば良いわ。私は父上の職務と王冠を担っていくつもりです。

テツカ　ああ、リブッサ！

カシュア　先ずは、私の言うことを聞いてちょうだい、リブッサ！　せっかちな物言いをして、あなたを傷つけてしまったのなら――

リブッサ　あなたは私以上に、自分自身を傷つけてしまっているのが私にはわかるわ。でも、私が言ったことは、もう変わらない。私の言葉は巌《いわお》のように堅固だわ。ただ、これだけは言わせてください！　今日から自分が、あなた方のこの物静かな住まいの中で、わけのわからぬ何かある目的のために、ある効き目のためのあの薬剤、この薬剤と調べ上げたり、月や星々、様々な薬草、文字や数字に関わっていくことは、ほとんどの場合、私には単調で味気ないものに思えるのです。普段着ているものよりずっとごわごわの糸で紡がれたこの衣服は、肌をこすりつけはするけれど、からだの芯まで暖かさを呼び覚ましてくれる。今日、この日より、私は、人々と共にある人間でありたいと願うようになった心持がする。共感の鼓動が脈打つのが感じられるのだ。だから私は、これらの人々の王冠を頂こうと思う。

諸侯よ、出ていらっしゃい！　チェコ民族よ、出ていらっしゃい！

女官たち　（叫ぶ）。リブッサ公よ！　ボヘミアの領主様よ！

（ドマスラフ、ビーヴォイ、ラパクと他の大使たちが、左手の門から登場する。）

ドマスラフ　われわれの耳は確かだろうか、聞き間違いではなかろうな？　ボヘミアの女領主が、われらの女主人が選ばれたと？　いったいどの王女の意志なのか――？

リブッサ　ここでは、意志は問題にはならない、必要と義務が問題なのだ。だから、三名のうちの一人がならねばならなかった。それで私がなろうと決め、選出を放棄した。

ラパク　リブッサ、君が？

リブッサ　姉妹の中で最も年少なうえに、ひょっとすると他の二人ほど善良でもないし、賢くもないかもしれない、他の二人のもとでならば、崇高なものが確実にもたらされたかもしれない。しかし今、重要なのは、現世的な下世話な行為なのだ。そのような領域では、過剰な洞察は実行を阻むものとなり、先見性は身近な問題を見誤る元ともなろう。父上の魂が私のもとに宿るのであれば、可能な限り良き展開となるであろうことを私は願っている。皆の者、それでよろしいか？

大使たち　(跪《ひざまず》きながら)。リブッサ万歳、万歳！　ボヘミアの女領主よ、チェコ人の女領主よ！

リブッサ　立ち上がりなさい！　あなた方を跪《ひざまず》かせるものは、この私でもないし、この場所でもありません。ただ、私の言葉を聞いてほしい。父上の厳格な法があなた方を治めてきたし、有益で賢明な責任へ屈従させてきた。私は女性だ、たとえ私にできたとしても、ゆるぎない非情さには嫌悪を覚える。ところでそなたたちが、私が女性であることに配慮し、手綱に従順に、拍車など不要であってくれるなら、私は喜んでそなたたちを名声の道筋へと導いて行こう。そうすれば私のお別れの言葉も不要となりましょう。その時には、心ならずも、私は疲れ果てた足取りでここに立ち戻り、このお二人の間に入れていただきたい、と申し上げたいのですが、お姉さま方、それでもあなた方は私を受け入れてくださいますか。

カシュア　もしもあなたがもう一度そんなことをできるようになるとしたら、それはあなたが俗事によって精神を狂わせてしまったときよ。

テツカ　行動する者は、しばしば道を誤るものだわ。

リブッサ　考察する者だって、同じだわ！

ドマスラフ　不毛なことをしているときではない、同じ警告を繰り返させるな、われわれとその臣下たちの誓いを受け入れよ。

リブッサ　誓いの言葉など、「廃棄」にしましょう。今後、この国では、とりわけある一つのことが支配していくことになる。それは、「天真爛漫な信頼」というものだ。そなたたちにとって、それが権力と呼ぶべきものとなり、結果として自らに犠牲的行為を招くもととなってしまったり、あまりに勝手気ままに思われるような専横と見なされるものとなったならば、機能することは停止する。そなたたちが同胞として、志を同じくして生きていこうと思えるのならば、そのときは私を君主と呼びなさい、私は君主となる。しかし、私が、二人の者に相異なる権益を案出するような事態になったならば、むしろ私はそなたたちに、各自が自身の奴隷となって自立することの方を提案したいと思う。それで異存はないか。

全員　望むところです！

リブッサ　それでは、そのように決定した。ただし、そなたたちが、われわれ全員にとって大事なことを忘れてしまったならば、（自身の姉妹たちを示しながら）ここにいるこの姉たちが、私を引き取ることを拒否しているのだから、私はこの世を去って、父上のもとに嘆きに行かねばならないということになるだろう。

それでは、お姉さま方、御機嫌よう！　またすぐにお会いしましょう！　他の者たちは私に従いなさい、そして森中に鬨《とき》の声をあげるのです。そなたたち侍女たちは私を先導しなさい、そしてラッパを吹きならすのです、これまでは私の後に従っていたが、これからはあなた方が先頭を行くのが正当なのです。しっかり顔を上げて、果敢に瞳を見開いて、来るべき運命に大胆に立ち向かうのです！

男たち　リブッサ万歳！　ボヘミアの女領主ばんざい！

（マントと羽根付きの帽子がリブッサに返還される。リブッサは出発する。侍女たちが彼女を先導し、男たちが最後尾につく。全員が松明《たいまつ》を手にし、鬨《とき》の声を挙げながら、中央の門を通って退場する。）

カシュア　聞いた？

テツカ　ええ、確かに。

カシュア　それで？

テツカ　彼女のことが気の毒だわ。後悔することでしょう、しかも自身で考えているよりも早くに。

カシュア　粗野なものは、より高尚なものが無くてはいられない。しかしひとたび粗野なものが高貴なものを捉えるや、粗野は高貴を真逆な特性に変えずにはおかない。弱小な人間になりたくないと思うものは、そういう人間とは距離をとるものよ。さあ、一緒にいらっしゃい！

テツカ　どこへ？

カシュア　私たちの日々の仕事のところへ、よ。でもその前に、ホールと同様中庭も掃除してほしいの。ここで起こったことが、幻《まぼろし》となって消え去るがよい。

（姉妹たちは、侍女たちと共に退場。）

ドブラ　さて、私たちもやっぱり仕事を始めないと、この時間帯には、良い兆しが現れているかどうか教えてほしいわ。どの星座が支配しているの？

スヴァルツカ　（城壁の上部にいる）。おとめ座がきらめいている、いえ、違うわ、間違えてしまったわ、ボヘミアの領土を見守っているのは、獅子座の権力だわ。

ドブラ　（空を見上げながら）。あなたは、はたして、しっかり監視しているの？

スヴァルツカ　（上半身を胸壁の上からのけぞらし、大声で叫びながら）。東の空が白み始めている、夜は昼に負けて引きさがっていく！

第二幕

モルダウ川*の岸に面した平原。右手にリブッサの住居の一部。同じ側の手前に小ぢんまりとした茂み。その前に、四歳位の子供を連れた女が座っている。その向かいの左側では、酒盛りをしつつ談笑する仲間がテーブルに着いている。そのうちの二人はボードゲーム紛《まが》いのものを行っている。後景では、チターの音に合わせてダンスが踊られている。

女　（自分の男児を高く持ち上げながら。）そら、トーミン、高い、高い！

＊　ヴルタヴァ川（チェコ語）のドイツ語による呼称。チェコ国内最長の川。エルベ川の支流。

ゲームをしている男の一人　おや、なんと、この黒石は初めからここにあったのだっけ。

二人目の男　おまえは未《いま》だに思っているのではあるまいな？　俺がいかさま賭博をやっているのではないかと。

一人目の男　誰がそんなこと考えるかよ。イライラするなよ、さあ、お前の番だ！

（二人はゲームを続ける。）

老人　さあ、語って聞かせよう、クロークス公は盛時において英雄だった。ここ一番というときに戦闘を開始すると、炊事係の男でさえも役立たずにはしておかなかった。われわれだって手をこまぬいてじっとなどしてはいなかった。そうしてでっかいスプーンで平和というスープを飲みほしたのさ。

年下の男　たしかに今のところはまだ誰も、そんな大きなスプーンで口を傷つけられずに済んでいる。しかし時とすると、戦争というナイフが口の中をひどく傷つける。大物たちの大きな口は、いまだそんなものに耐えられるかもしれない。小物たちの歯は戦《いくさ》によってすり減り、胃袋を駄目にしてしまう。平和が一番さ。

老人　おまえは何を考えているのだ、俺の言うことがまるでわかっておらん。（杯《さかずき》を掲げながら。）リブッサ万歳！

テーブルに着いている者全員　（同様に。）リブッサに！

（一人の武装した男と、胴鎧を付け、兜を脇に抱えたヴラスタが、監視しているかのように群衆の間を横切って行く。）

武装した男　（テーブルに近寄りながら。）ここは、ずいぶん熱がこもっているじゃないか。

老人　リブッサ様のことを話していたのです。それに、どんなに騒がしくなろうが、こんなもんじゃあ、まだまだ話し足りないでしょう？

ヴラスタ　しかし、聞け！　勤務交代の時報が鳴った。

（男たちの歌声が聞こえてくる。野良仕事をする数名の男たちがやって来る。二人一組になって腕を組み、上着を肩に掛け、歌っている。）

仕事の後の休養は
より良い効果をあげるだろう。
なぜって、疲れてない者は
ぐっすり眠れやしないから。

テーブルに着いている一人　ようこそ！　え？　もう帰ってきたのかい。

後から来た者の一人　何考えているんだね。一日の分担のうち、われわれに割り当てられた分は過ぎてしまった。さあ、次はお前たちの番だ。

最初の男　（立ち上がりながら。）われわれだって、準備はできているさ。さあ、仕事だ！

（テーブルに着いていた数名が立ち上がり、脱ぎ捨ててあった上着を拾い上げる。）畝作《うね》りははかどったかね。

後から来た男　畔《あぜ》まで終わった。

最初の男　暑かったか？

後から来た男　うーん、草原はもともと熱く照り付けているものな。

（額の汗を袖《そで》で拭《ぬぐ》いながら。）

しかしな、太陽を賜う神は、また陰をも賜うものさ。

最初の男　まあ、くつろげよ。（テーブルから立ち上がった他の者たちに向かって。）おまえたちは、来い！

男たちの一人　（居酒屋の亭主に。）さあ、もう一杯！

居酒屋の主人　どういうつもりです？　もう充分飲んだでしょうに。さもないと、あとは喧嘩《けんか》になるだけですよ、ついこの間の春の祭りのときみたいにね。女大公様はそれはお嫌いだ。他のお客様と同じように振舞いなさいよ！

件《くだん》の男　それなら俺は、泉まで我慢するさ。

居酒屋の主人　そうなさい、泉は酔いを醒ましてくれる、頭もはっきりして手足もよく動くようになりますよ。

ヴラスタ　（武装してはいるが、厳しい様子はなく、あちこち歩きまわっていたが。）仕事にかかれ！

最後まで居残っていた男　承知しました！　私もそう思っていたところです。

（この男と、立ち上がった他の男たちは、右手へ向かって退場していく。新たに入って来た者たちが席につく。）

最初に入って来た男　（老人に向かって。）今日はあんたの畑を耕してきたよ。

老人　うまくいったかね？

耕作人　まったく、石ころだらけさ。だがな、だからこそ俺たちは倍の力でねばるのさ。

老人　ありがとうよ！

ゲームをしていた一人目の男　（ひと差しして。）これで負けだろう！

二人目の男　（ゲームの成り行きを概観した後で、相手の男にお金を押しやりながら。）さあ、これが残りの分だ。

一人目の男　まさか、おまえ、もう止めてしまうのかよ！？

二人目の男　（ボードゲームの一つの駒《こま》を示しながら。）だって、騎士に全部食われてしまったじゃないか。

一人目の男　（お金の一部を返しながら。）俺の分を受け取れよ、さあ、ゲームを続けよう。

ヴラスタ　（近寄りながら。）お金を掛けてゲームをしているのだな？

一人目の男　大した額ではありません。真似事で支払っているだけで、後で返しているのですよ。

ヴラスタ　それは、良い心がけだ、そなたたちが女大公様の恩寵を賜りたいと思うならばな。

一人目の男　誰が疎《おろそ》かにするものですか。（さらに片手一杯の現金を相手に支払いながら。）おい、受け取れ、さあ、初手を打て！

（彼らはゲームを続ける。）

前景にいる女　（その間、子供の面倒をみていたが、その子供に向かって。）もしも女大公様がおいでなさったら、ドレスの裾にキスするのだよ。

（後景でダンスを踊っていた者たちのうち、一組が離れ、中央へ向かって踊りながら前進してくる。）

座っている人々の一人　あのヤーネクがジャンプする様をご覧よ、イルゼと踊るとその場をすっかり我が物としてしまうのだ。

（数名がその踊りを脇から見物するために、立ち上がる。）

一人の老人　（左手から登場しながら。）ふたりとも、やめなさい！　何遍言われたらわかるのだ。これ以上は許さないぞ。

見物人の一人　ねえ、ご老人、お似合いのカップルの間に割って入るなよ！

老人　とうとう、あんたらは、あれらをカップルと決めつけるのだな、いやはや全く。

先程の男　なぜ、いけないのだ。

老人　なぜかって？　それじゃあ、聞かせてやろう。わしの娘の方は金持ちなのだが、男の方は、食うに困るほどだ。

先程の男　そうやって、あんたたち年寄連中は、いつも、いつも過ぎ去った時を生きていくのかい？　きのうは確実で真実だったことが、今日もその通りだとは限らない。富の値打ちが、最近めっきりと衰えてきているように思う。かつては、富を有するのはこれこれの女とこれこれの男と限られていた、でも今は誰もが所有できるのだ。売り物が何も無いところで、あんたはお金と引き換えに何を買うのだ？　国土は言わば、腹が減った者がそこで物を食べる、どでかい食卓だ。だから、あの若者の貧困とそれにあんたの娘さんのことを思いやってあげなさい、あの若者は終生豊かなものを持ち続けるのさ。愛と、そして働き者の腕っ節をな。

娘　まあ、お父さん！

老人　（来た方角へ折り返していたが。）やあ、おまえか、しかしなぁ！

先程話しかけた男　行きなさい、ぴったり付いて行きなさい。最後には賛成の返事をくれるさ、嫌々ながらだとしてもな。

（左手から音楽。）

またまた、歌と音楽なのか？　退屈しないな！

女たちと子供たち　（飛んだり跳ねたり、両手を打ち合わせたりしながら。）わあ、すごいな！　オイレ鉱山から出てきた鉱夫さんたち！

（左手から、音楽に合わせて鉱員たちが登場。中央では、四人の男たちの肩の上に担架が担《かつ》がれており、その上には光り輝く鉱塊、鉱石の欠片《かけら》、高価な金属でいっぱいの容器が積み上げられている。――その場に居合わせている者たちは、良く見えるように、賛嘆しながら背景の方へ殺到する。――ラパクが左手から登場し、ビーヴォイを伴ったドマスラフが右手から登場し、両者が出会う。）

ラパク　ようこそ！
ドマスラフ　あなたこそ！
ラパク　（民衆たちを示しながら。）皆、喜んでいる。
ドマスラフ　本当に。
ラパク　ここの人たちは本当にしあわせだ。
ドマスラフ　それに、一人一人が満ち足りている。
ラパク　主《あるじ》も家来も同様に。
ドマスラフ　家来が一番そう思っているのではないかな。
ラパク　私は思っていても口には出したくない。私たちも支配者なのだから。
ドマスラフ　そして、あの者たちと同じくらい満足している。（群衆を示しながら。）満足はしているけれども、「たっぷりと」というほどでもない。
ラパク　多すぎるのは、面倒なだけだ。リブッサ様は――
ドマスラフ　ああ、あの方は女性の鑑《かがみ》だ！
ラパク　もちろんだ。
ドマスラフ　その上聡明だ。
ラパク　温厚だし。
ドマスラフ　それでいて、威厳にあふれている。ただ、――

ラパク　何が言いたい？

ドマスラフ　私が？――あの方は、君が言ったとおりの方だ。

ラパク　国中のどこかに、あえて異議を唱えようとする者がいるだろうか。

ただし、こういう時ではあるが――

ドマスラフ　どういうことか説明してほしいな！

ラパク　何を説明することがあるのだ？　国土は恵《めぐみ》に満ちている、どうか、このまま永久《とわ》に続かんことを！

ドマスラフ　むろん、そうあって欲しいが――

ラパク　そうなのだ、素晴らしい物事は短命に終わるものなのだ。それに、高位に就くことを選んでしまった者は――

ドマスラフ　同時に転落の危険に身をさらす、ということだ。

ラパク　持続性という問題だね、確かに。そこまで言わせる気なのかね？　あそこでヴラスタが男たちの間を歩いている姿が見えるかい？　非難する行為は人間の欠点ではあるのだが――思うに、彼女は女たちを高く引き上げすぎているのではないのかな。そのうちに彼女も気が付くとは思うけれど――

ドマスラフ　あれだけ知性があふれているのだから――

ラパク　それならばなぜ、彼女はあんな風にふるまうのか。

ドマスラフ　確かに！　それに――いや、静かに！

ラパク　どうしたのだ？

ドマスラフ　誰かが近づいてきたように思えたのだ。――こういう場合たいていそうなのだ。思うに、身分の低い連中は、あまりにも図々《ずうずう》しくなる。

ラパク　敬意が払われることをあきらめることは、受け入れがたいことだ。

ドマスラフ　そして、権利を行使しようとすると、――

ラパク　すぐさまそれを訴えられる。

ドマスラフ　そうだ、それに女たちを彼女があまりに高く評価しているということだ。その他の点では、彼女の王国は――

二人　世界一だ。

ドマスラフ　ところで、ビーヴォイ、君は黙り込んでいるのだね。

ビーヴォイ　私が他に何をお話しすることがあるのです？　賢い方々が熱にうかされたように語り合うのを耳にしている私が。ここでのすべての営みは、あべこべです。つまりは虚栄に満ちた我楽多《がらくた》なのです。私たちの国は支離滅裂になっています。女たちが武器を操り、協議し、裁く。農民は主人《あるじ》となり、主人《あるじ》は主人《あるじ》でなくなった。そしてこうしたすべての戯れが、穏やかに、ゆるやかに、もたらしてくれるものは、せいぜい歌の世界か、社会像としての繊細なイメージに過ぎないのだろう。しかしそれは、誰かの頭の中で生まれたものなのだから、人間の脳以外のどこにも存在する余地は無い。そして、敵がわれわれの地域に攻め込んできたとしても、我々は因果応報を思い知るだけだろう。

ラパク　当意即妙だな。

ドマスラフ　本当のところは、大げさすぎるが、しかしそのうちのいくらかは重要だ――

ラパク　例えば、未解決の問題がある。

ドマスラフ　そこで、私の見解を率直に言わせてもらうならば、全般に、男が欠落しているということだ、彼女の傍らにも男がいない。

ラパク　全くその通り。大公の誉れであるすべての才能に加えて、冷静で的確な眼力が必要だ――

ドマスラフ　賢明なるラパクよ、ちょうど君のような。

ラパク　賢明さという点では、リブッサ自身で充分だろう。だから富豪のドマスラフ、君の出番だ。

ドマスラフ　富豪のドマスラフだって？　われわれはとっくに、同等のレベルに並んでいるだろうに。逞《たくま》しいビーヴォイならば、この国の力強い盾になるだろうに。

ビーヴォイ　かもしれない。しかし、あのお淑《しと》やかなご婦人がそんなことを気に掛けるだろうか？

ドマスラフ　まだ足りないものがあるというのか？　互いに協力し合って、成果をあげようじゃないか。われわれは、妬み無く求婚しよう。あの方は、われわれのうちの一人をお選びになる。その運命を授けられた者は、この友情で結ばれた兄弟愛に感謝をこめて忘れることなく、われわれ二人を最も身近な腹心として次席に据えよ。

ラパク　しかし、果たして——

ヴラスタ　（大声で告げる。）大公様が間もなく到着します。

（ダンスが中断される。）

そのまま続けなさい。大公様には、そなたたちの喜びの音曲が何よりの歓迎となることでしょう。

（リブッサが数名の従者と共に、右手から登場する。彼女は立ち止まったまま眺めている。踊っている人々は、なおしばらくステップを踏み続けていたが、その後音楽と共に踊りを止める。すると、二、三名の女たちがリブッサの足元に花束を置く。）

リブッサ　礼を言います、皆さん。花束にも感謝します、誠実な皆さんが花々を愛し、この花々と同じように、皆さんもまた、静かに咲き続けていることを嬉しく思います。女庭師である私が、水分、温度、光を有用に配分しつつ、皆さんのお役に立つことができていることは、皆さんも分かってくれていると思う。ただし、楽しみが仕事の妨げにならないことを願っていますが、どうですか？

ヴラスタ　交代したばかりの耕作する人々が、野良に出ています。

リブッサ　私の頭痛が始まっている。つまり、これは雨期が近づく前兆です。耕作人は今日中に片づけるために、急がなければならない。それでも、今年の夏は暑くなりそうだ。今年は良い年になる。あそこに居る人々は誰か？

ヴラスタ　オイレ鉱山から出てきた、鉱山労働者たちです。豊かな戦利品をあなたに捧げようと、彼らはここに居合わせているのです。彼らとお話なさいますか。

リブッサ　今はやめておこう。野心的で俗なものには、嫌気がさす。（花束の一つを手でつかみながら。）ここにあるタンポポこそが純金であり、うなずいている釣り鐘草が純銀なのだ。あのような生気のない財宝を、装飾にせよ、器具にせよ、得たいと欲する者があらば、与えてやればよい。*

あぁ、ブロームね！　そなたはどのように過ごしているのか、そなたの妻はいかがか。そなたたちは和解し合って、もはや争うことはないのか。そのことを確かめたくて、こうして来たのです。いつも、いつも奥方に服従を強いてはなりませんよ、そうすれば彼女はよろこんでそなたに従うでしょう。但し、そなたが正しい場合ですよ。なぜなら、そなたが間違っているときに、彼女が引き下がらなければならない理由が、私にはわからないからだ。どこを見回しても、およそ女性の広い額に大自然が刻印したという不従順の印など、見当たらなかった。ご覧！　そなたの領主は女だ、彼女は助言が必要になると、彼女の姉妹のもとへ出向く。ここにはヴラスタが居る。

＊　薄暗い鉱山窟から得られる収益を、朗らかな地上世界と対照させて、あまりにも貶めているリブッサの態度に対して、作者は懐疑的な迷いを覚え、一八二四年のメモにその思いを記している。

彼女は武装して見張っており、私に代わって指揮を執っている。そなたの従者が、人間としては主人に等しいと感じるなら、どうしてそなたの妻が同じように感じてならぬことがあろうか。家の中に奴隷も女奴隷もあってはならぬ。それがそなたの息子の母親であってみればなおさらだ。

（子供連れの女に向かって。）

そこの母子《おやこ》よ！　子供は元気になったのか？　あの薬草はこの子に効《き》き目があったのか。だが、まだ傷跡が残っている、ここの額のすぐかたわらに！　クズウコンを使いなさい、草原に生えていますよ、そしてこの子の額に繰り返し貼ってあげなさい。それから、どうか神様良くなりますように、と唱えるのですよ！――いいですね！

それから、ここで結婚式があると誰かが言っていた。

（先ほどのダンスのカップルと父親が近づいて来る。）

これは、リスバク老人、なごやかな気分になりましたか。あの二人、男女のカップルを素晴らしいカップルだと認めましたか。ならば、あなたはとても良いことをしましたね、あの二人は互いにお似合いですもの。あなたはいつも貧富のことを話題になさるけれども、でもね、そこには何の意味もないですもの。さあ、それでは御機嫌よう、お幸せに！　さあさあ、皆さん、音楽と踊りに戻りましょうよ、それから、元気に仕事にかかりましょう。

（民衆は引きさがる。彼女は前景へ歩み出る。）

これは、これは、お歴々がお揃《そろ》いで、雅《みやび》やかに距離を保たれておいでなのですね？　そんなにご不満なのですか、それともびっくりなさったのでしょうか？

ドマスラフ　恐らく驚いたのでしょう、あなたが、わが身はあずかり知らぬ恩恵を人々に施すさまに。まるで女神のようであると。

リブッサ　私にあなたの明晰な判断力を貸してください、賢者ラパクよ、あそこであの者が語っていることを私が理解できるように。

ドマスラフ　あなたは結婚の仲介などしてはなりません、大公様、婚姻や愛とは敵対関係にあるのですから。

リブッサ　もしやあなたは私を、血迷っているかのようにお考えなのではありませんか？　こんなにも人間らしいことをどうして私が憎まなければならないのです？　ただし、愛にも婚姻にも二名必要です、それに、言うならば、私の父上、つまりあなた方の大公が私にとっては男性としての尊敬すべき人物像そのものだったので、あの方に匹敵する人物を探すことがむなしいのです。（彼らから離れながら。）一度だけ、それらしいことがあるにはあったけれど、しかしそれもあっという間に消えてしまった。

ラパク　あなたは、すでに定評のあるものを求めていて、試してみようとする意志はない。

リブッサ　（独り言をつぶやくように。）私が望んだとしても、果たして彼は試練に立ち向かうだろうか。

ドマスラフ　ぼんやりと望んでいることを、人は無かったことにしたがるものです。

リブッサ　さあさあ、それでは賢者ラパク、そして剛力なビーヴォイ、それに富豪のドマスラフ、あなた方は私が、一人の男性の中にまとめて備えていることを想定している特性を分かちもっていらっしゃる。さあ、それでは謎解きの問題を聴いてください、ただし、預言者の流儀に従ってヒントを付け加えておきましょう。鎖は常に婚姻の象徴でしたからね。（彼女は自分の鎖をはずし、それを小姓が捧げるクッションの上に載せる。）

この鎖を我と分かち合う者、しかしながら、
いまだこれを、他の何人とも分かち合わぬ、
むしろ他に類《たぐ》い無きものとするために、分かち合うものなり。
飾り石を失うことによりて、その価値をさらに高めることができた者、
その者名乗りあげなば、リブッサの夫君と見なされるべし。
他のいかなる者も、叶わざるべし。

ドマスラフ　「この鎖を我と分かち合う者……」

ビーヴォイ　「いまだこれを、分かち合わぬ……」

ドマスラフ　「……さらにその上……」

リブッサ　そんなに根を詰めてはなりません。賢者ラパクがメモを取るのを私は見届けています

よ。隠してはなりません、この人たちに伝えてあげなさい、ラパクは全員に奉仕すべきです。さて、紳士諸君、神のご加護がありますように！　答えをお探しなさい、ただし、よく聞いてくださ い、答えが見つかるまでは、私に近づいてはなりません、リブッサはそんなに簡単に手が届く目標ではありません。

（小姓に向かって。）案内をしなさい！　諸氏は後に従ってください、道中ご無事で！

ビーヴォイ　（立ち去り際にささやく。）いいかね、彼女は我々を愚弄している。

ラパク　（同様に。）最後まで見届けよう。

（三名は、小姓共々左手へ向かって退場する。）

リブッサ　孤独に活動する者は、空虚な宇宙に話しかけるようなものだ、返答と思えるものが、実は自身の言葉の反響に過ぎない。

なんと、ヴラスタだわ。こちらへいらっしゃい！　何か仕事は無いのかしら。苦労でも良い、心配事でも良い、苦しみですら良い。私の心のこの空虚を満たしてくれさえすれば。

（背景に立っている人々がひしめき合って左手へ向かう。）

あれは何なのか。

ヴラスタ　ごらんの通り、二人の男が争っています。互いに髭をつかみ合っております。

リブッサ　（その光景に目をやりながら。）そなたは仲間を打ち倒すのか。私に剣を寄こしなさい、彼には死んでもらわねばならぬ！　だが待てよ、私は怒りを罵っているのか、自ら怒りを感じているのに？　二人を引き離しなさい！

（数名が左手へ向かう。）

ようやく獣《けもの》がヒトになった。二人を連れていきなさい、私がこの喧嘩の調停をします、本当に、喧嘩、喧嘩、喧嘩ばかりだわ！（手を胸に当てる。）これでここも少しは平穏になったかしら。

（右手へ向かって退場する。残りの者たちは散らばる。）

場面転換

岩や木々の見られる近隣の辺り

三名の領主たちが登場する、クッションを持った少年が彼らを先導している。

ドマスラフ　さあ、そこで良い、そこにクッションを敷きなさい、われわれはこれからどうするかを相談しようではないか。

（少年は前景左手の低目の岩塊の上にクッションを敷き、立ち去る。――ドマスラフが少年の背を見送りながら。）

あの少年の目には嘲《あざけ》りの色が見えたように思えたよ。

ビーヴォイ （前景右手の地面に身を投げ出して、自分の刀剣を手に、戯れていたが。）少年が間違っているとでも？　我々が馬鹿にされていないとでも？

ラパク （後景で、両手を背にまわし、行ったり来たりしながら。）依然として謎なのだ！

ビーヴォイ おいおい、だったらよく考えてくれよ！

ドマスラフ （前景左手の岩塊にもたれかかりながら、鎖をじっと見つめて。）「この鎖を私と分かち合う者――」

ビーヴォイ 「しかしながら――」次の文句はどうだったかなあ。

ラパク （いやいやながら言葉を発している様子で。）「しかしながらいまだこれを他の何人とも分かち合わぬ。」（彼は再び行ったり来たりする。）

ビーヴォイ 彼女は分け合っている、ただし、誰でもない誰かと。気の利いた言葉遊びだな！（立ち上がりながら。）うんざりだよ。言っておくが、これは馬鹿げたいたずらだ、矛盾しているし、それどころか不可能だ。われわれを嘲《あざけ》るための、そして彼女の宮廷から遠くへ追い払うために押韻詩にかこつけているのさ、なぜなら、彼女はわれわれを憚《はばか》っているから、われわれに接近するのが恐ろしいからさ。謎の意味と鎖の意味が、あの忠義への誓いの中に無いわけがない――つまり、彼女の父親が数年前にわれわれに課した、あの忠義への誓いだ。それを、か弱い手をした彼の跡継ぎが、強化したがっているのだよ――

それゆえに私の助言はこうだ、各々自分の城へ戻れ。ラパクよ、君は賢い、ドマスラフ、君は金持ちだ、君のもとにはこのことが何を意味しているのか検討するのに手助けとなる秘書や従者も居る。私は武を拠り所とする人間だ。私にその装身具を預けなさい、謎が解けた時に、三人のために蒔《ま》かれた種の果実を誰かが独り占めしないように、求愛の標的を独占しないように、私がそれを見守ってみせよう。

ドマスラフ　それは駄目だ。

ビーヴォイ　（剣に手をかけて。）駄目だと？

ラパク　駄目だ、絶対に！

ビーヴォイ　それでは賽《さい》によって決しようではないか。われわれは眼の見えない者たちのように、互いに両手でしがみつき合いながらさ迷って行くつもりではないのだろう？　われわれの眼としては、あの価値ある宝物《ほうもつ》によってわれわれは導かれるのだ、それとあの少年によって——そうだ、あの少年を呼び寄せよ。少年に賽《さい》を投げさせよう。

ドマスラフ　彼がリブッサの宮廷へ戻って行って、彼女の女官たちにわれわれを笑いものにするような話をさせるためにか？

ビーヴォイ　君の言う通りだ！

ラパク　あそこに、旅人がひとり歩いている。どうやらこちらへ向かっているようだ。彼はわれわれのことを知らない。中立な彼の言葉に、われわれの運をかけよう。

（ビーヴォイがそちらの方向へ向き直ったので。）

先駆けするな！　人間の五感は瞬時に作用する、最初に目に入ったものが最も強く印象に残る。われわれは同時に、一斉に彼の目に入らなければならない。

（彼らは後ろに引き下がる。）

（プリーミスラオスが左手から前景に登場する。）

プリーミスラオス　まるで狼のようだ、空腹に恐怖心が入り混じって、獲物の群れのまわりをぐるりとめぐる、あの狼のようだ。高貴なあの方を包み込んでいる館のまわりをこっそりと物欲しげにしのび歩いているのだから。しかも私の懐《ふところ》には、あの方から賜った、――いや、そうではない、私があの方から奪い取った華麗な画像が収められている。だから、ここ、左の胸が鼓動する度に、そんなにも強く高鳴るものが、私自身の心臓なのか、それとも彼女の装身具なのか区別がつかなくなってしまうのだ。そしてついには、そのどちらもが一斉に本来の持ち主のもとへ突き進んでしまうのだ。しかし私が彼女に近づけば、私の強奪を黙認しつつ、私にとっては至福の喜びである行為に対し、彼女はただただ黄金で報いてくれて終了となろう。あるいは私が遠く離れたまま近づかなければ、彼女のうろ覚えの記憶は、たちまち忘却のベールに覆われ、私の記憶の中にしか生き続けぬこととなるであろう。あそこに、彼女の住まいに仕える少年の姿が見える。彼の服の色を見ればあの家の従者だとわかる。ひょっとするとあの少年に言付けを頼むことができるかもしれない。ひそかな督促を表す言葉を、あの時の記憶を呼び起こす言葉を。それによってあの夜の出来事が彼女の記憶に呼び覚まされるかもしれない。
（彼が後方へ向きを変えている間に、三人の領主たちが前方へ歩み出る。）

ラパク　驚き召されるな、見知らぬ方よ！

プリーミスラオス　私が驚いたと？

ドマスラフ　あなたはわれわれを知らないし、われわれもあなたを知らない。

プリーミスラオス　そのようですね。

ラパク　選考によってあなたが仲裁人に決まってしまった。

プリーミスラオス　何について決すればよいのですか、決裂してしまったのは何なのですか。

ラパク　例えば、ここに鎖がある。

プリーミスラオス　（独り言をつぶやく。）リブッサのものだ。

ドマスラフ　これはある高貴な女性からわれわれに授かったものだ。

プリーミスラオス　リブッサだ！

ラパク　それをご存じなのか——？

プリーミスラオス　——いや、それがあの方のものだということだけ。

ドマスラフ　端的に尋ねよう、だから君も同様に端的に答えて欲しい。われわれ三人のうちの誰のものになるのが、この装身具にふさわしいか。

プリーミスラオス　私は運命とか幸運とかには無縁の男であります。ましてや判決だの決着だのが取り沙汰される場面ではなおのこと、です。さらに詳しい事情を打ち明けてくださらぬならば、これにて失礼して私は先へ参ります。

ラパク　どうする？

ビーヴォイ　とりあえず言うとおりにしておけ、その男は賢いようだ、ひょっとするとわれわれが問題を解決するのを助けてくれるかもしれない。

ドマスラフ　つまりこういうことだ。君がここで出会ったわれわれ三人は、この国の有力な諸侯だ、力と富を有し、女大公の結婚相手の有力候補と見なされるほどだ。今日、われわれがそのような意図をほのめかすと、女大公はわれわれにこの首飾りを与えて、こう付け加えた——どういう内容だったかな？

プリーミスラオス　聞かせてください。

ラパク　（読み上げながら。）「この鎖を我と分かち合う者、——」

ビーヴォイ　「しかし誰とも分け合うことはない。」——常軌を逸した観がある。

プリーミスラオス　すべての言葉をどうかお願いします。

ラパク　（読み続ける。）「この鎖を我と分かち合う者、しかしながら、いまだこれを、他の何人とも分かち合わぬ——」

（領主たちがラパクの脇に立ち、書面に目をやっている間、プリーミスラオスは鎖をつかみ、鉤型の環《わ》をいくつか引き離し、素早く再び継ぎ合わせた。——ラパクが続けている。）

「むしろ他に類無きものとするために、分かち合うものなり。」

ドマスラフ　（読み上げる。）「飾り石を失うことによりて、その価値をさらに高めることができた者、」

（この言葉を聞いて、プリーミスラオスの手はさっと自身の左の胸へ向かった、そこに彼は飾り石を隠しておいたのだ。）

ビーヴォイ　（同じ調子で読み続ける。）「その者名乗りあげなば、リブッサの夫君と見なされるべし。他のいかなる者も叶わざるなり。」

プリーミスラオス　あの方のもとへ参ります。

ドマスラフ　どうかしたのですか。出かけるなどと……？

プリーミスラオス　謎が解けました。

ラパク　いったいどうやって？

プリーミスラオス　おそらく、こうではないかと、――ただし、ほとんど解明されたかに見えたものを新たな闇が覆ってしまったようなのです、――あの方は、あの方への求婚者としてのあなた方に、そう語られたのですか。

ドマスラフ　そういうことだ。

プリーミスラオス　（彼らから遠ざかりながら。）その上あの方は、求婚者たちが謎解きの答えを見つけるか否かを、成り行きに任せたというのか。それを見つけた者こそが、実にあの方の夫となってしまうのに？

去れ、わが幸運の女神よ、お前の飛翔は速すぎたのだ！　だが、彼女の胸の内ではいまだ疼きが消え去らぬままであるように思われる。私に試すためのチャンスがほしい、彼女の疼きがより決定的に彼女を悩ませるために。時の流れが彼女の疼きをより強めていようと、あるいは癒《いや》していようとも。

（聞こえるように。）

さあ、そこで……、この装身具が誰・彼のものであるかは現時点では問題ではないように思われるのです。この期《ご》に及んであの方は、誰か一人を特定するつもりはなかったと思われる、ということです。あなた方全員に求婚の権利が与えられており、いずれある一人をあの方が選び、決めることでしょう。だから、あの方はあなた方がそれを「分割する」ことを命じながら、「分け合うこと」を厳しく禁じました。同時にあなた方がそれを共同所有することを望んでいるのです。共同所有するということは、友人として共同で使用することを意味しているのです。私が真実を十分に的確にとらえているかどうかに、注意してください。クロークス公は三人の娘たちのそれぞれにベルトの留め金を与えました。それぞれに母親の肖像が刻まれ、その像を取り囲むように宝石が嵌め込まれており、その肖像は技巧を凝らして石帯《せきたい》の留め金の表面に嵌め込まれているものです。ここにある、これこそがその留め金です。たしかに肖像が欠けています。どうして公のご令嬢が、即ち、現大公様がそれを無くされたのか、だれが知ることができましょうか。しかしそれが失われてしまっていて、しかもあの姉妹たちがボヘミアの王位をくじ引きで決めた時には、すでにもう無くなってしまっていたことを、そして事実、あの画像が失われることによってリブッサ様は大公様と呼ばれるようになったことを人々の誰もが噂として口々に語っているのです。「失われたものによって、あの装身具は以前よりも立派なものとなりました」と。なぜなら、それはボヘミア人に大公の王冠をもたらしたのですから。

ドマスラフ　その男の言うことは正しいように思われる。

ラパク　私にもドマスラフに劣らずそう思える。

ビーヴォイ　それで謎は解けたわけだな。

プリーミスラオス　言説の謎だけです、事案の謎は未解決のままです。あの方は肖像を求めています。そしてこう続けているのです、「それは失われることによって、何かが得られた」云々と。あの方が求めているのは、現物なのです。

ビーヴォイ　しかしわれわれはどうやって、その現物を見つけることができるのだ?

プリーミスラオス　ひょっとすると一つだけ方法があるかも知れません。あなた方が手に入れようと手を尽くしているその肖像を、あなた方に調達する者がいたら、あなた方はその者に何を与えますか。

ラパク　（彼の方へ小声でささやく。）もしも私にこっそりと持ってきてくれるなら、一マース分の銀でどうだろうか。
ドマスラフ　（同様に小声で。）私に与えられるなら、クレスナの谷の宮殿を与えよう。
ビーヴォイ　（大声で。）ボヘミアの大公になれるのなら、私の財産すべてを差し出そう。
プリーミスラオス　約束される額は大きいが、与えられる額は少ない。感謝の気持ちというものは、全くもって不安定極まりないものです。狙いを定める者は、弾丸を胸や頬へ向けて発射するものです。しかし命中してしまうと途端に、嫌気がさして、どうでもよくなり、投げ出してしまうものです。ここに黄金の鎖があります、黄金ならばボヘミアの女大公様もあなた方殿様たちも十分にお持ちだ。私にとっては高価な財宝となるであろうに。鎖を私に与えてくだされば、私があなた方のために肖像を手に入れましょう。
ラパク　それは駄目だ、そんなわけにはいかない。
ビーヴォイ　われわれは双方ともに求めている、肖像も鎖も。
ドマスラフ　そのとおりだ。
プリーミスラオス　市場へ出かける者は、お金を携えている。「報酬無くして、手柄無し」ということです。それでは、おさらばでございます。
ドマスラフ　ところで、あなた方ご自身もその肖像をお持ちなのかな？（他の者たちに向かって小声で。）われわれは三人だ、ひょっとすると力づくで——

プリーミスラオス　誰が持っているものですか！　それが隠されている場所を知っています。そして私を害するものは、宝を逃すことになります。（ベルトに差し込まれた、短剣のようなナイフに手を掛ける。）そのうえ、御覧の通り、私は無防備ではありませんぞ。

ドマスラフ　よかろう！　しかしそなたは、この鎖をどうするつもりなのだ？

プリーミスラオス　ひょっとすると、ことの顛末《てんまつ》の証拠となるかもしれないし、あるいはまた、あなた方の感謝の気持ちの保証となるかもしれません。と言うのも、これまたひょっとしての場合ですが、いつか私はこの鎖を、これそのものよりも値打ちのあるものの報酬と引き換えに差し出すことになるかもしれないのです。

ビーヴォイ　取引成立だ。では、肖像を！

プリーミスラオス　（期待をそそるような身振りで、クッションの上に載せられた鎖の方を振りながら。）それでは旦那様方、私の手元のクッションをよくご覧ください。賢さはしばしば魔法の力にも匹敵するものです、そしてしばしば現実にその通りなのです。――皆様、よくご覧ください――ああ、何と、落ちてしまった！

（領主たちの目がクッションに注がれていた間に、胸元から肖像を引き出し、左手に取った。それから、鎖を右手でつかみながら、クッションが後方へ落ちるように岩塊から突き落とし、同時に肖像画が同じ方向へ落ちるように仕組んだ。）さあ、ここに肖像画があります。

ドマスラフ　本当だ。

ラパク　最初に見つけたのは私だ。
ドマスラフ　最初に手に取ったのは私だ。
ビーヴォイ　では、私の分は？　私の取り分を否定しようとする者など、よもや居ないだろうな？
ドマスラフ　それにしても、それは本物なのだろうか？
ビーヴォイ　たしかにそうだ、見せなさい！
（彼らは脇の方で背を向けて立つ。肖像を互いに手から手へと受け渡ししながら、じっくりと見定めている。）
プリーミスラオス　（鎖を胸に押し込みながら。）自分の報酬を受け取ろう、これは私にとっては証《あかし》なのだ、あの、もう一方の肖像と同様に。そしてリブッサの記憶を呼びさましてくれるだろう。希望は以前のままに残されている。（彼は左手へ向かって遠ざかっていく。）
ドマスラフ　（肖像を握ったままで。）ここに居られる、クロークス公がここに。
ラパク　そして、ここにはリブッサが。
（彼らは振り返る。）
ドマスラフ　あの男はどこに居るのだ。
ドマスラフ　それに、鎖はどこに行った？　（剣に手をかけながら。）裏切りだ！
ビーヴォイ　裏切りだって？　何故だね？　取引が成立したのさ。彼には鎖が、われわれには肖像画が。彼にとっては正当な権利さ。われわれは探していたものを手に入れた。帰路につこうではないか。リブッサは、自身で追い払い、ひょっとすると永久に追い払ったものと信じていたわれわれの中から選ばなければならない。そして、たとえ他の逃げ道を探し続けたとしても、われわれには剣という手段が残されている。

ラパク　そして、弱き者をも守ってくれるものは、互いに手を組み合うことだ。

ビーヴォイ　まあ、そんなところか、頼りないと感じているのならばな、私は違う。――おーい、そこの君、ちょっとこっちへ来てくれ。（少年が背景、左手からやって来る）あのクッションを拾い上げてくれ。それとなあ、これからは先程のように笑ってはならぬぞ。（肖像画をクッションの上に載せながら。）さあ、ここに謎がある、これはまた、答えでもあるのだ。笑わせるじゃないか。この国では、多くのことが改革されねばならない、神々に寵愛されたリブッサの一族の宮廷も同様だ。女大公の賢さを敬いはする、しかし男だったら、別の旨さがあるものさ！

他の二人　そうだ、その通りだ！

ビーヴォイ　（蔑《さげす》むような眼差しをして彼らに背を向けながら、少年のあとに従う。）さあ、前へ進もう！

（他の二人は彼の後について歩きながら、彼に対する不信感と、その思いを互いに了解し合っていることを身振りで示しながら、互いに手を差し伸べ合った。）

場面転換

本幕の冒頭と同様のリブッサの城の前の広場。

従者を伴ったリブッサの登場。反対側、すなわち、後景の左手に数名の男たちが配備されている。

リブッサ　椅子を外へ出しておくれ！　外の空気に触れたいのだ。そうだ、それよりも、あの白馬に鞍を置きなさい、私をブーデシュへ連れて来てくれた、あの白馬のことだ。父上とお別れをした同じあの晩に、この国の支配者である私は、同時にまた奴隷にもなった。あそこに居る人々は何者か？

ヴラスタ　今朝から争っている者たちです。

リブッサ　まだ、争っているというのか？　あの、動かされてしまった境界石の一件か？

争っている者のうちの一人　この者がやったのです。

リブッサ　そなたはそれを見たのか。

同上の者　見てはおりません。

リブッサ　それでは、他の者が見たのだな？

同上の者　いいえ。

リブッサ　それでも同胞の悪事をとがめるのか。和解しなさい。

もう一人の男　分かりました、そうします。

一人目の男　私にはできません。

リブッサ　それでは、そなたが失った分の三倍の土地を私が与えるとしたら、どうか?

一人目の男　私が求めているものは、私の権利です。

リブッサ　およそ言葉と呼ばれるすべての単語の中で、権利という単語ほど私にとって疎ましく思われるものは無い。もしもそなたの畑に果実が実ったならば、それはそなたの権利だというのか。これまでの間、そなたが斃れることもなく、生き永らえてきたことは、生命や呼吸に対するそなたの権利であるというのか。私が至る所に目にするものは、ただ恩寵と慈善でしかない。万有があらゆる生き物のために満たしてくれるすべてのものの中に私が目にするものは。しかるに、この虫けらどもは、私に権利について語るというのか。そなたが貧しい者を助け、同胞を愛することは、そなたの権利であるし、それ以上にむしろ義務なのだ。そして権利という言葉は、現世にはびこるあらゆる不正を粉飾するための名称に過ぎないのだ。ここで欺いているのが誰なのか、私はそなたたちの眼差しのなかに読み取った、しかし私がそれを口にすれば、そなたたちは証拠を要求するだろう。法と証拠とは、何ともはや、いかがわしく、怪しげなあらゆることがこれにすがってよろよろ歩きするための松葉杖そのものではあるまいか! 故に、和解せよ! さもなければ、財産を没収し、そこにあざみと茨《いばら》の種を蒔《ま》かせ、さらに「ここに権利あり。」と書かれた立て札を立てさせよう。

一人目の男　しかし大公殿下、あなたは、同等な男たちに対しては要求をつきつけることを許してくださいました。

リブッサ　（脇を向きながら。）彼らが平等を要求するとき、彼らは平等だ、しかしひとたび平等が実現すると、平等は突然妨げとなる。

（三人の領主たちが、クッションを携えた少年と共に登場する。）

ドマスラフ　そのとおり、殿下、そのとおりです、しかもあなた様との結婚の権利です。さらになお、愚か者たちが加わるのか！　そなたたちも権利をお望みか？

リブッサ　もはやそれ以上のものは無いのか。本当にそなたたちはお粗末なものだ。

ラパク　あなたによって課せられた難題が解き明かされたのです。

ドマスラフ　あなたが要求なさったものを持参しました。ここにあります。（クッションの上を指し示しながら。）

リブッサ　すると、そなた等はあの男を殺したのか。

ビーヴォイ　誰のことでしょう？

リブッサ　それを持っていた男のことだ。

ビーヴォイ　その男はまだ生きております。

リブッサ　黙って引き渡したのか。

ドマスラフ　黄金と引き換えに。

リブッサ　そうだったのか、あの男も他のすべての者たちと変わらないということか。損得に対しては奴隷のように従順で、愛情をも高値で売りつけるために、愛の心をも支配しようとする。飛び去って行くがよい、希望よ！　これが、私にとって最初で最後の希望だった。

係争中の一人目の男　（領主たちへ向かって叫びながら。）どうかお殿様方、弾圧されている者にお力をお貸しください。

リブッサ　（その男に向かって。）もう少し待ちなさい。そなたのことは私が裁きます。怒りの気持ちを抱いている今の自分の方が、裁きには適しているようだ。（領主たちに向かって。）彼は自分から受け取ったのだな？

ビーヴォイ　その通りです。鎖を受け取ったのです。

リブッサ　私が与えたものと同じものなのか？　無くなっているではないか。

ビーヴォイ　あの男が持っています。

リブッサ　それで、そなたたちは？　そなたたちは引き渡してしまったのか——？

ビーヴォイ　それが代償だったのです、もっと高価なものを要求できたのに、彼が唯一要求したのはそれだけでした。

リブッサ　礼を申す。——その男は賢い。その上高潔でもあるようだ。この愚か者どもの求婚行為から私を開放し、感謝の心を思い出させてくれた、そして感謝の対象と見なされる所以《ゆえん》を彼は有している！　その男はどこにいるのだ、ここへ連れてまいれ！

ラパク　立ち去りました。別れの挨拶もそこそこに、消え去りました。

リブッサ　誇り高いのであろう。よろしい、誇り高いことは私にも望ましい、ましてや、他者の卑俗さの中にではなく、自身の品格の上に基準を追究しているのであれば、なおのことだ。彼は私の返礼をはねつけるだろうか。私は彼に会いたいが。

ラパク　その前に先ずお決めください、上様《うえさま》、われわれの要求に決着をつけてください。

リブッサ　とうに決着のついていることを、この上どう決着をつけるのだ。そなたたちは謎が語られた文句の意図を半分しか実現できていない。分け合うことは禁じられていたのに、大切に守るように与えられたものを見知らぬ男に分け与えてしまった。失われた分を補足することが肝要なのに、そなたたちは全体をではなく、一部分を持ってきた。そなたたちは半分だけやり遂げたのだから、褒美《ほうび》も半分にしておこう。これまで通りに励むがよい、そしてわが宮廷に留まるがよい。

ドマスラフ　われわれは騙《だま》されていたのだ。

ビーヴォイ　だから言ったじゃないか。

最初に争い始めた男　（その間、対立者と争い続けていたが。）俺の権利はどうなるのだ！　俺は権利を主張しているのだ。ああ、ここに男がいたらなあ、厳しさが問われる場面で、厳しく決断してくれる男が。

数人の人びと　（ドマスラフとビーヴォイと共に）そうだ、その通りだ、男だ、男だ！

リブッサ　彼らは騒がしいが、しかしそれも尤《もっと》もだと思えてしまう。まさに欠けているのは男だ。私は気遣《きづか》いし過ぎて、厳しくなりきれない。手綱をとる手が弱弱しすぎるのだ、しかしここでは拍車と鋭い鞭が必要なのだ。

さて、諸君、それではここである男性を紹介しよう。（すると三名の領主たちが歩み寄って来る。）あなた方は、自分たちのことが話題になっているとお思いか。目下のところ、それはない。

（再び、独り言の口調になって。）

そなたは、自身がリブッサよりも賢いとでも思っているのか。それは幼稚な勘違いであることをわからせてあげよう。

漁師のように、お前は釣り針を投げ入れ、餌の様子を窺《うかが》いながら離れた位置に立とうとする。リブッサは捕獲されるような小魚ではない。大公にふさわしいイルカのごとく強大な私は、お前の軟弱な手から釣り糸もろとも釣り針を引きちぎり、お前を海の中へ投げ込んでみせよう、その折にはお前に泳ぎができるのか否か見せてもらいたいものだ、かわいい漁師さん！

（民衆に向かって。）

今や、ある人物を特定し、皆に示すことが肝要であると思われる。その者にはわが国において調停や裁判を担ってもらうことになろう、側近として、あるいは我《われ》大公の近親となってもらうことになるであろう。

私はこれまでずっと、皆に、分別について語ってきた。しかし皆は聞く耳をもたぬままであった。あなたたちは、見せかけだろうが、実在だろうが、どっちでも同じだという、とんでもない考えに従ってしまったのかもしれない。

ここにいる馬に注目して欲しい、私が薬草を探しながら冠座を見つけたあの日に、私をブーデシュへ乗せて来てくれた、あの同じ白馬だ。

この馬の手綱を引いて、あの三本のオークの木のもとへ連れて行くと、そこで道は森へ向かって分かれ道となる。そこで手綱を馬に任せ、馬の進むままに行くと、馬は自分の厩舎と以前に慣れ親しんだ場所を求めながら進むから、その家に入りなさい。そこで耕作者の風体のひとりの男に出会うはずだ。その者は、——おそらくそのころには昼になっているだろうから——鉄製のテーブルで食事をしながら、一人寂しくパンをちぎっていることだろう。その男を私のもとへ連れてきなさい。それこそが、あなた方と私が探していた人物なのだ。今では略式に行われたり、省略されたりすることを、彼はきっちりと行うのだ。こうして、彼はそのテーブルと同じようにゆるぎない人格となっていく。そして同じく鉄のように強情なあなたたちを静かにさせてくれるだろう。あなたたちが呼吸する、その空気にも税をかけ、あなたたちのパンに税をかけて苦しめることであろう。彼はあなた方の権利を認めるが、権利は同時にまた不正をもたらすのだ。そして彼は理性の代わりに法を与える、すると法は発展していくであろう、時の経過とともにあらゆることが増大していくように。そしてついには、あなた方はもはや自分自身のためではなく、他者のための存在となってしまうのだ。その時になって嘆いても、その嘆きはあなた方自身にはね返ってくるだけだ、私のこと、リブッサの時代のことをどんなに思い起こそうとも。

（彼女が馬に軽く鞭を当てて出発を促し、他の者たちが両脇へ下がって道を空けている間に、幕が下りる。）

第三幕

第一幕の冒頭と同様の、プリーミスラオスの家屋の前の農場。前景右手には裏返ったままの犂《すき》が横たわっている。


プリーミスラオス　（右手から舞台へ向かって語り掛けるように）。さあ、種牛どもを家畜小屋へ入れるのだ、入りたがって待ちわびていたのだから。犂はまだここに置かれたままだ。この上に腰を下ろすとしよう。今日は暑かったが、仕事はやり終えた。

（彼は腰を下ろす、片手で額を支えながら。）

さて、実直な農夫よ、おまえの地味な日々の営みから人生の高みへと、すなわち、谷間から峰へと目を転じる時が来ているようだ。もっとも、とっくに過ぎ去ってしまったずっと昔には、わが一族がこの地においてはるかに富裕であり、その起源が輝かしく崇高であったと言われてはいるのだが。しかしそれが私にとってどうだというのだ。今日は今日でしかない、そして昨日も明日も同じことの繰り返しだ。

それに、たとえ自分が領主であったとしても、私は難関であるこの募集に名乗りを上げるつもりはない。まるでミツバチの巣箱の中の女王バチと同じではないか、女王の存在は至高の、さらに唯一無二のものであるだけでない。働きバチがハチミツを採取している間、下賤な雄バチどもが挑発的に周囲をひらひらと飛びまわるのだ。男だって同様だ、王位に就く者など、ひたすら孤独で、同位の者は自身のみ、仲間など一人もいない。男性の領主は自身の選んだ妃を崇高な座につけてやる。女王は、家臣の中から選別することによって昇進させた男を、夫とすることによって男としては格下げすることになってしまうのだ。男子の妻は女性であるが、女性の夫は男子にあらず、というのが尤《もっと》もだとされているからだ。それ故、女性が生きとし生けるものの冠であるとしたら、男性は、その冠を頂いた頭なのだ。下僕でさえも自身の家では主であるのだ。（彼は立ち上がった。）そう言ってお前は威張っているが、あの時の希望に自身をつなぎとめる鎖《くさり》を、お前は胸に収めたままではないか。

最も困難なものは行動である、というのが通説であるわけではない。その折には勇気や好機、気分の高揚が助けとなるからだ。この世で最も困難なこと、それは決断することだ。運命や習慣が前へ進むときに手がかりとなる無数の糸を一気に断ち切ること、曖昧《あいまい》な、摂理の圏外へ踏み出しつつ、自分の運命を自身の創造者として自身にはっきりと刻み付けること、それは、この地上に適合した人間性のあらゆることに対抗し、過ぎ去ったものをもとに未来を築き上げるすべての所業への対抗を意味している。彼女が私のことを想っていること、彼女の心の中に私の姿がありありと残っていること、そんなことはあり得ない、そんなものは夢だ、幻だ、私のものと同様、他の数千もの姿が彼女の心の中に残っていてもおかしくないのだ、名前でさえも彼女に私の姿を呼び起こすことはできない、私は今、譬《たと》え話をしているわけではない、なぜなら、夜の森の中で引き合わされた時、彼女には私を見ている余裕はなかった、私の中に呼び覚まされるものも同様だ、支離滅裂な混乱でしかない。それでもなお、それこそが私の幸運であるのだ、私の人生の支えとなるものだ、それを自ら壊したくはないし、できるわけがない。

彼女がリブッサなどではなく、羊飼いの少女であったなら、あるがままの現実の私、すなわち一介の農民である私は、彼女の前へ進み出て、こう言うだろうに、「お嬢さん、僕は以前君が出会ったのと同じあの男だよ」と。「さあ、ここに証拠の品がある、これが長いあいだ私の胸の内に訴えかけていたように、お前の中で響き合うものがあるならば、どうか受け取っておくれ、そして応《こた》えておくれ！」（片手を前へ差し出しながら。）
そのとき、この少女であれば、こんな風に答えることは考えられない、「正直者よ、わが一族の家来のもとへ出頭しなさい、そなたの申すことをほとんど思い出すことができない」などと。

さあ、正直者よ、とにかく食卓に戻りなさい、パンとチーズを食べるがよい、農夫のおまえが稼いだ分だ。大きすぎて不格好な食卓で食事を済ませてしまうことだ。自分で稼ぎ取ったパンならばこそ、滋養強壮に役立つのだ、お情けのパンなど制約と重圧のもとだ。

（彼は再び腰を下ろし、稼《かせ》いだ分の中身を犂の刃の上に並べた。）

彼女は私の馬を持っている、それは私が肌身離さず持ち歩いているこの金の留め金とほぼ同等の価値が見込まれる。だからこの留め金は当然私の所有物と言えるのだ。

いつか彼女がこの乗用馬に乗って、うっかり手綱をこの馬に任せてしまうと、馬が勝手に彼女をここへ運んで来てしまった、なんてことにならないかと、願ったりしてしまうのだが……

どうしたのだろう、何の物音だ？　見間違えているのか。あれは私の乗用馬ではないか、だが、しかし空馬で乗り手がいない、人々に取り囲まれている。おとぎの国か不思議の国にでも来てしまったのか。いや待てよ、あの領主どもが後に従ってくる。あの連中ならばこんな悪巧《わるだく》みを考え出しそうなものだ、私の手中にある半分と、彼らの手中にある残り半分を彼らの手で合体し、ひとつに完成させようなどと。さあ、来るなら、来い。自分の家では自分が主《あるじ》だ、自分のパンを千切るまでのことさ。なぜなら農民は、すべての人々を養っているわけだから、最高位に匹敵する者だと言える。お金で買う必要はないものの、失ったならば、命がけで代償を支払わなければならない水や空気のように。

（三人の領主たちが、民衆に伴われて、左手から登場する。）

ビーヴォイ　ここであの馬が立ち止まったぞ、ここがその場所だ。

ドマスラフ　そのうえ、ここにはあの男もいる、リブッサが話していたあの男だ、鉄製のテーブルの前に腰を下ろして、犂の刃の上のパンを両手で千切っている。

ビーヴォイ　あの男だ、つまり、われわれのいさかいを調停した。

ラパク　はっきりしてきたな。

プリーミスラオス　（立ち上がりながら）。よくぞご無事で、旦那様方！　なぜ私どものもとへ？

（馬が連れてこられる。プリーミスラオスが歩み寄り、撫《な》でてかわいがる。）

おお、プリシェンク、私の愛馬よ、戻って来たのか？

ラパク　彼の馬だって？

プリーミスラオス　それではもう一遍伺いましょう、なぜ私どものもとへ？

ドマスラフ　女大公の言い付けだ。

プリーミスラオス　リブッサ様の？

ラパク　われわれと共に、そなたを宮中へお連れするようにとのご命令だ。
プリーミスラオス　あなた方に従って行くというご命令は、私に対しても向けられたものなのですか。
ラパク　そうではない。
プリーミスラオス　しかし、もしも私が拒絶したら、場合によっては力に訴えて私に強制するつもりでしょう。ご心配なく、強制されなくともあなた方に従いますよ。それにしても、そのような貴《とうと》いご召喚をいただく理由は何だったのでしょうか。
ドマスラフ　われわれにもわからない。
ラパク　ひょっとすると、もうご存じなのかもしれない、そなたが賢い判官であって、ご自分に利益をもたらすであろうことを。民の利益のために、そなたを裁判官に望んでいるのかもしれない。少なくとも、紛糾した事件が一件あった。
プリーミスラオス　私には、自分以外の誰かを裁くことなどできませんよ、うぬぼれている人間のように、私は思い違いをしてはいない。
ドマスラフ　それでは、その馬に乗って、王宮まで同行しなさい。
プリーミスラオス　わが女大公様をお乗せした馬に、誰も乗るべきではありません、特別の権利を持たない者は誰も。それはあの方のものであるというわけですし、この先もこれまで通り、あの方のものであり続けて欲しいと、私は望んでいるからです。さてそれでは、自分の仕事を中断して、そこへ出かければよいのですね、仕事によってすっかり塵まみれになったこの私が。労働などはたまに訪れるお客のようなもので、常住している住民ではないような、そういう場所である宮中へ。家に戻って、農民なりの一張羅に着替えて参りましょう。それに、お偉い方々へお近づきになるときに携《たずさ》えるご進物として、貧しいものにふさわしく、果実と花をいくらか、あの方のためにお持ちいたしましょう。旦那様方は、その間、農場で思い思いにお過ごしください。蜂蜜酒とミルク、それに滋養となるパンをご用意させましょう。力が求められる折に、力強く出発できますように。

（彼は、そこから去るように彼らに手ぶりで合図を送り、自身は家の中に入って行く。）

ラパク　聞いたか？

ドマスラフ　何たる自信だ！

ビーヴォイ　ますますおもしろくなってきたぞ。プライドに対するプライドのぶつかり合いが、鋼に対する小石のようではあるが、両者にとって互いに敵対的な炎の噴射を呼び起こしている。

（全員が左手へ向かって退場する。）

場面転換

奥行きの深い舞台。背景に姉妹たちの城が岩盤の上に建っているのが見える。

ヴラスタとスヴァルツカが背景から前方へ向かって歩みながら。

ヴラスタ　さて、あなたの御主人たちである、ご姉妹《きょうだい》たちは私の立ち入りを拒否なさるかしら？

スヴァルツカ　あの方々は邪魔されるのがお嫌なのですよ。

ヴラスタ　私がリブッサ様の御遣いで参ったことをご存じならば。

スヴァルツカ　すでにご存じですよ。

ヴラスタ　だったら何故？

スヴァルツカ　それでもなお、なのよ、——ちょっと待って！　お二人が急な斜面を下っていらっしゃる。城内から戸外へ通じる道よ、——後ろへ下がりなさい！　通り過ぎそうになったら、声を掛けなさい。

（カシュアとテッカが高所から降《くだ》り下《お》りてきた。）

カシュア　言っておくけれど、水準器が揺れているのよ、地震だわ、時代が新たなものを生み出そうとしている。

ヴラスタ　ご令嬢様！

カシュア　まあ、ヴラスタじゃないの、ご機嫌よう！　屋外へようこそ。城内では許されなかったのですもの。

ヴラスタ　どなたが、そんなご命令を？

テッカ　私たち自身よ。注意深い人間はね、自らを律し、従うものよ。

ヴラスタ　私の主《あるじ》、女大公様におかれましては、――

カシュア　分かっているわ。リブッサは自分の姉妹たちのもとへ戻って来る気だわ、民たちの激しい反抗に憤慨して。彼女に言ってあげて、そういうわけにはいかないわよ、って。

ヴラスタ　私も、全く同感でございます。

カシュア　全く、とは言えないかもしれないけれど。ただね、――彼女に伝えてほしいのは――偉大な権力者の後を継ごうとする者は、自身が一貫していなければならない、精神が統一されていなければならない、ということ。多彩な能力をすべて、自身の存在の中心に集中し、その結果、肉体と精神は形の上では別々のものではあるものの、肉体が精神となり、精神が肉体のかたちをとって表れ、両者が一体であるかのように思えるようになること、それができない者、はたまた、現世的な憂いや願望、とりわけ最悪な障害となる記憶というもの、すなわち広大な心情を散漫にしてしまうこれらの心情を粉々に粉砕してしまうことができない者には、金輪際、孤独というものに達し得ない。孤独の中でこそ、人は完全に自身とのみ向き合うのだから。彼女の活動の証《あか》し、彼女の職務の証しは、彼女がどこへ進もうと、将来彼女の後に残されるのだ。さらにその上、最近になって、ある男性への愛情が、彼女の高貴な内面に根を下ろしたように思われている。少なくとも、そなたによってもたらされた装身具はそなたの任務の証しであったが、しかし見知らぬ者の手中にあったのだとしたら、もはやその輝きは失せてしまっている。彼女はもはや私たちのもとへは戻ることができない、なぜなら、彼女は調和を乱し、自らも狂わされ、私たちの和を崩してしまったからだ。

（彼女たちは二、三歩、歩み始める。ヴラスタが彼女たちの行く手を遮《さえぎ》る。）

ヴラスタ　でもどうか、女大公様にご助言をお与えください、民の意見をどう制御したらよいか、苦心していらっしゃいます。

カシュア　民の中に、自身よりも賢い者がおるのであれば、彼女が玉座を降り、その者に譲《ゆず》るが良い。しかし、彼女の方がはたして、より賢いのであれば、臆することなく、彼女は自分の道を進むべきだ、行く手に何があろうと、脇目《わきめ》も振らずに。答えははっきりしているから、無駄な詮索は大いに省くことができるというもの。広範囲にわたる創造の領域にくまなく目を遣《や》ると、いたるところで目にするのは、聡明なる必然だ。日は昇り、夜となり、月が昇り、再び日が昇る。雨が田畑を潤し、霰《あられ》が落ちてくることもある。お前はそれを活用し、喜び、嘆くことができる、しかし何も変えることはできない。人の子が、存在する事物を正そうと欲しても。

テツカ　ことのほか自由意志によると思われる思考そのものが、むしろ必然の虜《とりこ》となってしまった結果だったりする。原因が生じれば、当然結果を伴う。「二足す二」は四であって、それ以上少なくも多くもない。そなたが五になればよいのにと念じたとしても。自身の限界を知る者こそが真の自由人なのです、自分が自由であると思い込んでいる者こそが、自身の妄想の虜《とりこ》となってしまっている。

カシュア　あなたは信念が自分を守ってくれることを期待しているの？　人は誰でも、自分に役立つと思えることしか認めようとしない。様々な意見を結びつけるものはたった一つしかない。それは畏敬の念だ、実証できる根拠がないにもかかわらず。父親が表明したことに息子は従う、聖なる人の口から発せられた言葉は聖なるものと受け取られる。一人の者が支配せよ、ということが天命なのだ、天は人間を従順なものに創り給うたのだから。われわれも、そなたの女大公の姉妹としてではあるが、彼女に服従しよう、この国は彼女のものとなったのだから。故に、何者かが抵抗しようと思いつくなら、その者は、まず人間以外の存在になろうとしなければなるまい。

(女領主たちが先へ歩を進め、ヴラスタが改めて意見を申し立てようとするかのように、二人に従って進むうちに、全員が左手へ退場していく。)

リブッサの宮殿の中の広間。右手寄りの数段高い壇上に玉座。

ドブロミラ (背後へ向けて話しかけながら、右手から登場する)。ここの見晴らし窓からは、はるか草原まで見渡せますわ!(窓の一つに近寄り、それを開ける。)

リブッサ (同じく右手から登場しながら)。ここには何も見当たらないのね。

ドブロミラ 以前と同様、辺り一帯いまだに領主たちの手がかりはありません。

リブッサ ヴラスタを見つけてほしいと言ったではないか。姉上たちのところへ行くように、私が彼女に命じたのだ。半ば男性化した彼女は、男性の流儀に従って、時間を様々な仕事に当てるために、ばらばらに細分化してしまうのだ。女性の場合、やれ！　と言われたことをその通りにやり遂げる。男性は常に、命じられたこと以上のことをやろうとする。女性はおしゃべりを好むが、男性は聞くことを欲している。男性が知識欲と呼ぶものは、形を変えた好奇心にほかならない。ひどく無精でない限り、男性は女性よりもおしゃべりなはずだ。

ブーデシュ城の姉上たちのもとへ向かおうと思う。姉上たちとは、いわば恩恵のもとに暮らしている、気の強い家臣たちと言い換えられる存在なのだが……。彼女たちは、すべての物にどれ位の重さがあるかを、先ずは自身の疑いの秤《はかり》にかけて計ってみるのだ。なぜなら、重さは真価と等しいからだ。そしてこの疑いの念にとって好ましくないと思われるものを信じようとしない。あの方々の疑いの秤にとって好ましくないものは、クロークス公の娘にふさわしくないことになるのだ。反論し合い、言い争いになるかもしれない、クロークス公の跡継ぎ娘はひょっとすると困難に打ち勝つことはできても、口論では決して勝てないだろう。

今となってはほとんど後悔しているのだ、あの世間知らず共を、もう一人の世間知らずのもとへ行かせてしまって。どうやらこちらも負けず劣らず強情で、おまけに誇り高いのだ、どんな急ぎのテンポでものろすぎるような場合なのに、なおもためらいを見せるのだ。私自身が、あの男のことをいまだに考慮すべき人物とみなしているのに、この額の裏側で、この胸の内で、互いに示し合ったあの印象の痕跡をいまだに生き生きと感じ取っているのに、彼を寄せ付けずにいるものは何なのか、報酬を得ることはないにしてもせめてお礼の気持ちを受け止めるために何も聞こえぬ夜の闇から、互いに相まみえる視界の開けた光のもとへ歩み出ることを彼にとどまらせているものは何なのか。

こんな手合いと暮らすのが私の運命なのか。つまり、領主たちの言うように、私自身も数多《あまた》の領主たちのうちのひとりに結びつけられるということなのか。私自身のものである、わが身体の手足が、卑猥な行為によって封土に利益をもたらすというのか。手を触れること、息がかかるほど接近すること、こうしたことに耐え忍ぶということなのか、権利には義務が伴うように。ああ、ぞっとする。全存在をかけて「拒否」を主張していくことになるだろう。

ヴラスタを誰かと結婚させよう、そしてその子供たちが私の跡を継げばよい。

ドブロミラ　埃《ほこり》が見つかりました。

リブッサ　埃などどうでもよい。

ドブロミラ　だんだんと人の姿が、目に見えて増えてくるのですよ。まあ、領主たちです。

リブッサ　それで、ヴラスタはまだか。

ドブロミラ　行列があなた様の、あの空馬を取り巻いています。
リブッサ　騎手を乗せていないのか？
ドブロミラ　私には騎手は見当たりませんが。ただ、全員の先頭に立って、一人の男が歩いています、花で飾り立てて、まるで……
リブッサ　まるで、生贄《いけにえ》のように？　私が彼のために、その億劫《おっくう》な行進の手間を省いてやるとしよう。その女性が、彼にとって、歩いて来る価値の無いもののように思われているのならば、さすがの彼にも女大公ならば注目に値するものであるらしいと思い知らせてやろう。（両手を打ち鳴らして。）
　館内のすべての従者の面々、集まりなさい、全員が一団となって、あなた方に命令を下す女大公を取り囲みなさい、高位にある者のことを、他では確かめることができない者が、せめて自身の目で認めることができるように。
（右手からリブッサの従者たちが登場し、整列した。リブッサ自身は玉座につく。プリーミスラオスが左手から登場する。領主たちと民衆が彼の後に続く。彼は穂と矢車菊で編まれた冠を頭に頂《いただ》き、右手には草刈り鎌を、左手は花と果実を入れた籠を抱えている。）
プリーミスラオス　あなた様のお言い付けに従い、やって参りました、貴き女大公様、ここに持参しましたものは、農民の捧げものであり、このような農民の装いを凝らして、私にできる精一杯の成果を献上申し上げる次第であります。穂束を編んだこの花冠は、いわば耕牧地の王冠とも言うべきもの、大公様の装身具に劣らぬ黄金色に輝いております。その花冠を頂きながら、女大公様の王冠の御前《みまえ》に首《こうべ》を垂れる所存でございます。この草刈り鎌は、私の剣《つるぎ》とも言うべきもの、最良の武器なのであります、と申しますのも、これは人間にとって最も邪悪な敵、名前からしてすでに悲惨な光景を示しておりますもの、すなわち「貧困」を制圧しようと努めるものだからです。より高位の力に打ち負かされた者として、私はこれを捧げます。そしてこれはまた、私の盾であります。ここには、私の生業《なりわい》を表すシンボルがほどこされているだけでなく、実態のありさまが描かれており、私の地位と実践を象徴する紋章でもあるのです。私はこれをささやかな贈り物として殿下に捧げます。本人に自覚はないけれど、低位であることをわきまえている者が上位の方に捧げものをする、その作法に従って。私にとっては城でもある我が家から、私は宮殿へやって参りました。殿下の御前に跪《ひざまず》いて、お尋ね申し上げます、ああ、女大公様、どうかご命令をお聞かせくださ い。(彼は跪《ひざまず》く。)

リブッサ　そなたのしゃべり方は、まるで対等の者が対等の相手に向かって話しているかのようだ。

プリーミスラオス　殿下に屈しているのは膝だけではありません、心も同様です。

リブッサ　しかしその両者が、自発性によらないのであれば、私と同等に立ち並ぶことになるのではないか。立ち上がりなさい。

プリーミスラオス　私の贈り物を殿下が今ようやくお受け取りになるのだとしたら、贈り主ははねつけられてしまった自分自身を贈り物に重ね合わせてみることとなるでしょうに。

リブッサ　さあ、花々を受け取りなさい。私は花が大好きなのです。なぜなら、高価でもないのに、思いを伝えることができるものだからです。

（花籠が彼女の足下に運び込まれた。）

そなたはこれらをそなたの盾と称した。なんと素朴な紋章であろう！　しかしそこに、たとえば標語のような一言が添えられていたならば、間違いなくそれは、誇り高いものとなっていたであろう、この花々が素朴であるのと同じくらいに。

プリーミスラオス　（すでに立ち上がっている）。標語ならば、私の盾にも備わっております。シンボルと同様つつましくはありますが。殿下は謎解きの形を使って内心を吐露なさることを好んでいらっしゃる。そのようにして内心の最高の贈り物をそれに結びつけられる。即ち、あなたご自身を。対等であるかのような話し方を、どうかお許しください。

（花籠を持ち上げ、彼女に差し出しながら。）

花々の下に謎が潜み、果実の下に解が潜む。
人を鎖で縛った者が、それを持ち、
それを身に着けている者には、鎖が無い。

リブッサ　（花々を眺めながら）。それは、おそらく東方の花言葉であろう、閉じられた口から夢見るように語られるのだ。そしてこれらの薔薇、カーネーション、それにみずみずしい果実は秘密の意味に従って並べられているのだろう。時間が許す折に、謎が解かれるだろう。（籠を引き渡

しながら。）しかし、謎を掛けることは権力者にふさわしく、謎を解くことは従者に適している
であろうに。だから、わからないのだ、ただもう、熟知しているかのような打ち解けた感覚が。
あるいは、そなたはすでに私に会ったことがあるのか。

プリーミスラオス　国をあげて、殿下の戴冠式が行われた時、殿下を目にしなかった者が居るので
しょうか。

リブッサ　それで？　私はそなたに声をかけたことがあるのか。

プリーミスラオス　殿下がお定めになった掟《おきて》を殿下からのお言葉として崇《あが》めておりますすべての
人々と同様に、私にもお言葉は届いております。

リブッサ　空馬のまま私が返したあの乗用馬は、そなたの住居の敷地内でとどまった。あれは、そ
なたの所有していたものなのか。

プリーミスラオス　たとえ以前はそうであったとしても、手放してしまえば、もはや私の所有では
ありません。男というものは、ためらいながら前へ進みますが、決して後戻りはしないものです。

リブッサ　「男は、男は……」って！　ようやく私にも、どういうことなのかわかってきた。姉上
たちは何とまあ、星々を読み解き、また、ヴラスタは男の戦士のように武器を操る。私自身は仲
裁しつつ、この国を秩序立ったものにしようとしている。しかし私たちは全員、女ばかりだ、不
慣れな女ばかりなのだ。彼女たちは酔っぱらって、喧嘩となり、罵《のの》り合い、性急な愚かさゆえに
真実を見落としてしまう。そして彼女たちの視線は、遥かかなたを漠然と熱望してさまようのだ。

しかし男たちが居てくれたなら、そう、男たちだ！　万物の支配者よ！　ここの民たちは、男子を欲している。私ではなく、国民が欲しているのだ、国家が求めているのであって、女大公が求めているのではない。そなたは賢者で通っている。賢明さは、英知が欠けている場合に、間に合わせの応急手段となるのだ。彼らは判事を欲している、何が善良で正当か、信心深く賢明か、ではなく、ただ、何が好都合か、各自がどれくらい受け取ることができるのか、あるいは、拒絶することができるのか、泥棒とかペテン師呼ばわりされることなく――もっとも、ほぼそれに等しい連中と思われるが――こうしたことを裁定してくれる判事を人々は求めているのだ。そなたはそれに打って付けの人物だ、少なくとも見た感じでは。とはいえ、裁判官は他人の財産を守らなければならないのだとしたら、他人の財産からはとりわけ無関係であらねばならない。それ故、返答せよ、そなたの手の中に、私の持ち物が無いかどうか、私に渡さずにおいたものが無いかどうか。

プリーミスラオス　私自身がまるごと殿下のものでございます、私が所有しているものすべては。しかしかつて所有していたものは、今は私の手中にはございません。

リブッサ　嫌悪すべき返答だ、その返答には二重の意味が含まれているからだ。自尊心と、そしてどうにも隠し切れない傲《おご》りそのものだ。それ故、最後にもう一遍そなたに率直に尋ねたい――

しかしこちらの胸の内にも自尊心が沸き上がる。気安く挨拶を交わすような相手と会ったり、相手が誰なのかをこちらから気づいてしまうような相手は避けるようにせよ、というプライドが。そなたの聴く話が譬《たと》え話であったとしても、それによって、そなたが賢明か否かを示してくれるはずだ。（玉座からおりてくる。）

ある国王が狩りの最中に道に迷ってしまい、ある農夫のもとで宿と保護を得ることができた。後日、王宮に戻ると、彼は指輪を失くしてしまったことに気づいた。彼にとっては貴重で神聖なものであった。それを彼は夜の間に無くしてしまったが、その顛末《てんまつ》は不明である。そこで彼はすべての街道に御触れを出させた。彼の父親の遺産の一部である貴重な宝石を彼のもとへ返却してくれた者には、たっぷりと報賞が与えられ、王の深い愛顧のもと、王の御側《おそば》近くに列せられるであろう、と。もしも、そなたがその農夫であったなら、そなたはどうしたであろうか。

プリーミスラオス　私がその立場であれば、そのような体験そのものがご褒美のように思われることでしょう。ですから、その指輪の値打ちは、その時の思いを体現するものとして、どんな高価な報酬よりも貴いものとなりましょう。

リブッサ　実際その男はそうしたのだ、その愚か者は。その男は指輪を差し出さなかった。それから間もなくしてその地方に蜂起が起こった。何が原因かは私の知る由もないが、ひょっとすると王の寛容さのためだったかもしれない、よくあるように。しかしその領主は、温厚な父親であるだけでなく、厳格な裁き手でもあったので、直ちに軍隊を招集し、反乱軍に立ち向かって進軍し、彼らを打ち負かした。ある者たちは戦闘によって斃《たお》れ、残りの者たちは捕えられ、死刑執行人の手により、同様の運命がもたらされるのを待つばかりとなった。その時、領主は以下のような御触れを発付させた。以下の者のみは、通常の罰が免除される、即ち、失われた装身具を王のもとへ返却した者である。たとえ義務によるとは言え、主君へ示した忠孝に報いるためである。

プリーミスラオス （生き生きとして）。そのお話ならば私も存じております、殿下！

リブッサ そなたの知るところによれば、その男はどうしたのか。

プリーミスラオス 彼は森を抜ける道中で、指輪を投げ捨ててしまいました。純真であることは、何の他意もなく、自分を守ってくれなければおかしい、と彼は言っていました。もしも罪があるならば、罪ある私は罰せられるべきです。領主様には、万人に等しく怒りの矛先を向けていただきたいものです。私は偶然のお蔭を被《こうむ》ったことはありません。そしてまた、人様からの恩恵も。

リブッサ 話の続きがどうなったか、そなたは知っておるのか。

プリーミスラオス いいえ、存じません。

リブッサ 王は全員を平等に断罪した、指輪は失われてしまったが、その男もまた同様であった。私は思い違いをしていた、そなたは利口ではない、そなたはこの国で判事になることはできない。

日が暮れてしまった。彼に一晩の宿を用意してあげなさい。城の中を案内してあげなさい、すべての財宝もろとも。支配者や領主がどんなものなのか納得できるように。明朝には彼は自宅へ戻って、自分好みの食卓で食事をしていることだろう、かれの言葉通りの材料でできた食卓だ。頭も心も、かれのテーブルと全く同様、鉄でできている。

（彼女は軽蔑的な手ぶりをしながら背を向け、プリーミスラオスは立ったまま深々と頭を下げている場面で、幕が下りる。）

第四幕

リブッサの城の塁壁の上。背景は鋸壁のような、ごつごつした石に覆われた斜面に囲まれている。左右に半円の形をした塔が立ち、それぞれに出入口が付いている。ドブロミラが背景で欄干に腰を下ろし、読み物をしている。ヴラスタとプリーミスラオスが左側の塔から登場する。

ヴラスタ　さあ、こちらへいらっしゃい！　あそこの右側があなたのお部屋です。お城の中はじっくりご覧になりましたか。こんなに立派なものをこれまでに見たことがありますか。

プリーミスラオス　いえ、ありません。

ヴラスタ　あのようなものを見ると、たいていの人は憧れを抱くものではありませんか。

プリーミスラオス　鷲《わし》のような翼や、魚のような鰭《ひれ》を誰が望んだりするでしょうか。鷲や魚は欲しがるでしょう。たとえ限界はあるにせよ、最高位にあるのは人間です。王様であろうと最終的には人間であることが最良のことなのです。それに、あなた方のベッドがあんまり柔らかいことがわかった時に、私は思いました、こんなに選り好みが激しいからには、あなた方の睡眠の質は良くないだろうと。それに台所の調理器具はあの手この手で食欲を減退させていて、まるで、ここには本当におなかを空かせた人はいないし、腕の良い料理人も味のわかる上客もいないことを宣言しているみたいなのです。私のぼろ家《や》では食事はうまいし、ぐっすり眠ることもできる。過剰とは、隠しそこなった欠乏と同じです。

ヴラスタ　人工に対してそんなにも抵抗を感じるのならば、野山はもっとあなたの気に入るかもしれませんよ。こちらへいらっしゃい、そして広々とした野原に目をおやりなさい、果てしなく水平線に迫っていますよ。これらすべてが、山も谷も広々とした平地も、これらすべてがリブッサ様の持ち物なのです、私の女主人の。

プリーミスラオス　するとあの方は、そんなに多くの領民たちの要《かなめ》となる存在なのですね。私だったら自分自身を、そんなに広範囲に撒き散らしたくはありませんね、自分自身のためには何も残らなくなってしまうのではないかと恐ろしいですから。（頭と両手を表示しながら。）ここが私の決定機関であり、これらが私の従者たちです。両足が私の使者たち、そして心臓が私の国です。そしてこの心臓、これは神々の座にまで至る広大さを持ち、この胸の内におさまるほどの小さいものなのに、自分やすべての同胞たちを包含するに十分な広さがあるのです。もしも私が領主だったら、自分自身に怯《おび》えてしまうことでしょう。あまりにもそっくりそのままな絵が愕然とさせるのと同じように。（ドブロミラに気づいて。）これは、なんと！　すっかり邪魔をしてしまいました。

ドブロミラ　私は没頭していました、だから周りで何が起こったか、気づきませんでした。

プリーミスラオス　あなたの御本はさぞや、深い知恵に満ちているのでしょうね？

ドブロミラ　さあ、こちらにいらして、ご自分でお読みなさい！

プリーミスラオス　私は読むことができないのです、ご令嬢殿。

ドブロミラ　読めない？　何故です？

プリーミスラオス　本を読むことはできません、しかし、表情からわかるのです、あなたが私を恥じ入らせようとなさっているのを、今私は読み取っています。

ドブロミラ　ただ驚いただけなのかも知れません。あなたが国家や諸侯について語り、それでいて必須の知識をお持ちでないことに、つまり、原初からの時代の流れ、歴史を。

プリーミスラオス　今日あることは、昨日にもあったし、明日にも起こるのです。——そして明日は昨日の繰り返しです。今日という日を明晰に把握する者は、すべての過去とそして未来をはっきり見きわめることができるのです。

ドブロミラ　でも、世界の始まりは何だったのでしょう？

プリーミスラオス　終末ですよ、ご令嬢！　始まりの中に終末があるのです。

ドブロミラ　星座についてはご存じないのですか。

プリーミスラオス　観察はします。しかし星々は私を見てはくれません。となると、見るという行為によって、私のほうが星々よりもましだということになります。

ドブロミラ　最も難しいことは何でしょう？

プリーミスラオス　正義です。

ドブロミラ　あなたは即答なさるけれど、でも間違っていらっしゃるわ！　最も困難なこと、それは敵を愛することですわ。

プリーミスラオス　中途半端で良いならば、それも容易《たやす》い、完璧にとなると、全く不可能です。とは言え、人の世のあらゆる争いの中で、自身の胸の内の要求を抑制し、温厚にでもなく、慈悲深くでもなく、寛大にでさえなく、自身にも他者にも公正であるということは、この広い地球上で最も困難なことなのですから、それを成し遂げた者は、この世界の王であるべきです。

さあ、あなたの書物の廃《すた》れた教えなど、捨ててておしまいなさい！　真実には命があり、あなた自身のように生きているものなのです。あなたの書物など、真実の亡骸《なきがら》の棺桶《かんおけ》に過ぎません。

(ヴラスタの方へ歩み寄る。ヴラスタは、立てかけてあった二本の剣のうちの一本をつかみ取り、試《ため》すように撓《たわ》める。) あなたは何をなさっているのですか。

ヴラスタ　御覧のとおり、武器を試しているのです。
プリーミスラオス　女性にとって武器は何になるのですか。
ヴラスタ　ここにもうひとつあります。よろしければ、一ラウンド試してみませんか。
プリーミスラオス　私は字を読むこともできませんし、フェンシングもできません。ゲームをやって何になるのです？　真剣でなければ武器にはならない。三、四人あるいは五人ほどをそんなガラクタで武装させ、私の城である、ぼろ家へ押し入らせてみなさい、私は父親の幅広い斧《おの》だけを武器にして立ち向かう。そのとき誰がより優秀な戦士であるかは、勇気が決め手になるかもしれない。
ヴラスタ　（右側の塔を示しながら）。御覧なさい、あそこですよ。疲れてきました、私のために一夜の宿を用意してくださった場所へ案内してください。
スラーヴァ　（場面の背後で）。言っておくわ、止《や》めるべきです！
プリーミスラオス　何が起こったのです？
スラーヴァ　（左側の塔から登場しながら）。ああ、どうかお守りください！
プリーミスラオス　この驚くべき場所で、あなたは保護を求めてきた最初の女性です。他の方々は皆、教師さながらにむしろ教えようとする傾向がある。
スラーヴァ　そうです、あなたご自身や、あなたと同類である男性からの保護を求めているのです。

プリーミスラオス　私自身からの？

スラーヴァ　そうです。あなたと同類の男どもからの保護です。彼らは、私が美しくもなく、また美しくありたいとも思わないのに、私を美しいと妄想するのです。そうして煩わしく騒ぎ立てて私を追い回し、至る所で襲い掛かってきます。ある男は、自身の手で私の手を掴《つか》み、別の男は、瀕死の、いやもう半分死んだ人間のように目玉を剝《む》き、今一人の男は跪《ひざまず》いて大いなる神にかけて誓うのです、私が、この広い世界で見つけた宝石であるなどと。そして自分の生死が私の眼差し一つにかかっている、などと言うのです。それにしても性衝動とはなんと嘆かわしいものなのでしょう、それがあるお陰で、人間の高潔さを示し、人間を高めてくれるあらゆることを愚かにも見逃してしまうのですから、そして外面的な天分、つまり、白いか赤いか、とか、髪や歯や足はどうか、とかに従って、つまり一番求める価値の無いものを基準に熱愛の対象を選んでしまうのですから。

プリーミスラオス　あのね、君に男たちを軽蔑するように仕向けているものの中には、どうも君自身に対する軽蔑の念が隠れているように思える。外面的なものを基準に物事を決定する人は、内的な価値に強い疑いを抱いているのではないかと気がかりだ。人は、塵《ちり》の中に埋もれていたとしても、ダイアモンドを探し求める。石は磨かれて初めて、その輝きが価値をもたらす。その本質はもっぱら光り、輝くことの中にあるのだから。あなたは適切な道筋を進んでいる、ここに居ればあなたは心配ない。私にとって女性は重大なテーマだ、私が目指すすべての目標と同様に。私は女性を遊び相手にするつもりはない——女性も私をもてあそんで欲しくはない。

そのことを、最後のご挨拶として、女大公様に伝えてほしい、明朝、私が家路をたどってかなりの距離を進んだ頃に。（彼は右側の塔へ入って行く。）

ヴラスタ　あの方の後に従います、そのようにご命令を受けています。（彼女は同じ塔の中に向かう。）

（リブッサが左の塔から出て来る。）

リブッサ　あの男はどうであった？

ドブロミラ　あの方は全身鋼《はがね》でできています。

リブッサ　戦闘においては、刀剣をも打ち砕くことであろうに。人を寄せつけぬものは、もろいものだ。（ドブロミラに向かって。）二人の後を追いなさい。だいぶ日が暮れてしまった、こんな時間に彼と彼女が二人きりでいるのは、ふさわしいことではない。（ドブロミラが出ていこうとしたとき。）いや、やはり私にベールを寄こしなさい。私自身が証人になろう、彼の鋼《はがね》の意志がどれくらいもちこたえるものなのか。

先ずは、こちらの命令に従ってもらおう、その後には勝手に立ち去るがよい。この胸の内にほとんど憎しみに近いものが湧き上がるのを禁じえない。

（左側の塔の中へ退場する。）

塔の内部の居室。前景左手にクロスの掛けられたテーブル。

プリーミスラオスとヴラスタが登場する。

ヴラスタ　ここがあなたのお部屋ということです。

プリーミスラオス　どうもありがとう、それと、明日は早朝においとまするので、今日のうちに二回分のお別れを述べておくとしよう。

ヴラスタ　それでは、本当に行ってしまうおつもりですか。

プリーミスラオス　自分の家の仕事を放ったままにして来てしまいました。それに女大公様はすでに私にお別れを告げられた。

ヴラスタ　それであなたには、リブッサ様にお話しすることは無いのですか。

プリーミスラオス　いったい何を？

ヴラスタ　あの方は、あなたが以前森の中であの方のために進んで救いの手をさしのべられた救い主と同一人物であると確信していらっしゃいます。それに領主たちも述べていました、あなたは、抜け目ない手並みで置き換えることによって、高価な飾り石を鎖と取り換えてしまった人物だ、と。

プリーミスラオス　そこまで分かっているのに、その上何を詮索しようというのです？

ヴラスタ　あの方から感謝されて当然のあなたが、その権利を放棄し、あの方のお気持ちをはねつけたことによって、大公としてのプライドが傷つけられたように感じていらっしゃるかも知れません。

プリーミスラオス　それが真相だとしたら、これはプライド対プライドの対決だ。

ヴラスタ　とはいえ、これは農民と大公のプライドの話ですよ！　そのうえ、あの飾り石はあの方にとってはとても貴重なものなのです、あの方の父上からの意義深い賜物なのですから。偶然にあなたの手元に舞い込んだかも知れないけれども、私のお仕えする大公様の所有物に変わりはないのですから。ですから、他人の持ち物は差し出しなさい、あなたのものではありません。

プリーミスラオス　もう、差し出しましたよ。

ヴラスタ　えっ？　いつ、どこで、どうやって？

プリーミスラオス　私がここに到着したとき、すでに申し上げたはずだ、いささか謎解きの体《てい》を成していたが。しかし、あなた方はその意味が理解できなかった。

ヴラスタ　ここで要請されていることは、謎解きではありません、服従です。

プリーミスラオス　私には、他にもわかっていることがある。求愛する領主たちに、あの方が難題を課したことだ。あの方が大切になさっている飾り石を分割せずにまるのまま、あの方に引き渡すように、という難題だ。その片割れがありさえすればなあ、もう一方を継ぎ合わせることができるのに、私が持っているものがそれだとしたら。

ヴラスタ　あなたが自分の役割を果たしさえすれば、事は成るのです。

プリーミスラオス　私が今居るのは、女たちばかりの奇跡の城の中だ。ここでは、あらゆる女性的な完璧さが、何かきらびやかな印象とともに目の前に披露される。女性であるがゆえに生じる落ち度を、必要以上に慎重に押さえ込もうとしているように私には思われる。それは好奇心というやつですよ、あなた方女性の欠点として人々があげつらう、好奇心ですよ。そこでなのだが、優しいヴラスタさん、あなたがこんな質問をするのは、単に今問題となっている、その好奇心によるのではないのかな？　それともあなたは、女主人の言い付けに従って私と話をしているのかな？

ヴラスタ　あの方の言い付けではありません。

プリーミスラオス　やはりそうなのか！　それならば、答える側の権利の方が、尋ねる側の権利に勝《まさ》るというものだ。

ヴラスタ　しかし、私が何を話すかを、あの方はご存じです。

プリーミスラオス　あなたがそう言ったからと言って、私がそのまま信じることができると思うのかい？

ヴラスタ　では、単なる好奇心からではなく、もっと重要なご指示が私にその権限を与えていることの証しとして、この飾り石をご覧になってください、その片割れをあなたは手放そうとなさらないが、それが完全な形になることが強く求められているのです。

（ベルトの中央を飾る飾り石を胸元から引き出しながら。）

プリーミスラオス　なんと美しい図柄なのだ！　きわだって豪華な宝石の数々！　こんなものを生まれてこのかた見たこともない。

ヴラスタ　とぼけるのはお止めなさい、あなたの手の中にあったものです。

プリーミスラオス　そのようなものがどうやって百姓の手に入るというのでしょう？　私の手に取らせてください、じっくり見させてください！

ヴラスタ　手を触れないで！

（飾り石をテーブルの上の彼女に近い側に置きながら。）

では、ここにおきますよ。

そのかわり、あなたも自分のやるべきことを行いなさい。大公様もこれ以上耐えるつもりはありませんし、また、できません。あの方にとって大切で、高価で、神聖でさえあるものが、半ば親密な出会いの明白な証拠として下々の者の手にあり、偶然の出来事を、要求されたことのように伝えられてしまうことに。あなたには従ってもらいますし、従わねばなりません、大公様のご意志です。

（ドブロミラが登場する、背後にリブッサが続く、松明《たいまつ》を携え、頭のてっぺんからつま先まで厚手のベールに覆われている。）

ドブロミラ　明かりは入用ではありませんか。すっかり日が暮れてしまいました。おふた方のために、この召使女に松明《たいまつ》を持たせていきます。さあ、ヴラスタ、そなたの任務をしっかり遂行するのですよ。

（彼女は立ち去るが、リブッサは松明をかざしながら中景にとどまり、左手へ向いている。）

ヴラスタ　（リブッサを目にし、独り言を言う）。あの方ご本人だわ！

プリーミスラオス　ヴラスタがふさぎ込んだ様子に見える！　あれは、あの人なのか？　先ずは自分が落ち着かなければ……胸騒ぎがする！

ヴラスタ　（プリーミスラオスに向かって）。何が必要なのか、話しました。言うとおりになさい。

プリーミスラオス　あなた方は先ず証明されねばならぬことを、早急に前提としてしまう。それは正しいこともあれば、正しくないこともあるのに。かつて、夜の闇の中、深い森で、あなた方の女大公に出会ったのが私本人だと想定して欲しい、そして、何もかも識別できない状態で、あの方は私にとっては、女王でもあるひとりの女性として認められたのではなく、すべての女性の中の女王であると思われた。優美で魅力的な手足、王位を暗示する顔つき、支配者の眼差し、命令を発するがごとき唇、沈黙しているときでさえ、いや、沈黙しているからなおのこと。それらは私の胸の内に、幼少のころからずっと私のまわりを漂っていた、あるイメージを呼び起こした。そして私は満身の力をこめて叫んだ、彼女こそがあの方だ、と。私はあの方の身分や地位について何も知らなかったが、期待したり、愛したりすることを禁じるものも何も無かった。彼女は去って行き、夜が明けた。私の手の中に残されたものは彼女ではなく、華麗な装身具だったが、たしかにその見事さがあの方の高貴な出自を語ってはいた。とは言え、プリミスラフも下位の出自ではない、農民とは言え、勇士の子孫だ。リブッサ様の遭難のうわさが国中を駆け巡ったときになって初めて、突然すべてが明らかになった、自分がただもう望みの無い愚か者であったことが。しかし、私の外的な幸運のかけらを寄せ集めると、私の内面に新たな幸運が立ち上がってきたのです。光の周りを旋回する三条蝶《みすじちょう》のように、私の願望はその飾り石の周りを飛び始めたのです。以前はシンボルでしかなかったものが、今や対象物となってしまいました。私はこの熱い胸の上に肌身離さず着けるようになり、胸に抱きしめ、唇を押し当てるようになりました。所有物を所有者と置き換える想いに耽りながら――

あなたの同僚の女性に松明を静かに掲げ続けるように言ってくれたまえ。光が消えてしまえば、われわれは暗闇の中に取り残されてしまうのですから。

ヴラスタ　そろそろ物語りはやめにして、本題に入りなさい。

プリーミスラオス　夢というのは、確かに物語であって、他の何ものでもない。私の希望は打ち砕かれてしまったように思われた、しかも永遠に。そのときだった、突然また、煌《きらめ》くように事は起こった。私の住まいに領主たちがやって来たのだ、私の馬に導かれて。馬には御者もいないのに、もと来た故郷への道を辿ったのだ。そのとき、私の中で、静かにささやく声がした、彼女はまだお前のことを覚えている、彼女の中ではあの晩の記憶が消え去ってはいない、奇跡のように優美なあの時間の記憶が。低い身分の私を殿下と同じ高位へ引き上げて欲しいなどと思ってもみなかったし、殿下が領主たちに課した条件が私自身にも当てはまるであろうなどとも思ってもみなかった。私の思いにあったのは、もしも今のようでなかったならば、世の中の事物が今とは異なっていたならば、この状況が消え去って、別のようであったならば、低位の者が高位となり、貧しい者が金持ちになっていたならば、そのときには起こるかもしれない、きっと起こり得るだろうという、無益な妄想だけ。目覚めている私が殿下の心の内を思い浮かべると、見えてくるのは、その無益な妄想の漂う微粒子みたいなものだ。それがひょっとして殿下の心に浮かんだかも知れないなあ、と考えたりするだけだった。

あそこにいるあなたの友人の女性は、辛抱できなくなったようだ。急がなければ、あの方は立ち去るつもりでいる。

そんな期待を抱いて私は、めまいをおこしそうになりながらやって来た。胸の鼓動が目や耳や口にまで押し寄せて来るようだった。しかし、敷居の上に立った時、冷ややかな嘲《あざけ》りと傍若無人の侮蔑が私を出迎えた。

ヴラスタ　あなたは、その女性のことを思い浮かべていた、しかしそこに見出したのは大公様だった。

プリーミスラオス　支配するということは、難儀な任務だ、男子はそれに、存在をかけて没頭するが、女子はというと、あまりに優しくつくられているので、任務が加わる度に、本来の価値を減じてしまうのだ。美女というものは、どんなに豪華に飾ろうとも、緋衣や舶来の絹を身に纏《まと》おうとも、あなたが脱衣の手伝いをしてそれらを一枚一枚剥《は》ぎ取る度に、彼女自身はますます美しく、真の姿に近づいていくのだ。そして遂には慣れ親しんだ究極の「白」に、つまり自身の素肌色に達するのだ。自身の宝を意識する満足感にうちふるえながら、勝利を勝ち取ったかのように喜びをかみしめずにはいられない。女性とはそういうものだ、美のやさしい娘よ、権力と、保護への欲求との間の混血児なのだ、彼女がなり得る最高の姿は、但し女性としてだが、自身の弱さを克服する力として現れる。彼女が要求しないものは、彼女に与えられているのだ、そして彼女が与えるものは、天からの贈り物だ、というのも、天の要求とは、即ちまた、与えるということなのだから。しかし、その優美な乳汁に「高慢」が介入してくると、つまり、混じりけの無いミルクに舌を刺すような一滴が混入すると、たちまち分離してしまうのだ、強いものと弱いものに、甘いものと苦いものに。計り知れない値打ちのあるもの、比類のない卓越したものを、計量と比較という卑しき尺度のもとに貶《おとし》めつつ。

ヴラスタさん、あなたが武器を撓《たわ》め、声を荒げて挑戦してきたときには、あなたでさえももはやあなた自身ではなくなっていた、少なくとも女性ではなくなっていた。ところが、あのお友達が部屋に入って来てからというもの、優しげな恥じらいがあなたの全人格を支配してしまった。私につかまれたその手は、ほとんど震えている。あそこに居るあなたの友人が不機嫌な足取りで地面を踏みならしているのとは違って、あなたはもはや威張ってはいない。だから、あなたは美しい、あなたの眼差しはもはや睨《にら》みつけるようではなく、穏やかな光を湛《たた》えて地面を見つめている。頬《ほお》は少女のように赤く染まっている。

ああ、なんと！　結んであったあなたの髪がほどけてしまった、髪の毛すらも、みずから恥ずかしくなって、当初の強硬な姿勢からの優しい変化を包み隠そうとしているかのようだ。私があなたの髪をなで上げてあげましょう。ほら、また、きれいになりましたよ。もしも私が、あなたの本心を見極めることができるなら、そして私の心が、他の道筋を辿っていなかったなら、私はこう言ったでしょう、ヴラスタ、君は優しく受け止めてくれるかい、と。他の者の心と一つになるためには、心の内が解けなければならないということを理解できるかと。君はこの誇らしげな城を離れて、再び恭順と温和と弱さに親しむつもりはないかと？　支配者が自分の家として住んでいるのであれば、荒《あば》ら家であっても、君には王宮と思えるだろうか、と。「はい」と答えて欲しい、「はい」と！　あなたの女大公様は栄光と壮麗さをそなえてはいるが、あなたにはそれ以上の高みに立って欲しい。
（彼女の眼を見つめるために屈《かが》みこむ。——リブッサは二、三歩前に歩み出る、話しかけようとするように。突然、彼女は松明を放り投げ、立ち去る。）松明が落ちてしまった。私に構わず、行きなさい！

ヴラスタ　（松明を拾い上げた）。大公様がお怒りなのだわ。

プリーミスラオス　私たちの、ここでの顛末《てんまつ》を、大公様がどうして知っているのだ？　あなたは、私の質問に答えなければならないはずだ。あなたを放免はしませんよ、私に釈明しなければならない。松明を消してあげましょう、そうすればこっそりと私に秘密を打ち明けることができる。
（彼は繰り返し松明に手を伸ばし、またそれによって、抵抗する女性を背後に追い詰める。）

ヴラスタ　大胆不敵にも、神を冒涜《ぼうとく》する行為だわ、下がりなさい！　力が萎えてしまったかのようだ……抵抗する力が……高慢と厚かましさに押し切られてしまった……
（彼は彼女から松明をもぎ取る、そして地面に押し当てて消してしまう。）
真っ暗になってしまったわ。

外からの声　ヴラスタ！

ヴラスタ　ここよ！　（戸口から退場する。）

プリーミスラオス　（テーブルの上に置いてあった宝石をつかみ、胸元にしまう）。あった、あった！　ついているぞ、策略は成功だ！　あそこに出口が見える。外へ向かおう！

（彼が、背景にある戸口の一つへ急いで向かっている間、ベールを後ろにはねのけた姿のリブッサが左手の戸口に登場し、腕を上げて合図をする。床の落とし穴の扉が開く。）

床がぐらついている、落ちてしまう！（前方へ向き直って。）何と、リブッサではないか！

（彼は落下する。）

（リブッサは扉を通って退場する。）

場面転換

三幕で登場したものと同じ玉座の間が設《しつら》えられ、中央がカーテンで仕切られている。あたりは闇に包まれている。

プリーミスラオスの声　（カーテンの背後から）。神々よ、お助けください。手を放せ！

（彼がカーテンの背後から登場する、黒い色の装備を身に着けた数人の男たちがその背後に控えている。）

プリーミスラオス　やめろ！――地面が揺れ動く、意識が朦朧《もうろう》とする。高い急斜面をすごい速さで滑り降りてきて、足の下の地面がいまだに波うっている。その動きは私の体内にまで連なっていくかのようだ。うまく言えないし、どうしたら良いかわからない、こんな体験は初めてだ。

そろそろ良くなってきたようだ。さあ、受けて立ちましょう。あなた方は何をお望みなのです？　私に何を求めているのです？

沈黙するのですか。抜き出された剣が、あなた方の答えなのですか。そして、あなた方の優しい女王は私の命をお求めなのですか。これは、これは、なんとしたことか、国中が有頂天になってあなた様をたたえているではありませんか。私には、単なる気ままな考え、女性の気まぐれとしか呼ぶことができないのですが。それは盲目的な感情にひたすら左右されていて、一方では、その「豊穣の角」＊から恩寵が溢れ出るままになっている。というのも、受け取る側が身近にいる、都合の良い連中で、曖昧《あいまい》な何かを恩恵として受け取れるからです。しかし、他方ではまた、奪いもするのです。というのも、恩恵とは偏向したものだからです。そして贈与と収奪は一対のものだからです。この世界は、夢を紡ぎ出す園ではない。香りと色鮮やかさが席次を決定し、従って、薔薇が女王となり、ヘンルーダやチサは雑草として踏みにじられ、根絶やしにされるようなところなのです。運よく私は値打ちを認められ、恩恵を受けた。しかしその両者、すなわち値打ちも

＊　ヤギの角で作った容器に花や果物を盛ったもの。豊穣の神の属性を表す「豊富・過剰」の意の雅語でもある。

恩恵も、ある気まぐれな恨みが私から取りあげようとしている。しかしたとえ、「気前の良さ」が天からの恵みとしてこの哀れな地上に降り立ったとしても、人間の裁量と対峙し、そして「なぜか」と問われた時には答えを出さねばならないことだろう。私の要求がどれほど大それたものなのかについて、そしてまた、私の過失がどれほど深刻なものなのかについても、公平な裁定に基づいて吟味されることを私は求める。専横に対して従順でいる求婚者などあり得ない、そんな男は存在しない。

そこのお前たちが鎖を手にしていることは承知している。――さあ、これが俺の両手だ、これを繋《つな》ぐがよい！　塔の中で過ごす一夜に、俗間《ぞっかん》から引き離されて、私はお前たちの女主人を称える歌を歌うつもりだ、あの方を信じた自分自身を裁く歌を。

あなたにとっては、鎖は軽すぎる刑と思われているのだろう。あなたが剣をさっと引き抜いて私の胸につきつけるであろうことを私は知っている。あなたたちが何をするつもりか、何を求めているのか私にはわかるが、私だったら「不承知」と答えるだろうし、現にそう答えておく。女大公様の驕《おご》りに対して策を弄《ろう》してそれをくじこうとすること、そして、女大公様からの感謝と承認を要求するという私の権利を守ろうとすること、こうしたことが単なる戯《ざ》れであり、不敵な戯れ言であるとみなされてしまうとしても。以前にも私がそれを拒絶したのであれば、今もなお拒絶しよう、私は自分の意志を通すために命をかける。突き殺せ、殺人者どもよ！　私はお前たちの権力に屈した、わが魂を神々のご加護に委《ゆだ》ねよう。

（彼はがくりと片膝を折り、片手で両目を覆う。——リブッサが左手から登場する。彼女の合図に応じて、武装した者たちは幕の背後に引き下がって行った。彼女が両手を叩《たた》くと、側面の壁から、点火された蝋燭《ろうそく》が立てられた枝状燭台が前へ進み出てきた。辺《あた》りが明るくなる。——プリーミスラオスが見上げながら。）

これが、血なまぐさい刑の執行の合図だったのか。

おまえなのか、おまえ自身なのか？　ならば、すでにもう私は突き殺されて、あの世の聖なる川の流れの中を漂っているのか。叶《かな》えられた願望がわれわれを出迎えてくれるというその川の流れの中を？　そこでは、この世の重圧と辛い苦しみが王冠となって死者の頭の周りに巻き付くという、その川の流れの中なのか？　いや、そうではない。おまえは、おまえ自身の影だ、だからお前と同じく影となった私から挨拶を送ろう。

リブッサ　あなたは生きていますよ、それに私もね。私はリブッサですよ。公正な私を公正だ、と称えなさい。あなたは私をひどく咎《とが》めていましたね、だから自分を弁護するために、釈明に来たのです。

プリーミスラオス　自分を弁護する、ですって？　あなたは高位の女性、神々しい女性、高貴な女神に等しい方ではありませんか。雲を引き払うときの太陽のような。稲妻が高く重なり合って、水平線を真二つに分け、不安げな世界が闇に包まれてしまっても、太陽が永遠に変わらぬ美しい姿で雲の裂け目から姿を現すや否や、万物は、日常の恵の中でほとんど忘れられていた太陽の優しい奉仕の姿をはっきりと見きわめるのです――ちょうどそのようにあなた様は、包み隠されているときにこそ、ご身分がもっとも歴然としており、自らの王位を否定なさるときこそ、頭上に王冠が輝いていらっしゃる。

リブッサ　あなたは長いあいだ拒み続けていたというのに、今になってそんな風に言うのですね。

プリーミスラオス　侮辱的な命令に対してはそうでした。

リブッサ　今後はこう言いましょう、「お願いします」。

プリーミスラオス　周囲を取り巻く壁たちよ、聞こえたか、生暖かい空気よ、聞こえたか。この温かさは、あの方の手足の熱を奪い取った故のものか。われわれ二人は、――僭越な物言いをお許しください――すねた時の子供のようでした。そんな時、子供はよく、一番欲しいものを拒絶したりなどするものです。

今や、どんな要求も、どんな権利も消え去りました。恭順や服従とは無縁のあらゆることも。あなた様の恩恵を繋ぎ留めておく手がかりとしていたものを、今や拘束されてしまったこの私と共にお取り上げください。（彼は飾り石を胸元から引き出し、差し出す。）ああ、あなた様の秘蔵のお品をお差し出し申し上げるために、この両手が緋色のクッションとなってほしいものでございます。

リブッサ　そなたが所有権を主張する半分を、そなたが保持しているはずだ。それがあって初めて完全なものになる、その片割れが欠けていた。私はそなたが利発で思慮深いことを明言せざるを得ない。しかしそなたの行いは私にはやや高潔さに欠けるように思われる。答えてほしい、いかに女性の本性に逆らおうとも、女性が心から求めているものを渡さずに控えておくこと、そして恩恵でしかないものを策を弄して確保しておこうとすることが、思いやりのある行為と言えるのかどうか、答えて欲しい。「権利」も、「抜け目なさ」も、どちらもそれを所有できる道筋に通じてはいないのではないか、いかがか？

プリーミスラオス　私はすでに差し出しております、登城した折にすでに差し出しました。

私たちは今、私を迎え入れてくれた時と同じ場所に居ります。ここに花が置いてあります、貧しい私からの贈り物である花が。しかし値打ちの無いものとみなされて、この場所から運ばれることが無かったのです。さあ、あなた方、来てください、そして私の言葉の証人となってください。（彼は花籠を拾い上げる。）あなた様はしかしながらあの箴言を言い当てることはなさらなかった。

花々の下に謎が潜み、果実の下に解が潜む。

（彼は籠をひっくり返して彼女の足下の地面の上に中身をあける。天辺《てっぺん》に鎖が載っている。）

人を鎖で縛った者がそれを持ち、

（あとずさりしながら）

それを身に着けている者には、鎖が無い。

さて、それでは、運命が切り離したものを、奇跡を起こす乙女のように、私が再び継ぎ合わせるのを、御覧いただきます。（彼は玉座の一番下の段に腰を下ろし、鎖をはずして、中央の飾り石をはめ込む。）

この鎖を我と分かち合う者、しかしながら、
いまだこれを、他の何人とも分かち合わぬ、
かけがえなきものとするために。さらに付言すれば、

（ここで、声を高めながら）

飾り石は失われることによりて、その価値高められてあり。

この言葉を聞いた時、どんな希望が私の胸の内を駆け巡ったかを、あなた様がお分かりくださったなら！　私は愚か者でした。――私があなた様のお足もとに、私の仕事の産物を捧げますならば、あなた様の御命令は果たされたこととなります、そして私は何の咎《とが》も過ちもなく、お別れすることができます。

（彼は地面に置かれた花々の上に装身具を載せる。）

リブッサ　そなたが賢く、また高潔でもあることをあらためて宣言したい。是非ここに留まってほしい。民もきっぱりとした判断を求めている。精霊が私に告知したように思われるのだ、おぼろげな予感のように、父上の賢明な教訓の記憶のように、真偽のほどを確かめようも無く。人々は吟味したいと思っている。人々は納得したいと思っている。そして自分たちの判事をみずから見究めたいと欲している。そなたに、私の言葉の伝達者になってもらいたい、彼らが理解しやすいように言い換えて伝えて欲しいのだ。私が概念として考えたことよりも、推察していることの方を。初めのうちは役に立つことが認められるだけであっても、いずれそれが真実であると実証されるようなことを。

プリーミスラオス　貴女はこの国の高位の方々から求愛されていらっしゃる。大公様、まもなく貴女の傍らには夫君がお立ちになる。私は、全身全霊を込めて貴女にお仕えする覚悟でおりますが、殿方にお仕えすることはできません。

リブッサ　それではそなたは、私がいつかあの愚か者どものうちの誰かを選ぶだろうと、本当に思っているのか。

プリーミスラオス　しかし、求愛によってこの国が支えられるのであれば？

リブッサ　ならば、そなたも求愛しなさい、あの者たちと同じように望みが無いものか否か。

プリーミスラオス　もう一度申し上げましょう、あの方々はこの国の最高位の方々でいらっしゃいます。私は、何の後ろ盾ももたない、最下位の者でございます。

リブッサ　そなたは、おそらく自分で考えているほど無力ではない。良いか、――そしてだからこそ、私はここまで出向いて来たのだ。つい先ほど、塔の中でヴラスタをからかった、そなたのあの悪ふざけにもかかわらず。私にはあれが単なる冗談であるとわかっていた、しかしそれが大胆不敵であるが故に、長引く怒りを買ってしまうであろうことも。それでもなお私がここへ出向いたのは、深刻な危機を恐れたからだ。良いか、民たちが城門の前へ押し寄せて来ている。民たちは、そなたが捕らえられ、命を脅かされていると思っている、そして怒り狂ったように夢中で抵抗しながら、そなたを返還するよう要求している。

プリーミスラオス　ここには武器は無いのですか。先ほどまで私に歯向かっていた、あの戦闘員たちはどこへ行ってしまったのです？　私が外へ出て、興奮した者たちに知らせましょう、暴力は否応なく服従させられる力にすぎないと、下位の者が上位の者に屈せざるを得なくなるのだと。

リブッサ　それでこそ正に、私が求めていた守護者です！　そなたにならば、人々は進んで従うだろう、そなたはそういう人物だ、というのも、そなたの中に彼らが男性としてのあるべき姿を認めているからだ。強情さはすでにそなたの男らしさを証明した。

プリーミスラオス　貴女《あなた》が「強情さ」と言うかわりに、「粘り強さ」という言葉を使ってくだされば、女性が男性に唯一ひけを取る、男性の取柄を名指しされたと言えるでしょうに。

リブッサ　それゆえに、支配権をそなたたち男性に譲るのが当然であると？　しかし、仮に私がそなたと同じくらい粘り強かったとして、それでもこの国の王位から離れて、反抗する者たちを放縦で貪欲な強情さの中に放置しておけと言うのか。

プリーミスラオス　そうなさい、リブッサ様、そうなさい！　あの時の貴女にお戻りなさい、あの時、貴女は森の中で私の前に姿を現された。芝地が貴女の王国だった、貴女ご自身がすでにもう王冠だった、貴女という宝石によって飾りあげられた王冠そのものだった。

もう一度私の妹の衣服を身に纏《まと》ってください、私が幾度となく胸に押し当ててきた、同じその衣服を。もちろんそれは、貴女ではない別人が身に纏《まと》うものであったのですが。貴女ほど美しくはないが、しかし私にとっては貴女と同じくらい近しかった妹のためのものでありました。お分かりですね、貴女方がどんなに非情でけちで利己的であるか。私は貴女に私の所有しているすべてを捧げた、私の忠実な乗用馬も、妹のかけがえのない遺品も。（片足で例の装身具に触れながら。）ところが貴女方は、貴女方ときたら、貴女の全財産の千分の一にも満たないピカピカのがらくたにも取引をもち掛けたりするのだ。

リブッサ　それは父上の大切な思い出の品です。

プリーミスラオス　私は貴女の両親も、姉妹《きょうだい》も好きではありません。先祖も一族も、隆盛に至るまで。

リブッサ　あるいは、その上私自身まで？

プリーミスラオス　貴女ご自身をも、とあやうく言ってしまうところでした。貴女は口に出さずとも、望みを抱かせてくれるのです、言葉を語ることは貴女の品格にそぐわないのです。

にもかかわらず、貴女は私のものだった、私の支配下にあった、証人は風と樹々だけだけれども。現実の行動は、貴女の偉大さに打ちのめされたものだった、しかし頭の中では貴女に対して貪欲な罪を犯していた。貴女を馬上に引き上げた時、貴女が足を踏み外してしくじるたびに貴女に手をさしのべ、貴女を間近に感じた。触れられたことのない身体に私は触れた、貴女の生命の力がどんなに温かく脈打っているのかを私は知っている。誰が貴女を妻にしようが、誰が貴女をそこから連れ出そうが、私はその男に言ってやる、お前は二番手に過ぎないと、お前の幸福の先触れを私はすでにこの身に覚えている、と。

リブッサ　うかつなことを言うと、本気で怒りますよ。

プリーミスラオス　貴女はすでに怒っていたし、今も怒っている、そして厳しさこそが貴女の本領なのです、あの日を除いては。あの日、貴女は穏やかだった、そして私の胸のうちで今もなおそのようなお姿として息づいている。

それからお別れの瞬間がやって来たとき、私は怯《おび》えながら貴女に言った、こちらに首を傾《かし》げてください、と。それから貴女の高貴な首の周りに首飾りとしての鎖を掛けた——私はその鎖から、最良の部分を自分のために盗み取っておいた、乙女にとって自身を飾るものでもあり、同時に誉れともなる宝石の部分を。初めての、予感に満ちた出会いの象徴として。今やこれは、結びつける鎖の首飾りではありません。そうではなくて石帯《せきたい》です。* 女性の手だけが触れることができ、女大公様のほっそりとした腰の周りに巻き付けることができる玉《ぎょく》の飾りの付いた帯です、それを付け外しする男が現れるまでの間。私はその男に譲り、引き下がります、いつの日かこの世を去るかのごとく。

リブッサ　ここに留まりなさい！　誇り高い男だが、そなたには私に仕えてもらいます。石帯を付けてください、ここがそれの定位置です。そなたの後に、これに触れる者はただではおきません！（声の調子を高めて。）さあ、私の合図を待ち受けている者たちよ、こちらへ！　そなたたちが待ち望んでいたことが叶《かな》えられたのを見定めなさい。

（下女たち、領主たち、そして農夫たちが登場してくる。――リブッサが侍女たちに向かって。）

あなた方はこの方をお助けするのですよ、この方はまだ不慣れですから。

プリーミスラオス　震《ふる》えてうまくいきません。

リブッサ　さあ、それでは手助けされるのはこれが最後ですよ。（侍女たちが石帯をリブッサの腰にしっかりと装着させる。）友の安否を気遣う他の面々よ、彼はここで安全に暮らす、彼は私の

＊　玉や石の飾りを並べてつけられた、腰に締める帯。

夫君となる。私へと同様に彼にも仕えて欲しい、ただし、私に仕える以上の奉仕をしてはならぬ、なぜなら、私自身が、私の主人である彼に一番仕えなければならないのだから。先ずは私が敬意を表する、そなたたちも女大公の例にならいなさい。

（彼女がプリーミスラオスの手をとり、膝を半ばかがめている間、民たちはひざまずく。幕が下りる。）

第五幕

樹木の幹を斜めに差し渡して組み立てられたような、山小屋風の室内。背景ではリブッサの二人の下女が幅広い布を前面に差し出すように打ち広げている。その間、別の一人が地面に跪《ひざまず》き、筆を手にして、そこに意図した形を描こうと見積もる様子をしている。前景右手に椅子が置かれ、それに、紡ぎ車の糸巻棒が立てかけてある。たった今作業から離れて立ち上がったドブロミラがその傍らに立ち、背景で作業をする者たちの様子を眺めている。両側には扉がある。

ヴラスタ　（左手の戸口から入って来て）。女大公様はお目覚めかい？

ドブロミラ　まあ、ヴラスタ、あなたなの？

ヴラスタ　ところであの方は長患いから回復なさったの？

ドブロミラ　そもそもそうなるきっかけが素晴らしかったので、大成功に喜び過ぎて、弱弱しさが喜びの記憶としてしみついてしまったのよ。

ヴラスタ　あなた方はここですっかり田舎風に順応してしまっているわ。

ドブロミラ　領主様が国中を巡られて、そのお妃様がどこへ行くにもその後に従われている、だから目下のところ、この山小屋が私たちの王国の王宮というわけなの。

ヴラスタ　ああ、ドブロミラ、その上あなた方は働き者ね、糸巻き棒をほとんどいつも手から離さないではありませんか！　有能な侍女さんたち、あなた方は落ちぶれてしまったのね！

ドブロミラ　私たち、楽しんでいるわ。

ヴラスタ　私は、そうとは言えないわ。下級の者から発せられた命令に抵抗を感じてしまうの。それで、ヴィシェフラド*へ行ってきたの、あなたがお仕えする奥様のお姉さま方のもとへね。確かに、あそこには退屈が住みついていた、しかし、人は高貴な身分の方から求められた時には、喜んでお仕えしようと思うものよ。リブッサ様にお会いできるかしら。

ドブロミラ　ご覧なさい、ご本人よ！

（リブッサが右手脇の扉から登場する。）

リブッサ　まあ、ヴラスタ、ようこそ！　何の御用？

ヴラスタ　ああ、リブッサ妃殿下！

リブッサ　まあ、涙ぐんでいるじゃないの。こんなに逞しい女性から涙を絞り出させるとは、何の仕業なの？

ヴラスタ　（身振りで、周囲を取り巻く事物を指し示す。）

リブッサ　なるほど、そういうことね。私たちのことが悲しいのね。私たち、あなたに感謝しているわ、この世の幸福で濁りの無いものは無い、と言われている。あなたが私たちの代わりに、濁されたものを引き受けてくれればくれるほど、私たちの喜びは濁りの無いものになるわ。

ヴラスタ　昔と今との、あまりの隔たりようにひどく苦しめられるのです。

リブッサ　この隔たりこそが人間の人生そのものなのでしょうに！　子供から若い娘に至るまで、そしてさらに最終的なその時点まで、つまり、「若い娘」からほんの一言だけど「若い」が剥がれ落ちて単なる「女性」になるまで。この「女性」という呼び方こそ私たちが死に至るまで私たちに忠実な唯一の呼び方だわ。

ヴラスタ　貴女は私の疑問をかわそうとなさる。その態度こそが、貴女が同感だと感じていらっし

＊　チェコ国内の地名等の固有名詞の多くは、わが国においてはいまだ一般に馴染んでいない。その中で、この名前はすでにわが国でその呼び名が定着しつつある地名の一つである。従ってこの地名はわが国での発音に従って表記するものとした。ここの丘の上に十世紀後半頃に城が築かれるようになったとされているが、それ以前のヴィシェフラドについての詳細は不明のようだ。現在ではここに、リブッサとプリーミスラオスが寄り添うポーズを示す彫像が建てられているようだ。

ゃる印です。私にとって嘆かわしいのは、崇高な女性が、高貴な女性が、土くれの申し子に屈従しているのを見なければならないことなのです。

リブッサ　あなたはプリーミスラオスのことを言っているの？　まあ、なんて忠実な侍女なのでしょう！　私のこの完璧な幸福に、何か苦しみがあるとしたら、それは夫が、統治権のすべての威光を、私の頭上に当たるように導いていることかしら。委ねられた権力の担い手のように、他人の財産を管理する代理人のように、彼は自身を主君としても、また権限を有する者としても全く自覚してはいないことだわ。

ヴラスタ　しかし実際に起こったことは、ほとんどあの方の意志によるもののように、私には思われます。

リブッサ　確かに、それはそうです。でも、それが何故なのか分かる？　彼の振る舞いがほとんどいつも正しいからなのよ。私たちは自分自身の喜びのために権力を行使してきた、そうでしょ？　私たちはすべての優良なものの花の部分だけを摘み取ってきた。彼はというと、幹から始まり、根っこへ下って、ついに穀物の種にまで注意を払う。私たちは他者の幸福の中に、自身の幸福を感じた。他方、彼は他者の中にある、他者性のみを、つまり自分と異なるもののみを愛すると言って過言ではない。高貴な感性にとって喜びとなるような高尚ささえ彼は退ける。そして、有用さや成果が普遍的なものであれば、平凡なものであっても許容する。だから、反抗的なものがわれわれにとっては脅威となるような場合でも、彼はそこに従順さを見出すことができる。誰もが、遂行することに参加しつつ、あるいは成就の喜びを分かち合いつつ、役立つことができるのよ。他者のために生きることはとてもすばらしいことではないのか！　彼が彼らのために生きるのであれば、どうして私が彼のために生きないでいられようか。

ヴラスタ　しかしお姉さま方は同じお考えではありません。あの方々は今だに、先祖伝来の統治権を意識していらっしゃいます。そして、新しい時代があの方々を悩ませているのです。あの方々のお城のある森の中では、斧《おの》の音が鳴り響いています。樹齢千年のオークの原木が庶民の使用のために切り倒されています。私利私欲に応じて岩塊の内部を掘り抜くのは、農家建設のため、あるいは家畜の群れを取り囲む薄汚い囲いのためです。こうして有史以来光から閉ざされてきた岩塊の継ぎ目をこじ開けるのです。貴女のお姉さま方は、しかし人けのない静けさを求めていらっしゃいます、知的な観照のために、考察のために騒がしい群衆に邪魔されたくないとお望みです。

リブッサ　夫が戻ってきたら、話してみましょう、何かできることがあれば、是正するよう助けてくれます。

ヴラスタ　「何かできることがあれば」ですって？　権力をもってして、何が不可能だとおっしゃるのですか。

リブッサ　それはまあ、あなた、無分別なこととか、公正でないこととかですよ。

ヴラスタ　ご自身の権限や統治権に疑いをお持ちなのですか。

リブッサ　疑ってなどいないし、そもそも疑うことなど好きではありません。物事の経過の中で、自ずとうまくいくすべてのことは、公正であるし、また自然でもあるように私には思われる。ところが、私の夫は吟味し、調査します。要求のある者は誰でも、彼に対して釈明しなければなりません、個人が入手することで、それが全員のために役立つこととして。おや、あの方ご自身がお帰りになったようよ。一緒にお願いしてみましょうよ。

（プリーミスラオスの登場。）

プリーミスラオス　妃殿下！

リブッサ　反論としてお受け取りください！　妃殿下の夫なのですから、「殿下」とお呼びしますよ。

プリーミスラオス　私たちはこれまで朝早くから懸命に働き続けてきた、昼間は暑くて、疲れ切ってしまうほどだ。

リブッサ　さあ、お掛けなさいな！

プリーミスラオス　それでは、貴女《あなた》のための椅子が無くなってしまう。

リブッサ　それならば、こうしましょう、あなたに、座ることを命令します。あなたは私に命令なさい、ここ、あなたの傍らに立つようにと。さあ、このハンカチをお使いなさい、私が汗を拭きとってさし上げるわ。

プリーミスラオス　（腰を下ろし、額を拭う）。私たちは早朝から仕事に出て、休みなく動き回っていた、私だけでなく、長老たちもそうだった、辺《あた》り一帯を隈《くま》なく。そうやって土地の状態をよく調べてきた。あなたも承知しているのだろうか、私たちが町を建設することを。あなたの同意が得られたならば、つまり承認されたならば、ということですが。

リブッサ　先ずは説明してください、あなた方の言う町とは、どんなものなのか。

プリーミスラオス　一定の土地を城壁で囲い、周辺の地域から住民を集めます。そして彼らは互いに助け合い、促進し合うのです。一つの人体の中で、手足が機能するように。

リブッサ　あなたには恐ろしくはないのですか、あなたの言う、その城壁が、生命の息吹から、自然界の芽吹きから人々を引き離し、万象の精気を感じにくくさせ、それとの一体感を弱めてしまうことが？

プリーミスラオス　永遠不変の事物との一体感、それが、感じたり、味わったりすることへ誘《いざな》ってくれるのです、たしかに、人は万象とともに生きるならば、後戻りはしません、しかし、前へ進んでいくこと、思考すること、創造すること、活動すること、といった行為は、外部の余地が狭くなったら、内部に余地を開拓して進んで行くのです。

リブッサ　しかし、人の本性は互いに全く異なっていて、一人一人は別人で、自分以外の何ものでもない。強い近親の意識や、目障りな共同体が、各々独自の威信を示す紋章をすり減らすことに力を貸す。あなたが向き合うのは、互いに似通った大勢であって、個々の人間ではない。

プリーミスラオス　一人一人の者が納める分を、他の大勢の者も同様に差し出す、そうやってある一人の者が受け取る分が数千倍になる。国家とは、市民間の婚姻に他ならない、夫は喜んで自身の意志を犠牲にする、だって自身を制約するものとは、第二の自己、つまり妻なのだから。

リブッサ　(彼の肩に手をのせながら)。なるほど、よくわかったわ、プリーミスラオス。だったら、どんどん町の建設を進めてちょうだい！　ただねえ、なぜこの場所なのかしら、なぜここでなければならないのかしら。ここの住民の多くが、悩まされ、動揺するでしょうに。

プリーミスラオス　(立ち上がりながら)。御覧なさい、モルダウ川を、この国の血管だ、身体中を巡って血液を行き渡らせている。ここにすべての源流を集結し、はるかに隔たり合う両岸の間を流れる大河となる。それは、さらに下って行って、エルベ川と合流し、一体となって山々を貫いて進む。この山々がわれらの領土とドイツの国を隔てているのだ、こうしてモルダウはエルベとともに大海へ注ぐのだ、と言われている。ここに、われわれの街が建設されたら、われわれは船を建造し、国内の余剰物資を積み込む、つまり、果実、穀物、金や銀などを。

リブッサ　あなたは黄金をそんなにも重視するのね？

プリーミスラオス　私はそうではありません、しかし他の人びとはそうです。だからわれわれもそうせざるを得ないのです。そのように交易することで、われわれはここに不足しているものを調達するのです。

リブッサ　足るを知ることは、大いなる美徳でしょうに！

プリーミスラオス　「足るを知る」のは獣《けもの》くらいのものでしょう、それに哲人と。私と似たような人間にとっては、そしてまた、それと同類の大多数の人々にとっては、欲求は永遠なる力、すなわち神々の諸力の魅力として、また、刺激として胸に刻まれてしまっているのです。つまり、こうした欲求は満たされることを切望し、なおかつ新たな願望を芽生えさせるのです。たとえ我が国が、いざというときのために充分備えていたとしても、わが国境には他民族が住んでいるのです。彼らは前進しようとするし、増強しようとするのです。多いか少ないかは相対的な問題です。とにかく、長持《ながもち》の中の宝は減少しているのです。百の財宝を有する者が、それに満足していたとしても、隣人たちが皆、千の財宝を有していれば、その者は何も持っていないのと同じように感じるのです。

そのうえ、この仕事はもはや私だけの仕事ではないのです。広い土地の周囲を巡っていた時に私に随行してくれたこの国の長老たちが私の論拠に同意し、一致してこの同じ土地に賛成の意を示してくれました。

リブッサ　だからと言って、あなたは彼らを自分よりも賢明であると見なしてしまうのですか。

プリーミスラオス　わかりません。いや、恐らくそうではないでしょう。しかし、リブッサ殿、われわれが全体を良く見れば、個々人はそれぞれに何がより良いかを、そして自身の意見について理解しております。ですから私も彼らの提言を軽んじることはありません。では、このように考えることはできませんか、彼らは、同意したならば、倍の力を発揮して仕事に向かう、と。人はただ単に自身の利益だけを求めているわけではないのです。自身の考えを持てることもまた、人にとっては同等の価値を有するのです。仕事の中に自身のやりがいを見出すことができれば、人は喜んであなたに手を差し伸べたいと思うでしょう。

まことに、天空さえもわれわれに同調してくれているように思われる。私たちは長いこと歩いておりました、私と長老たちは。彼らは躊躇《ためら》いながら従って来ました、懐疑的な眼差しをして。彼らの全存在が大声で「否」と明言しているかのようでした。そのとき突然に、森中に斧で打ち付ける音が鳴り響きました。そしてわれわれは、一人の男を認めました。その男は逞《たくま》しいことに、渾身《こんしん》の力をふり絞って自分用に一本のオークの木を切り倒していました。私たちは、その木材を何にするつもりかと彼に尋ねました。すると彼はこう言うのです、「プラハだ！」と。これは俗に言う「敷居」のこと、つまり家の入口を意味しております、と。われわれは新たな事業を開始しようとしていた時であっただけに、神より遣わされたかのような「敷居」という言葉が、先に述べた男たちの上に天から降りかかってきたかのように思われたのです。ここに建設されるべきだ、そうだ町が、と彼らは叫びました。プラハと名付けよう、「敷居」となるのだ、つまりこの国に幸福と名声を呼び込む入り口となるのだ、と。

リブッサ　「敷居」は素晴らしいわ！

プリーミスラオス　そうでしょう？　リブッサ殿！　貴女の瞳が燃え上がっているのがわかる。私たちは今、貴女の魂の支配力の圏内に立ち至っています。今、私がこう予見することをとがめないでほしいのです！　誰かが、実現を見込んで将来性のある考えを抱いたとき、心身を一点に絞るように自身の能力が集中してくるだけでなく、何も考えない、素のままの自然でさえもまた、風のそよぎのような精神のかすかな気配を感じ取り、道具となって仕事に加わり、その気高い行為に参加するため、急ぎ駆け付けるのです。遠く隔《へだ》たったものが、また一見相いれないように見えるものが、歩み寄り、抵抗を放棄するのです。説明しがたいものがかすかに輝き、意義深さを暗示しています。この説明しがたいもののもとで、思想は魂となる。他の場面であれば、敵対的で意固地である者等が、そのものの周りならば、取り囲むように参集してくるような、そんな魂に。人は、何が起こっているのかを予感しつつ、尋ねられれば、黙って頷《うなず》くことがあるように、身体は、容認されたり、好ましく感じたりするものを、イメージや前兆によって暗示してしまうものなのかも知れないのですが。

リブッサ　あなたは、変わったのね、私と同じ考えを持つようになったことが分かったわ。

プリーミスラオス　私の考えは貴女と同じです、以前からずっとそうでしたよ。悪いのは農民根性です。自身の成果は犂《すき》と鍬《くわ》、即ち自身の努力のおかげであって、天より下る光や太陽を、自らの行為を完成させてくれる冠だとは思いません。仕事をするのは人間ですが、祝福するのは天なのです。

さて、ここまでお聞きくださったからには、貴女はわれわれが貴女に懇願する、われわれへの同意の意志を拒んではなりません。

リブッサ　あなた方が強く求めているものとは何なのですか、プリーミスラオス？

プリーミスラオス　私はこの事業を神々の思《おぼ》し召しとして、また天から示されたご指示と見なされることを望んでいます。われわれは祭壇を打ち建てました。その場所を生贄《いけにえ》に清めてもらわねばなりません。この式典を、貴女の高貴なる知見に従って、神官の方式で執り行って頂くことでいかがでしょうか。はるかな未来への洞察が貴女に言葉を呼び起こし、われわれの勇気を掻《か》き立てて、成就の希望をわれわれの心に奮い立たせてくれますように。

リブッサ　もう長いこと、私の胸のうちで、精霊は沈黙したままなのです。私はもはや姉上たちのようではなくなりました。彼女たちが発する言葉は、厳密に立証された、確かな出所に基づくものです。ただ、時たま父上と、そして本当に謎なのだけれど、高みから下りて来られたかのように、われわれの間に留まられた高貴なる母上のことを思い浮かべると、何か説明のつかない幻像が突然眼前に現れてきます。直観的なものなのです、つまり、そうに違いない、とか、きっとそうなるだろう、と言ったように思ったら、どうでしょう。そのように事実になったりするのです。なぜなのかはわかりません。でも、身体的な、粗野な能力だけでなく、精神の高尚な能力も鍛錬が必要であるように思われるのです。さもないと、そうした能力は、ふかふかの枕の上で眠り込んでしまうように思われるのです。あなたの聡明さに、あなたの深い思考に慣れ親しんでからというもの、私の内面にはもはやどんな画像も現れなくなってしまったのです、幻視するという、高貴な才能は失われてしまったように思われるのです。

プリーミスラオス　神々は、後に取り上げるために、今、何かを与えるようなことはなさいません。ですから、以前の貴女は永久に変わることはありません。

リブッサ　先の長患《ながわずら》いのおかげで、私もすっかり弱ってしまいました。無理やり強引にやってみても、身体がもちません、死を迎えることになるでしょう。最後にもう一度、幻視の高みにのぼりたいとは思います。そして深刻な予言の夢を、イメージとして表し、いまだ実体のないものを具体化して表したいとの思いがつのります。しかしプリーミスラオス、私はあなたが預言者の私よりも妻としての私をより深く愛してくださると信じています。ですから私はあなたの妻であり続けたいのです。

プリーミスラオス　お断りになるのですね、さらなる根拠は必要ないでしょう。そのうえわれわれの事業の意図するところもお気に召さないようだ。あなたはこの広大な領土の女主人であり、私はその筆頭の家臣なのです。

（随員に向かって。）

式典を取り止めにしなさい、それから家臣たちに伝えるのだ、今後のことは追って沙汰すると。

（命令を受けた家臣が立ち去る。——プリーミスラオスがヴラスタへ向かって。）

それから、次はそなたに伝えることがある。

（リブッサがドブロミラへ合図を送る。そして次の場面の間に、ドブロミラだけを供にして右手の脇の扉からこっそりと退出してしまう。）

私はそなたの任務を承知している。

そなたの女主人たるあの姉妹たちが自分自身のことや自身の由来に関する曖昧な根拠をめぐって不毛な考えに耽り、私のなすことすべてに対し、敵対的な眼差しを向けて眺めていることを知っている。つまり、人間の運命と関わり合ったりすることや、およそ人間の共同のもの一切が、彼女たちには気に障るのだ。しかし抜け目ない牧人として、国民を家畜の群れのようにみなし、他の者を下位に、制約されたものとみなし、それ故自身は高みから番をしているかのようなやり方が、私に嫌悪の情を抱かせる。騒がしい群衆があの方々を悩ますのであれば、郊外に別の城を有しているのだから、侍女たち総勢共々、遠隔の地に逗留していただくのが良いだろう。そして慣れ親しんだものを、それが快適だというのだから、頑固なあの方々自身と同様に、永遠に守り続けていけばよい。われわれは進むべき道を、さらにもっと進んで行く、私と私の民は。市民として、そして、人間として。

リブッサご自身が、今回は姉君たちと同意見でないならば、私はそなたにこのように申したろう。しかしあの方は同意なさらなかった。私の意図することは従って消滅する。そしてそなたの女主人たちは、私からも、繁栄からも邪魔されずに静かに暮らしていくことができるであろう。

ヴラスタ　その知らせをお聞きになったら、姉君たちはさぞやお喜びになることでしょう。とりわけ、リブッサ様が自由意志をお持ちであり、行動と意思決定の主体であらせられる証しとして。

プリーミスラオス　誰がそれに疑念を持つというのだ。国家も、私も自らの意志であの方のために尽力し、あの方の意に従おうとしていないと言うのか。

ヴラスタ　あの方は愛しておられるのです、それで順応なさっておられるのです。それをあなたは自由意志による、とおっしゃっているのではありませんか。

プリーミスラオス　自由意志で従っている者のことを、私は強いられているとは呼ばない。

ヴラスタ　自身の内面の本質に逆らう者は、それが自身の意志によるものであろうが、他の意志によるものであろうが、やはりそれは強いられているのです。リブッサ様は依然としてリブッサ様のままだと、あなたはお思いですか。一家を取り仕切る家長としての、あるいは、大きな音をたてて糸巻き棒を回す娘たちの統率者としてのリブッサ様が、昔のままのリブッサ様だと、あなたはお思いなのですか。我らの高邁な領主様であらせられたクローククス公は、それでは、姫様たちを下世話な面倒に当たらせるために、たて込んだ業務で無駄に煩わせるために、女神のような女性と婚姻関係を結んだということですか。リブッサ様にはそのような自覚はございません、ただ、直観的に意識していらっしゃるのです。あの目の輝きはどこに行ってしまったのでしょう、まるで鷲のように、現在と同様未来をも推し量ることのできた、あの眼光の鋭さは？　間近なことも、かけ離れたことも、胸を高鳴らせて身近に引き上げた、あの力はどこに行ったのでしょう。あの方は、お姉さま方を恋しく思っていらっしゃるのです、私の言うことに間違いはありません、あの場所こそが、あの方にふさわしい居場所なのです、ここには、ただ、やむを得ず留まっているだけなのです。

プリーミスラオス　しかしながら、あの方は姉君たちと同席することを避けておいでだ。

ヴラスタ　それは、ご自身の願望を恥じていらっしゃるからですわ。以前に一度、あの方は私を姉君たちのお城へ遣わされたことがありました。そしてあなた方の仲間に戻って来るように願っていました。

プリーミスラオス　それは、われわれが結婚生活を始めた後のことだったのか？

ヴラスタ　前のことでした。

プリーミスラオス　そなたは、自身で答えを述べている。ここで、あの方はこの上なく崇拝されている。あの方のご意志に、誰もが屈服している。われわれがプラハと名付けた町でさえ、われわれは渋々諦めたのだ。あの方には、われらの意図するところが、お気に召さなかったのだ、われわれが成し遂げた成果ではなく。あの方は君主でいらっしゃるのだ。

ヴラスタ　さあ、これが私の答えのすべてです。

（喪服を身に纏《まと》ったリブッサが二人の侍女に伴われながら、脇の扉から登場する。）

プリーミスラオス　リブッサ殿、あなたという方は！　なぜ喪服のような出で立ちを？　事実、ひどく蒼ざめておいでだ。

リブッサ　あなたには久しく見慣れぬ喪服のせいで白さが目立つだけのことでしょう。かつて同じ

姿で、私は父の傍らを歩いたし、母も同じように歩いた。今、姉たちは同じ服装で歩いていま
す。ですから、かつてのように自分の精霊を集中しなければならぬ場合は、かつてと同じような
服装で身を固めなければなりません。天分は、若くはつらつとしているうちは何の助けも要らな
い、しかし弱ってくると、外観でさえも当座しのぎの糧《かて》となる、天分を支える拠り所となる。さ
て、それでは外へ出ましょう、さあ、家臣たちのもとへ！

プリーミスラオス　どうするつもりですか。

リブッサ　そなたたちの祭壇と拠点の穢《けが》れを祓《はら》う。

プリーミスラオス　すでにもう、取り下げて、断念したではありませんか。

リブッサ　私のせいで、よく考え抜かれたことや、多くの人々にとって有益なことが没してしまう
ことがあってはならない。民の世話をするのが私の勤めだ、だから、愚かな配慮は沈黙するのが
公正なあり方だ。

プリーミスラオス　私にはとうてい我慢できない。

リブッサ　（片足を踏みならしながら）。いや、私の意志は変わらない。──許して欲しい、愛する
人よ！　かつての精霊が、この黒い服と共に蘇《よみがえ》ってしまった。貴方《あなた》は、自分の意図したとおり
に従わなければならない。私たちが言い争ったときの意図の通りに。実はあのとき、私は言い負
かされていたのだ。

（ドブロミラへ向かって）ベルトがきつい、もっと緩《ゆる》めてほしい。

ドブロミラ　リブッサ様、すでにもう緩めてありますよ。

リブッサ　（プリーミスラオスへ向かって）。このベルトのこと、貴方はご存じよね。

プリーミスラオス　貴女の胸を締め付けるのであれば、外《はず》しなさい。

リブッサ　墓に入るまで、外されることは無いわ。そしてねえ、貴方、これは私に父上とそして姉上たちのぼんやりとした記憶を呼び覚ましてくれるの。ああ、場面が蘇《よみがえ》ったわ、ああ、また消えていく……また戻って来たわ……私にはぼんやりとしか見えないものが、彼らの魂の中にはっきりと見える。ほら、また！――でも皆、悲しそうだわ。消えておしまい！

ヴラスタ　ベルトを締めることが許されると、本当にお思いなのですか。

リブッサ　父上がお与えくださったのだ、姉上たちと同じように。

ヴラスタ　殿様は未婚の娘時代の御姉妹《きょうだい》にお与えになったのです。いまだ世俗の深い悲しみを知らぬままである証しとして、高貴な素性の、出自の証しとして。貴女は世俗へ紛れ込んでしまわれました、貴女の御一族のお仲間内から踏み出してしまわれました。それまで貴女にとって当たり前であった憑依《ひょうい》や、霊感は、今では強引に手に入れるもの、無理やり獲得するものとなったのです。おやめください、あなた様には耐えられません。

リブッサ　私は世事の巡りの足かせにはなりたくないのだ、この新たな時代において役立つことができないのであれば、せめて祝福を与えたいと思う、そなたたち民とそして己《おのれ》自身に。だから、さあ、仕事だ！　黒い樹膠《じゅこう》を持って参れ、それにヒヨスと朝鮮朝顔の種だ、それらを残り火の中に投げ入れるのだ。その煙を吸い込み、五感を麻痺させると、五感は眠りの中で覚醒し、覚醒しつつ眠るのだ。

（プリーミスラオスが彼女に近づく。）

止めないで、止めないで！　もう言ったじゃありませんか、貴方の意図するところに役立つことができれば、ついに貴方を喜ばすことができる。出て行きなさい、さあ、行くのです！（戸口に佇《たたず》みながら。）

そして私たちが戻って来た時には、私はまた元の従順な妻になっています。

（退場。）

プリーミスラオス　無理だ、堪えられない！（彼は足早に彼女の後を追う。）

ヴラスタ　貴方は、どうあっても従わなければなりません、賽《さい》は投げられ、貴方に当たったのです。

（後を追う。）

樹々に囲まれた広場。中景に、右手に向かって塚がある。塚には炎の燃える生贄《いけにえ》の祭壇が設《しつら》えてある。

その傍らに黄金の椅子。背景を埋め尽くす群衆、その中に紛れ込んでいる領主たち。

ラパク　（前方に歩み出て）。祝祭は取り止めになっている。

ドマスラフ　ますます結構！（小声で。）だいたい、この町の巧妙な設計は何事か？　われわれの威信と権力の弱体化の象徴のようではないか。民が大勢一つになれば、われわれ一人一人は、かつての力を失う。どんな強者も小者どもが多勢でかかれば太刀打ちできない。

ビーヴォイ　いや、男は男だし、剣は剣だぞ。

ラパク　帰ろう。

ドマスラフ　いや、ご覧、女大公が現れたぞ。それでは、やはり――

ラパク　（引き下がりながら）。おとなしく待ち構えるとしよう。

（リブッサが力強い足取りで前方へ歩み出る。彼女の背後にプリーミスラオス、ヴラスタ、従者が続く。）

リブッサ　ここがその場所だ、そしてあそこが私の定位置だ。（祭壇へ向かって。）

プリーミスラオス　もう一度、お願いする、やめてくれ、リブッサ！

リブッサ　貴方は私の中に精霊を呼び覚ましてしまった、それは、どんなに弱弱しくとも、今や精霊として追い立ててくる。

（女の従者たちに向かって。）私が捧げた薬草を炎の中に投じなさい、ヴラスタが心得ています。手早くやり遂げたいのです。

プリーミスラオス　あなたが同意してくれるなら、われわれに建設を始めさせてほしい、清めの儀式は後程のために残しておきましょう。

リブッサ　始まりと終わりは神々に捧げるべきものなのです。神々が不在のまま始まったことは、始まりの時点で、消滅します。

プリーミスラオスよ、ごきげんよう！　つまりこれは、われわれが再会して共に永らえるまでのほんのわずかな時間のための挨拶なのです。（彼女は丘の上へ登る。）

ドマスラフ　煙が高く昇らない、悪い兆候だ、しかしありがたいことに、かつて私の内に燃え上がった炎が煙となってくれた、（彼女は腰を下ろす。）

プリーミスラオス　（ビーヴォイに向かって、小声で）。彼女は眠ってしまったように見える。精気が失われていく、四肢の力が抜けていく。（頭が胸元に傾く。）

ヴラスタ　リブッサ様をお放しなさい、さあ！　貴方様があの方の邪魔をなさると、あの方のお命が危険になります。

リブッサ。

リブッサ　私は、子羊を生えたての牧草地へ追いやる羊飼いのように、そなたたちを守ってきた。しかしそなたたちはもはや守られることを望まず、みずから己《おのれ》を守ろうとしている、即ち、牧人であると同時に家畜であろうとしている。世界の性急な進展がそれを望んでいるのでもあろうか、子供は成人となり、成人は老人となり、――やがて死んでいく。

（後ろにもたれかかりながら。）私の頭の中に美しい庭園が見渡せる、その中には男女の二人の人物がいる。さらにもう一人、善の化身のような神々しい人物がおり、彼は二人の男女にあらゆる果実とあらゆる樹木を与えたが、認識の木の実をつけた樹のみは禁じた。

そなたたちは知恵の木の実を食した。そしてその実を食べ続けようと欲している。前途の幸運を祈る！　この先は、私はそなたたちとは共に歩むことはできない。そなたたちはここに都市を建設しようとしている。そなたたちの、信仰心に満ちた住居《すまい》から出ようとしている、そこでは、ひとりひとりがヒトとして、息子として、連れ合いとして、ありのままの自足した存在であったのに。もはや全体ではなく、都市と呼ばれる全体の一部であることをそなたたちは望んでいる。この都市とはすなわち国家であって、それは、善悪の区別ではなく、有用性と利益を吟味し、そなたたちの価値も価格に従って査定するのだ。そなたたちの祖国は、生きるために必要なあらゆるものでそなたたちを満たし、自他ともに充足している。国の盾《たて》となっている山々に取り囲まれ、従って、周囲の海や平地が没してしまおうとも、自力で存立していくであろうような、ひとつの確固たる世界なのだ。そのような祖国から、そなたたちは貪欲な意図でもって抜け出し、その結果、異国を母国と感じ、母国にありながら、異国にいるかのように感ずるにいたる。

あのせせらぎをご覧！　両岸のなんと素晴らしいことか、すべてが咲き匂い、談笑する様を、朗らかにつぶやき合っているかのようだ。

だが、せせらぎはさらに進もうとする、さらに大河へ到達しようとする、見知らぬ大河の波間に注ぎ込まれると、せせらぎは幅広く、深く、速く、力強くなる。だがしかし、他の誰かの従者になったのであって、独立した自身ではない。もはや澄み切った波を寄せるせせらぎではない。

存在するもの同士のこれまでのつながりは解消し、好ましく限定的だったものが際限のないものへと膨らんでしまう。そう、神々でさえもが膨《ふく》らみ、大きくなり、巨大な神の姿に紛れ込んでしまう。巨大な神は普遍的な愛などと呼ばれるようになる。ところが、そなたが、そなたの愛を万物に分け与えてしまうと、個々人のためには、最も近しい人のためには、ほとんど何も残らなくなってしまうのだ。そなたの胸いっぱいに溢れるのはただ憎しみだけだ。愛は近しい対象を慈《いつく》しむ、だから万人を愛するなどという行為はもはや感情ではない、そなたが感情であると錯覚しているものは、概念にすぎない、概念はそなたの中で干からびて、言葉へとしぼんでしまう。言葉ゆえに、そなたは憎んだり、迫害したり、殺したりすることになるだろう——流血が私を取り囲む、そなたによって流される見知らぬ者の血、見知らぬ者によって流されるそなたの血——そのとき、世論は荒れ狂い、争いが猛威をふるうであろう、争いは果てることは無い、なぜなら、世論、即ち人の考えはそなた自身に等しいからだ、そなたは勝利者であると同時に打ち負かされた者でもあるのだ。ついに紛争が解消されたとき、そなたの前に残されるものは、我欲にとらわれた世界の虚《むな》しさだけ。そなたはこれまでずっと神に寄り添ってきたのに、もはや自分の中の神のことしか考えなくなる。我欲がそなたの神棚となり、自己愛がそなたの本質の表現と化してしまう。その後そなたは、もっともっと先へ進み続け、偶像崇拝のために新たな方策と手段を案出し、貪欲な胃袋のために、あるいは快適さを求めて、不快きわまる食物を得ようとするだろう。見知らぬ大海を横断して、そなたは航海するであろう、世界にある役立つものは何でも搾取し、あらゆるものを呑み込みつつ、遂には全体に呑み込まれてしまうことだろう。

もはや、血なまぐさい武器を用いて戦うことはなくなるだろう。ごまかしや罠《わな》が剣にとってかわる。高貴なものは広大な地上から消滅する、高位のものは、下位のものによって追いやられていることを認める。「自由」とは卑劣さの意味で通用していくことだろうし、腹黒い妬《ねた》みが「平等」を気取るであろう。各人がヒトとしてしか見なされないのであれば、誰もが皆、単なるヒトでしかなくなる。だから、すべての人に先んじよ、というのが合言葉だ。すると天国の黄金の扉は閉じる。感激と信仰と信頼よ、聖なる神々のもとから滴《したた》り落ちてきたものよ、もはやこれ以上、平凡な世界に至ることはない。どんな力であろうとも、虚空にむなしく湧き起こるのであれば、効果を及ぼす相手もいない。私を下ろしてください。私にはこれ以上探求する意志はありません。感覚が当てにならなくなり、精霊も消え去りました。

プリーミスラオス　リブッサ、こちらへ戻って来なさい、われわれのもとへ。私にもよくわかる、貴女が苦しそうであると。われわれの事業は――今日限り、止めにする。

リブッサ　そなた等の都を建設しなさい、そこは繁栄し、草木が芽吹くであろうから。国旗のように民族を一つにするであろうから。民たちは有能で、忠実で誠実であり続けるであろう、自身の時代の到来を辛抱強く待ち焦がれながら。この広大な地上のすべての民族は、徐々に表舞台に登場してくるのだ。先ず、ポー川沿いやアルプス山地に在住していた人々は、その後転じてピレネー山脈へ権力を移す。セーヌ川やローヌ川の水を飲む人々は、お芝居がお得意で、しかも演じるのは主役ばかり。大ブリテン島*の住民は彼らの島から網を張り巡らせ、その黄金の網の中へ魚たちを追い込むのだ。さらには、そなたたちの山脈の向こう側に住む人々の番である。彼らは青い目をしてはいるが、荒くれた民族なのだ。ただ、ただ、前進することによってのみ、辛うじて力を保持でき、行動は盲目的で、思考には行動が全く伴わない。それでも世俗の星の弱い光が彼らを照らし、その星は、すべての先人の遺産として輝いてはいる。では、いよいよそなたたちの出番だ、そなたたちと同志たちについてだ。弱体化した旧世界にとって、最後の飛躍となるのだ。長年仕えてもらったそなたたちが、ついに支配者となるのだ。確かに幅広くはあるが、高低差の無い権力構造は、初めての飛躍からはほど遠く、弱体化するかもしれない。今はまだ借り物の力にすぎないのだ。しかしそなたたちは支配力を増し、そなたたちの名声は印となって後の世に深く刻まれるであろう。ただし、そこまでの道のりは長い。私がここで何をすることができるのか。

* 大ブリテン島にはイングランド、ウェールズ、スコットランドの三地域が含まれる。

そなたたちは私の霊感無しで生きることを学び、霊に問いかけながら、その実、自ら答を見出してきた。私は、父と母が遠くへ移り行き、私がひとり取り残されたことを悟った。それに、この炎をご覧、消え入ろうとしている、そして私を取り巻くのは灼熱ではなく、蒸気だ、いつもは慣れているのに、今は負担に感じる。

（上方に立っている侍女が炎を煽《あお》ろうとするので。）

止めなさい！　炎は消えている、私にははっきり分かる。

プリーミスラオス　力尽《ちからず》くでも、あの方を祭壇から引きはがしてわれらのもとへお連れするのだ、あの方の貴いお命が危ういのではないのか、気がかりでならぬ。

リブッサ　（立ち上がりながら）。聞こえるか？　あれは姉君たちの足音だ、そなたたちはヴィシェフラドからあの方たちを追い払ってしまった、あの方たちは引っ越して行き、私を一人ぼっちにしてしまった。両親もきょうだいも居なくなって、私はどうしたらよいのか？　そなたたちにとっては、私は単に伝説に精通した者にすぎない、その伝説に、そなたたちは気に入った時だけ耳を傾けるし、あるいは、やる気を起こしてくれるときだけ行動する。しかし私が語っているのは真実だ、ただし、比喩や、独自に創造した心象に覆《おお》われているけれども、しかし真実だ。

さあ、お姉さまたちがやって来たわ、追放された者たちが。あの方たちもあなた方から逃れるでしょう、あなた方があの方たちから逃れたように。

（カシュアとテツカが、二人ずつの侍女たちに伴われて、後景の小高い丘を越えて登場する。）

リブッサ　それでは、行ってしまわれるのですね？

カシュア　お別れを言いに来たのよ。

リブッサ　でも、どちらへ？

テツカ　世間という他所《よそ》の土地へ。

プリーミスラオス　山あり谷ありの、この広い国土の城の中から、これからの居場所をお探しなされ。

カシュア　私たちは、あなたとは無関係です。（リブッサに向かって。）一緒に来る気はないの？

リブッサ　できないわ、ご承知だとは思うけれど。

カシュア　私たちは以前に警告したわよね。なぜあなたは、人々から離れられないの？

リブッサ　彼らを愛しているからなのよ。私の全存在、すべての営みは彼らのもとにしか無い、どうあろうとも。

テツカ　でも、彼らはあなたを殺してしまう。

リブッサ　あるいはそうかも知れない。――それでも、人間は善だわ。――さあ、ここに止まって、どうか！　お姉さま方が居てくださったら、半ば消えかかった炎を新たに煽り立ててくださる力強い精霊のように感じられるわ。人間は善です、ただ、やらねばならないことが多すぎます。だから、個別のあれやこれやにかかわっているうちに、全体の関連性が抜け落ちてしまうのです。

心からの叫びは沈黙し、騒がしい日常の轟音《ごうおん》に紛れて、聞き取ることができない。人が上昇を目指してあれこれ思案し、人生の導きの指針として創造したもの、それは単なる歪《ひず》みでしかなかった。ひたすら、聞き取ってもらえることのみを目指して、音量を上げげただけのものとなった。こうして人は次々と作り続け、先へ先へと活動し続ける。しかし、生きるに必要なあらゆる術《すべ》に精通していても、その力が限界に達したとき、あたかも跡継ぎの居ない富豪ががらんとした屋敷の中で孤独を感じるように、人は内心の虚《むな》しさを感じることであろう。やかましい作業の轟音《ごうおん》が静まると、あらためて自身の胸のうちの声を耳にする。それは、欲求が焦がれる愛ではなく、欲求そのものであるような、優美な愛だ。迫るような力の充実を感じながら、自身の無力を意識する、自身によって証明された霊感なのだ、現実に私自身が真実と感じたからこそ、真実である霊感なのだ。今や一旦過ぎ去ったけれども、予見者と賢者の時代が再び戻って来る。博識であることと有用性は袂《たもと》を分かち、感性というものが第三の要素として取り込まれる。神々が引きこもって沈黙すると、地上の世界がその天の高さにまで上昇し、神々は再び胸に宿るようになる、そのときには、恭順こそが、唯一の最高の美徳となっている。ねえ、お姉さま方、そのときまで、生きていたいのです、それまでの幾世紀もの間、眠っていたいのです。しかし、それは叶いません、闇夜が地上に重く垂れこめていて、夜明けまでにはまだ長い時間待たねばなりません。力は尽き果てました。目は暗闇をさ迷っている。今の私を取り巻くすべてのものよ、消え去れ。そして、未来の風よ、私の周りを軽やかに吹き巡れ。暗い色のベールよ、失せよ！　ああ、貴《とうと》い飾り石よ、私の胸を圧迫し続け、ひどく苦しい重荷となってきた。（ベールと石帯をはずし、丘の下へ向けて投げ捨てながら。）これですっかり身軽になった。青々とした野山が見渡せる、広大な草原が、そして真っ青な天空が。波打つような大地、高く盛り上がりはするが、どんどん遠くに、広々と距離を広げる大地。ああ、鈍い痛みよ、私の胸元を這うように進む。もはや、身内の姿も見ることができない。（椅子の背に沈み込みながら。）ああ、プリーミスラオス、これがそなたの最後の口づけだったのか。

プリーミスラオス　ああ、リブッサ！　わが妻よ、無上の幸せだった！

カシュア　そなたの近くに寄り添ったものを、そなたは受け付けなかった。そなたたちに貸し与えただけであって、贈呈したわけではなかったのだ。妻の信頼する心が素直に従い、個性的な意見の持ち主である夫が考えた。われわれが彼女を引き受け、道中、同行して参ろう、そなたたちが以前よりも祝福に値するようになるまで。

（その間、彼女は自身の石帯をはずし、地面に転がっているリブッサのものの上に放り投げる。）

この黄金を使って、王冠を作らせなさい。

（丘へ向けて、次に地面へ向けて手を動かしながら。）

高貴なるものがこの世を去った、その象徴よ、この世に留まり給え。

（彼女が丘を登りかけ、若い侍女たちが対を成して同じ方向へ向かううちに、テツカも同様に石帯を緩め、放り投げる。その間に幕が下がる。）

夢は人生

——四幕のメルヘン劇

登場人物

マスード　裕福な農夫
ミルツァ　その娘
ルスタン　マスードの甥
ツァンガ　黒人奴隷

サマルカンドの国王
ギュルナーレ　その娘
老カーレプ（啞者）
カルカーン
岩の上の男

老婆
国王付きの侍従
部隊長
指揮官（一）
指揮官（二）
ギュルナーレの侍女の一人
国王の随員たちと近侍たち
ギュルナーレに従う夫人たちと侍女たち
カルカーンの二人の親族
二人の少年、従者たち、兵士たち
男女の民衆

第一幕

岩や木々が散在する田園風景。前景左手の方に館《やかた》。扉の横に長めの腰掛け。夏の夕暮れ時。

角笛の音が彼方より鳴り響く。

ミルツァ　(館《やかた》から出てくる)。聞こえるでしょ！　あれは角笛の響きだったわよね。そうよ、たしかにそう！　彼が帰って来る！　もうじきだわ！

それにしてもこんなに遅くなって！　見ていなさいよ、暴れん坊さん、そう簡単に許しはしないわよ、容赦しないから。拗《す》ねてやるわ、怒って、叱って、それからそのあとで――ようやくそのあとで許してあげましょう。

そうよ、許してあげる！　そう、そうよね、それがとんでもない不始末への穏当な対応というもの……ああ、でも恨んでもいいところだわ、相手が過ちを犯したらすぐに……それから長いことずっと、頑なに恨み続ける。そうすれば許すことは改心のご褒美のように思われてくるでしょうに、過ちの報いではなく。だって侮辱したことに対する罰が、侮辱された苦痛よりも長く続かないなんて、それはあまりに不当なことではないかしら。このことは、そう簡単に見過ごすことはできないわ。彼のように頑固になれたなら！……いえ、私にはわかる、彼のほうが温厚なのではないのかと……

それにしても、彼はどこにいるのかしら。あの辺りから角笛の音が響いてくるように思われたけど。（後ろに引きさがり、あちこちに目をやりながら。）あそこの丘から男の人がやって来る、狩の獲物を担いでいる、彼かしら……お日様がまぶしい。山の稜線を際立たせながら、燃え尽きる最後のきらめきを降り注いでいる。残り火に沈みながら、夕刻の田畑一面に。出遅れてしまった放浪者の跡をたどるように……

あら、顔を振り向けたわ！　ルスタンよね⁉――始終思い違いをしている可哀そうなこの私！

確かに猟師がひとりこちらに歩いてくるわ、大型犬にけたたましく吠え立てられながら、猛スピードで歩み寄ってくる、確かに猟師ではあるけれど……でも、彼ではないわ。

耐えるのよ、心傷つけられた者よ、耐えなさい、耐えることに慣れるのよ！（腰を下ろす。）

日が暮れてしまった。一日の仕事を終えてことごとくすべてが休んでいる。鳥たちは、軽快な銀の鐘のように、枝先から仕事仕舞いを告げる。安らかに充足せよという甘美な掟を奏でる。万物はそのほのかな呼びかけに従う。すべての眼《まなこ》はひとりでに閉じ、家畜の群れは柵の中へと導かれ、花々は休らいのまどろみの中で重そうに頭《こうべ》を垂れる。

薄暗い東方の彼方から、静かな夜が昇り始める。昼の灯《ともしび》は消し去られ、夜は、愛するものの頭《こうべ》の周りに暗い垂れ幕を打ち広げ、ささやくように子守唄を歌って眠らせる。

万物は安らぎのなかにある、ただ彼だけが静まり返った森の中をさまよっている、深山の黒々とした峡谷の中に、ここでは見つけられなかったものを探すために。そして私はここにいながら心配に責め苛《さいな》まれ、不安で息の根を止められてしまう。

あの狩人は、カーレプだわ。ごらん、妻が急いで彼を出迎える、幼子を胸に抱きかかえながら。彼の方もあんなに急ぎ足で彼女のもとへ近寄ろうとする！　坊やは歓声をあげながら、父親のほうへ両手を伸ばす。

あの人たちは幸せだわ！　本当に、幸せそのもの！

（ミルツァは物思いに沈み込む。）

（マスードが館から出てくる。）

マスード　ミルツァ！

ミルツァ　ルスタンなの！

マスード　わしだ、ミルツァ！　娘よ、おまえは父親を夕闇のなかにひとりぼっちに放っておくのか。

ミルツァ　ああ、ごめんなさい、確かめたかったの――

マスード　ルスタンが戻ったのかと？

ミルツァ　ええ、もしやと思って。

マスード　それで？　どうだった？

ミルツァ　手掛かりはないわ。

マスード　もう遅い。

ミルツァ　もうじき日が暮れるわ。ここら辺り一帯の猟師という猟師は皆すでに山から戻って来ているわ。私の言うことは確かよ、だって私は、あの山で狩りをしている全員を知っているんですもの。最後の一人を待ちわびているときに、毎日彼らを数えずにいられると思いますか。猟師たちは全員戻りました。あの人だけがひとり、いまだに闇をさまよっているのです。

マスード　その通りだ。彼の鬱屈した胸のうちには荒くれた魔物がやどっている。それが彼のすべての行動を支配している。だから決して安らげない。彼の会話から響いてくるのは、戦いや会戦、王冠や勝利など、戦争や支配の象徴に関するものばかりだ。夜中も、眠り込むや否や、夢の中でさえも戦闘のことを口にしている。わしらが畑の世話や家事の面倒をともにしている間、彼が朝焼けのなか、もうあの山へ向かって急いでいるのが目撃されている。あそこが、あそこの薄暗い森の中だけが、あのやんちゃ坊主の居場所なのだ。おまえも、すべてのこととともに忘れ去られている。自らの胸のうちの野性を森の獣たち相手に競い合うことで、推し量ってみたいという已《や》み難い欲求にとらわれているようにみえる。不吉な衝動だ！　おまえが哀れでならない、わが娘《こ》よ。

ミルツァ　そのことであの人を叱るのはやめて、お父さま！　彼がいつもそうだったというわけではないのですから。おとなしく、信心深くて、温厚だった頃があったわ、私の足元の地べたにしゃがみこんで、ある時は家事を手伝いながら、ある時は私にお伽噺《とぎばなし》を語って聞かせながら、またある時は、ああ、お父さま、私の言うことを信じて、以前の彼は優しくて善良だった。その後、変わったとしても、また元に戻ることだってありうるわ。そうなるわよ、きっと、そうなるわ。

マスード　おまえはそれでわしを説得できたと思い込んでいるのか、それでいて、自分自身はまだ納得できていないのではないか？

ミルツァ　分かってください、お父さま、ここの奴隷のツァンガの所為《せい》なのです。彼がこの館に来てからというもの、彼のへつらうような言葉が鳴り響くようになってからというもの、私たちの間から、そしてルスタンの胸のうちから落ち着きが消え失せてしまいました。ルスタンは早くも子供のころから、偉大な行為について耳を傾けるのが好きでした。並外れたことをやりたがりました。彼が自分にできることをやりたいと思うのは、悪いことなのでしょうか。あの人だって一人前の男子なのですもの。それでも考えることの範囲は、家庭内の敬虔な枠をはみ出すことはなかったわ。そして逸《はや》る気持ちを抑えていた。そこへツァンガが現れた。あの者の息が、人目を忍んで、炭火から灰を吹き払い、炎を高く燃え上がらせたのだわ。

ところがなんと、私は彼らの話を盗み聞きしてしまったのです。ルスタンが山の方へは出かけないと私に約束したときは、静かにじっとしていることが多かった。そんなとき、ツァンガが彼の前へ近寄って、戦闘について得々としゃべるのを私は聞きました。戦いの様を、そして勝利の様を。赤らんだルスタンの頬はどんどん紅潮していき、手足の筋という筋がぴくぴくして、両手は拳《こぶし》になった。深くひそめられた眉の間から、荒々しい激情のひらめきがほとばしった。そしてとうとうしまいに――

彼はその場で飛び上がり、手を伸ばして壁から弓を取り、矢筒を首の周りに投げかけ、そうして出て行ってしまった——森へ行ってしまった！

マスード　可哀そうに！　あの意地っ張り奴《め》が！　頑固で、気遣いもなく、おまえの苦しみや心配に気付こうともしない。

ミルツァ　心配？　いったいなぜ心配なのですか、お父さま？　ああ、私は知っているわ、あの強いルスタンは恐れも知らないし、危険も知らないということを。だからツァンガは彼に付いて行ったのよ。

マスード　しかし、二人きりでは。

ミルツァ　彼の力は何人力でしょうか。

マスード　夜道だし——

ミルツァ　彼は抜け道を知っています。

マスード　野生の獣はいともたやすく——

ミルツァ　何てことを！　野生のものは猟師を避けるわ。

マスード　あるいは、全く反対に——

ミルツァ　何なの、お父さま、何なの？　話してください、さもなければ私を殺してください！

マスード　哀れな娘《こ》だ、それがおまえの運命なのだ。以前わしが考えていたように、いつの日か、より強い絆がおまえと彼を結びつけるのであれば——

ミルツァ　お父さま、寒くなってきたわ、家の中へ戻りましょうよ。あれこれ考えているうちに、彼も帰って来るわ。

マスード　はて、今の状況では、そうは思えないが！　森の丘の上にたむろしている者ども次第になるかもしれない。今日彼を引き止めているものが何であるか、わしにはほとんどわかったように思う。

ミルツァ　なぜなの？　知っているの？　さあ、話してよ！

マスード　おまえの知っている托鉢僧、あの気遣いのできる、敬虔なあの男は、あの森の中に住んでいるのだが、たった今早馬を送ってよこして知らせてくれた。ルスタンが猟師とともに狩りをしている最中に、争いを起こしたらしい、と。

ミルツァ　争いを？　いったい誰と？

マスード　オスミンとだそうだ。太守様の長男だ。サマルカンド*の宮廷で国王に近侍している。許可を得て父親のもとに戻った折に、猟の仲間に加わったのだ。ルスタンが彼に殴りかかり、そして——

ミルツァ　それから？　まだあるの？

マスード　それから彼らは武器に手を伸ばしたそうだ。

ミルツァ　武器に？

マスード　しかしふたりは直ちに引き離されて、争いには決着がつけられた。

ミルツァ　でも、ひょっとして——

マスード　おまえは沈黙しているがよい！　オスミンはすでに帰宅した。心配することはもう何もない。しかしルスタンは自身の軽率な行為の知らせがわしのもとに届いていることを察しているはずだ。それで、わしに会うのが憚《はばか》られるのだ。すっかり夜が更けるや否や、伯父の目に留まらないようにこっそりと自分の部屋に忍び込むつもりだろう。だからミルツァ、わしらは立ち去ろう。わしらがここにいたのでは、その間ずっと彼はこちらに近づけないのではないかと思うのだ。

ミルツァ　それで、お父さまは彼に腹を立てているの？

マスード　いけないいかね？　早くももう、おまえはわしを嘆願するように見つめるのだな？　ああ、恐らくこういうことなのだろう、責め立てるように彼に向って無慈悲に語られた一語一語が、まるで弱々しい両手から放たれた矢のように、彼のかたくなな胸に当たって跳ね返り、おまえの軟《やわ》な心臓を射抜いてしまっているのだ。さあ、来なさい、戻ろう！　叱るつもりはない。

（二人とも館の中に姿を消す。）

（間。しばらくして、ツァンガが四方を窺いながら忍び寄ってくる。）

ツァンガ　さあ、こっちへ、旦那！　良い空気だ！

（ルスタンが弓と矢筒を携えて登場。）

＊　ウズベキスタン共和国東部の都市で、古代から交易上の要地であった。詳細は巻末の解説を参照のこと。（以下、傍注はすべて訳者によるもの。）

ツァンガ　元気を出しなよ、旦那！　いったいどうしたっていうのさ？　どうして沈み込んでおずおずしているのさ？　いったいどんな悪さをしでかしたっていうの？　分別のない自慢話をして、厚かましくもあんたを物笑いの種にしようとした、物わかりの悪い若造に、ちょっと手厳しくわからせてやろうとしただけじゃないか。たったそれだけのことさ！　他に何があるのさ？　そりゃまあ、あんたの伯父上は叱るだろうよ。まあ、いいじゃないか！　それくらいの楽しみは恵んであげなよ。

ルスタン　おまえは俺があの人の言うことや、小言の爆発を恐れているとでも思っているのか。俺には赤面しなければならない理由なんて何もない。自分のしたことの訳をきちんと弁明できる。それができないなら、俺はここにはいない。あの人に会うのを俺が憚《はばか》るのは、あの人の怒りが俺の負担になるという苦痛からではなく、あの人自身に負担をかけてしまうという苦痛のためなのだ。俺に関するすべての心配や不安を、この無防備な俺の魂の上に激しい叱責の言葉として流し去ってしまうことがあの人にできたなら！　そして、荒くれ者の行いと衝動に直面した後にもなお、冷静であり続けることがあの人にできたなら！　さあ！　あの人が自身の苦痛を鎮めることができますように！　それにしても、近親者同士の願いが引き裂かれるのを見なければならないとは！　それはまるで正反対の両方向から引っ張られた荒くれ馬が手綱を解かれて、われわれの平穏の亡骸《なきがら》をずたずたに引き裂く様を見るかのようだ！　われわれ両者が、見知らぬ土地の住民に対するかのように不安げに相対し、話をし、互いに分かり合えない様を見ることになろうとは！　両者の胸のうちには愛があるにもかかわらず、互いに相手に恨みを抱く結果になってしまうのだ。なぜなら、ある言語において「パン」を意味するものが、別の言語においては「毒」を意味し、信心深い者が口にする挨拶が、異国の者の耳には「呪い」と聞こえてしまうからだ。要するに、今のこの苦しみを呼び起こしてしまうのはこうしたことなのだ。

ツァンガ　だったら、あの人の言葉を学べよ！　あの人の方ではあんたの言葉を学ぶことなど金輪際ないだろうけど。わかったものじゃないよ！　あの老紳士は教え方も万全だ。田舎にとどまりなさい、そしてまっとうに暮らしていきなさい！　平安は美をはらむものだ、とかなんとか……

ルスタン　嘲《あざけ》るのはよせ！　オスミンのことを考えてみろ！　報酬を得たければ、それと同じだけのあつかましさが求められるのだ。そうさ、神にかけて間違いない！　大法螺《おおぼら》吹《ふ》きが不遜にも俺の前に現れることは許さない、その目で俺を見定めることなどさせはせぬ、いまだ戦闘で試されたことのない、血で汚されたことのないこの剣を、滑らかな太腿《ふともも》の上で揺れ動くこの剣を試させることなどさせはせぬ。オスミンの頭脳が彼の頭蓋骨より頑丈でない限り、この拳《こぶし》より有能でない限り、彼にそうはさせない。たとえ俺がいまだ何者でもないとしても、これからなることができる。素早く、そして高みへ、というのが英雄の習いだ。他の者がこの世でなし得ることは、必ずや俺にもできる。

ツァンガ　旦那、あんたの言うことはおいらの意にかなっている。

ルスタン　この暮らしが俺にはあまりにも味気ないのさ、どんなにかおもしろくなく、哀れに思われることだろう！　今日という日は常に変わらず、ただ、昨日と明日の取るに足らぬ写しに過ぎない。俺にとっては少しもうれしくない喜び、俺を悲しませることもない苦しみ、それに、常にあらたまりながらも、それ以上のものを何ももたらすことのない日々。もはや消え去ってしまった、あの素晴らしかった日々に、俺はなんと異なる思いを抱いていたことだろうか！

ツァンガ　今だって、そんなもんじゃない、って言わずにはいられない。辛抱してさえいれば！きっとそうなるさ。時がすべてを解決してくれる。時間と、それに勇気だ！　オスミンが「ご主人様」と呼んでいる、あのサマルカンドの領主も、以前はあんたと同様、村の若造だった。今では権力と栄光の輝きに包まれている。幸運が、緋色の衣にふさわしい、玉座にふさわしい男たちを焼きあげるのに使う、その同じ陶土であんたの身体はできている。

ルスタン　ああ！　この世でそんな風に生きていられたら、きっと素晴らしいことだろう。明るく照らし出された、木々のまばらな丘が幾重にもかさなり、緑色の月桂樹の林に埋め尽くされた、ぞっとするほど美しい、そんな世界に行くことができたなら！　その月桂樹の枝先からは、魔法の鳥の歌のように、古来の英雄の歌が響いてくるのだ。目の前の広々とした平原よ、明るく照らし出され、豊かに飾りあげられた平原よ、それが俺を手招きし、叫びかけてくるような心地がするのだ。強き者よ、弱き者どもの中から抜きん出よ！　もっと勇敢に、思い切るのだ！　大胆さこそが勝利するのだ！　おまえのつかみ取ったものは、おまえに与えられている！　活気はあるが、もつれあった人生に身を投げ出すのだ、と。そしてその人生を思いに満ちた胸に抱きしめるのだ！　自身の胸に、ただし自身の支配下に。神のごとく、見えない糸を操って、反抗的な力を操作し、あらゆる泉を周囲に集めるのだ！　それらの泉は人里離れて、人知れず、さらさらと音をたてているが、やがて誇らしくもひとつに合流するや、あるときは幸をもたらしながら、またあるときは破壊しながら、ごうごうとざわめき、野山を押し流す。偉大な者たちの妬ましいほどの幸運よ！　波は打ち寄せては、また引いていく。しかし大河だけはそこにあり続ける。

ツァンガ　その通り！　大河だけはそこにあり続ける。

ルスタン　かつて俺の父は戦士だった。父の父もまたそうだった。すべての先祖を通じて、そのようにして続いてきた。彼らの血がこの血管に脈打っている。彼らの力が俺の拳を鍛えるのだ。しかも俺はここで惰眠を貪《むさぼ》らねばならない。各々が名誉という野から月桂樹の枝を摘み取る様を眺めていなければならないのだ。人生の楽しみを味わい始める様を眺めていなければならないのだ。他方の俺には、休息という罰が下されねばならないというのか？

ツァンガ　それは違う！　絶対に駄目だ！　あんたが望むならば、そのとおりにしなきゃいけない、旦那！　館の中にいる連中さえいなかったなら！　こちらの伯父上とこちらの従妹が、重たい鎖のようにあんたの上にのしかかっている。

ルスタン　何か別の話をしよう！　別の話を、ツァンガ。

ツァンガ　ほらごらん、言った通りだ！　こういう時、あんたの優しい心が立ち現れる。すると誇らしい計画も実現にとりかかる前に投げ出されてしまう。ああ、あんたを外へ連れ出すことができたなら！　この鬱陶しい谷から外へ。そして高みへ、頂点へ、果てしない世界へ連れ出すことができたなら！　旦那、あんたはそんなしゃべり方をしていてはいけない！　とにかくまずは一遍戦場を目にすることだ、喇叭《らっぱ》が鳴り響くのを耳にすることだ、そうすりぁ、力が染みわたっていきますぜ、このおいらの血管に漲《みなぎ》っているのとおんなじ力がね。旦那、おいらも以前はやっぱりくよくよしていたものだ、むろん、ひどく若い頃のことですがね、初めて自分の武器を手にした頃の。敵に向き合うことが何より肝心なときに、頭の中であっちこっち迷い、気持ちは重く沈んでいた。心臓は激しく鼓動し、戦いの前の晩はひどく臆病に過ごした。ところが、朝一番の日の光を目にするや否や、突然明らかになった。なんと！　そこには両軍が対峙していた、浜辺の砂のごとく無数に、音もなく無言で。辺り一帯彼方まで、ぼんやり薄暗かった、野原や湿地の上に立ち込めている霧のように。朝靄を透《す》かせて刃《やいば》の切っ先がまばゆく輝くのが見えた。そして霧が遠ざかってみると、そこに騎士と馬が姿を現した。その時自分の心境が変化するのを感じた。あらゆる疑念は克服されていた。はっきりとわかってきたのは、生きるってことはくよくよ思い悩むことの中にはなく、行動すること、行為することの中にあるってことだった。合図の知らせが鳴り響いたとき、両軍とも間近に相対していた。この上ない喜び！　向かうと思えば、今度はこちらへ寄せる、今敵だったと思ったら、今度は味方を凶刃が打ち倒す。受け取ったり、差し出したり、死と生が、代わる代わる交換する、激しい熱狂のなかでよろめきながら。風が揺り動かし、大地が馬の足踏みに震える。戦闘はけたたましく荒れ狂い、敵たちはよろめき迷い、退いていく。われらは、勇敢に素早く、逃走する者どもの後を追う、敵や味方の屍《しかばね》を踏み越えて。

今や広々とした草原に勝者が立ち止まる、そして打ち倒された穂を見渡す。しかし彼には喜びを禁じ得ない。勝利だ、勝ち鬨を挙げよ！　旦那！　これこそ人生ですぜ！　戦闘よ、万歳！

ルスタン　やめろ！　じっとしていられなくて死にそうだ！

ツァンガ　こんな捕らわれ者が、売られた者が、つまり奴隷であるおいらでさえも、こんな風に語っているんだ、ましてやあんたならば――、しーっ、静かに！　ここまでだ！

（ツァンガは引き下がる。）

（ミルツァが館から出て来る）

ミルツァ　ルスタン！

ルスタン　ああ、誰かが来るのだろうか！

ミルツァ　あなたなのね！　よくそんなに長いこと、ぐずぐずしていられたわね！　ああ、私たちひどく心配していたのよ。

ルスタン　そんなに異常なことなのだろうか。

ミルツァ　異常なこと？　たぶんそれほどでもないのでしょう。でも、だからと言って心痛が減るわけでもないわ。たとえ毎朝、どうせあの人は遅くにならなければ帰っては来ない、と自分に言いきかせてみても、それでもやはり、早く帰って来てくれることを期待してしまうのよ。望んだり、期待したりするだけなら、いろんなことが考えられるでしょ。あなたは物静かで呑気だから、私たちも同じだろうとでも思っているの？　いつも私は涙を流してしまう、勇気には熟練という手があるけれど、でも、心配にはその手はないということを、経験が教えてくれてはいるのだけれど。なぜそっぽを向いてしまうの？

ルスタン　しーっ、静かに！　君のお父さんが呼んでいるように思うのだけれど……

ミルツァ　私に行ってほしいの？　だったらあなたも一緒に来て！　あなた、暑いのね。夜風は冷たいわ、疲れた足も休ませないと。

ルスタン　ほっといてくれ！　ここにいたいのだ――

ミルツァ　だって！　あなたも一緒に！　家の中の方がゆっくり休めるし、夕飯も用意できている。さあ！　お父さまももう怒ってなんかいない。きれいさっぱり忘れてしまっている。さあ！

（ルスタンとともに館の中へ立ち去る。）

ツァンガ　誰か解き明かしておくれ、愛の効能とやらを。いったいそれは損することなのか、それとも得することなのか？　女に男の強さをもたらすのだとしたら、男には――男には女の心がもたらされるってことか！

まあ、いいか！　人間はすぐさま絶望的になってはいかん！

（二人の後に従う。）

館の内部。

中景に夕飯の残り物と灯りが載せてあるテーブル。そのテーブルの端にマスードが物思わしげに座っている。右手後方に寝椅子が一脚。

ミルツァがルスタンを導き入れる。そのすぐ後ろにツァンガが続く。

ミルツァ　お父さま、ルスタンですよ、さあ、ご覧なさい、彼は道に迷っていたのです。どこで、ですって？　どうでも良いではありませんか！　とにかく彼はここにいるのですもの。あそこの森の中の道は雑然として、入り組んでいるわ。突然日が暮れてしまったときなど、運がよくなければ道は見つからないわ。とにかく、道に迷わなかった、神様に感謝しなければ！　これからは、お日さまが傾くのが分かったら、もう少し急ぐようになりますよ。

さあ、掛けて！（ルスタンが老人の隣に腰を下ろそうとすると、二人の間に割り込みながら。）ここは駄目よ！　駄目なの、あっちへ行って！　お父さまの傍らには私が座らなければならないの。わかってちょうだい！　ここは私の特等席なの。

（ルスタンはテーブルのもう一方の端に腰を下ろす。）

マスード　（もの柔らかではあるが、しかし真剣に）。ルスタン！

ミルツァ　（素早く口を差しはさむ）。お父さま、信じてもらえるかしら？　女中のラッハが知っているって言い張るのよ――

マスード　ミルツァ！

ミルツァ　ワインで良い？

マスード　ルスタンと少し話をさせておくれ！　火事を見ても隠そうとするのは愚か者だけだ。われわれは――ねえ、そうだろう？――それを消そうと思う。

ミルツァ　お父さま、私に約束してくれたわよね――

マスード　心配するな！　しかし一度は伝えておかなければならない。

息子よ、ずっと以前から気付いておったのだが、おまえはわしらの視線を避けるようになっているのではないか。この家の住人たちと、それに、彼らの物静かな行いや営みが、もはやおまえの意にそぐわなくなっているように見受けられるのだ。あの山の上におまえの安息所があって、森の中のおまえの住処や野生の獣の吠え声、嵐に揺れる木々のどよめきの方が、身寄りの者たちの言葉よりも、おまえの耳には好ましくなっているように思われるのだ。おまえの性質は荒々しくて陰鬱だ、おまえの営みは口論や争いだ。今日にも伝え聞いたところによれば、おまえは森の中で、オスミンとの間に争い事を引き起こしたというではないか。

ツァンガ　（食卓の周りで働いていたが、急に思いついたように）。「引き起こした」ですって？
お許しいただければ、おいらがもっときちんとお話しできますが。

マスード　おまえがじゃと？

ツァンガ　この目でしっかり見ておったのですから。

マスード　控えておれ！

ツァンガ　オッと、事実は事実だ！　許してもらえるのならお話ししますぜ！

ミルツァ　お父さま、あの人の言うことを聴いて！　私のためと思って！

ツァンガ　昼時のことでした、猟師たちは仕事の疲れから体を休めて、いつもどおり草地の上に集まって来ていました。水のきれいな泉の畔でしゃべりながら、獲物袋の中のわずかな貯えで元気を取り戻すために。その中にオスミンがいました。甘やかされた、わがままな若者で、まるで花屋の店先のように、香油の臭いをプンプンさせた伊達男というわけです。こいつはそんなわけで、ひどくふてぶてしくて、その上身分の高いのを鼻にかけ、自分の武勇伝や、女たちとの幸運な交情を言い触らしていました。食卓に同席した王様の娘でさえも彼の方に物欲しげな視線を送ってきたと喋っていたし、そんな調子でくだらないことを次々と並べ立てていたのです。

その時です。おいらのご主人さまの堪忍袋の緒が切れて、顔に赤く血が上ったのは。ところが、煮えくり返っていただろうに、黙ったままでした。しかしオスミンがさらに続けてこんなことを言ったときでした。サマルカンドの領主は、敵の手中に落ちて迫られたとき、彼をその窮状から救ってくれた者には、褒美として彼の娘とその相続分、広大な領地の王位を喜んで与えることだろう、と。その時おいらのご主人さまは激情に駆り立てられ、そのような行為やそのような恩賞という考えに刺激され、飛び上がって夢中で尋ねた、サマルカンドへは、どうやって行くのかと。するとオスミンはどっと笑い崩れた。そしてルスタンの前へ立ちはだかり、大声で叫んだ、「なんという救い主だ！　サマルカンドの領主殿、万歳！　お人よしの友よ、おうちにじっとしていなさい！　力試しは鋤《すき》の後ろ側でやることだな！」その時——

ルスタン　（突然立ち上がって）。あんなことを言う奴を、神にかけて絶対に生かしておいてなるものか！

マスード　さあ！　とにかく落ち着け！

ルスタン　落ち着けですって？　私が、ですか？　まあ良いでしょう、だったら彼は間違っているのですか？　落ち着けなんて、そんな課題を克服しなければならないほどに、私がその上何をしたというのですか。彼は正しい、今日のところは彼の言うことは正しい。明日からは、このままではおかない、私がなお生き続けられるならば。伯父上、私にお暇《いとま》をお許しください！

マスード　どういうことだ？

ルスタン　わかってください！　ここにはもう、いたたまれないのです。この落ち着き、この静寂が耐えがたく私の胸を締め付けるのです。私は立ち去らずにはいられません、広い世界へ出て行かずにはいられません。ここで荒れ狂っている炎《ほむら》を広大な天空へと流し去らねばなりません、この熱い胸の思いで、危険に満ちた敵の魂胆を押しつぶしてしまわなければなりません。敵意が猛烈な突撃の中で倒れてしまうか、あるいは破裂してしまうまで。奮起した力には相応の対戦相手を見つけなければならないのです。その力が自分自身へ向かって逆流し、自身の主《あるじ》を食い尽くしてしまう前に。あなたは私をご覧になってあきれているのですか。「火事を見ても隠そうとするのは愚か者だけだ」とあなた自身がおっしゃった。私に消させてください。どうか許して、私を行かせてください。

マスード　なんだって？　おまえがやりたいのは――？

ルスタン　やらねばならないことです。

マスード　考えたことはないのか――？

ルスタン　熟慮した結果です。

マスード　つまり、おまえはわしらの愛情にそんな風に報いるのだな？

ルスタン　今後、このご恩を決して疎《おろそ》かにはいたしません。それが、私にできる精一杯のことです。

マスード　前途は多難で険しいぞ！

ルスタン　望むところです！　目標へ至る道であるならば。

マスード　しかも、その目標そのものが破滅のもととなるのだ。

ルスタン　だからこそ、言い習わされているのです。私は知りたいのです。人智は私を満たすのみです。

マスード　この娘《こ》とわしを置き去りにして行くのか？

ルスタン　長い間ではありません。大切な方々の愛情のただ中に戻ってきます。そして再びあなた方のこの館に住まわせてください。あるいは、あなた方が私とともに、私の成功を分かち合ってください。

ミルツァ　ルスタン！

ルスタン　ミルツァ！　わかっているよ。でも、僕たちは一旦別れよう、二人分の幸せ、二人分の喜びのために。

マスード　おまえはこの娘《こ》の涙を見る気になれるのか、平然とこの娘《こ》に背を向けるのか――

ルスタン　他にどうしようもできないのです。

マスード　やはり、一番大事なことをわかっていてほしい、つまり、ここにこの娘《こ》がいて、おまえを愛しているということだ。

ルスタン　ミルツァ！　僕も同じだ――しかしもう決心してしまった！　君に値する人間になれるか、あるいは全く見込みが無いままなのかのどちらかなのだ！

ミルツァ　ルスタン！

マスード　待て！　わしはそういう意味で言ったのではない！　ルスタンがミルツァなしでもやっ

ていけるのであれば、かわいいミルツァがいなくてもやっていけるのであれば、マスードの娘は乞い願ったりはしない。どこへでも行くがよい、目のくらんだ者よ、どこへでも出て行くがよい！　そして今というこの時を、決して呪わないでもらいたい。

ルスタン　今日のうちに、ですか？

マスード　（顔をそむけながら）。おまえの気持ちが固まり次第、直ちに。

ルスタン　ツァンガ、馬を見に行け！

ツァンガ　かしこまりました！

マスード　なぜそんなにあわてるのだ。待ちなさい！　今はまだ真っ暗な夜中だ。山道はあってないようなものだ。一歩間違えれば危険極まりない。せめてそんな危険から身を守るよう、おまえに忠告する！　この家の中でもう一度眠りなさい！　もう一遍考えてみるのだ、おまえがやりたいことは何かを。朝になっても、考えが変わらないならば、そのときは、さっさと出て行くがよい！　ミルツァ、来るのだ！　彼を一人にしておこう。

ミルツァ　お父さま！　一言だけ言わせて！　ルスタン、あの年老いた托鉢僧のことなのだけれど、あそこの近くの山の中に住んでいる、あの托鉢僧のことよ。あなたが彼のことを好きではないことを私、知っているわ。でも彼はあなたのことを心配している。あなたは彼にほとんど会おうともしないけれど、彼は今日来るって、私に約束してくれたの。それでたった今、彼がどこへ行くにも携えている竪琴の音が聞こえたように思ったの。ねえ、約束してちょうだい！　お別れの前に、彼の演奏を聴いてくれると、彼と話してくれると。それでも無駄だとわかったら、その時に初めて、出かけて欲しいの、神のご加護とともに。

ルスタン　何のために？

ミルツァ　最後のお願いよ！

ルスタン　彼が明朝、間に合ったとしても、どうせ他の者と同じことを話すのであろう。

マスード　さあ、休むとしよう！　彼をひとりにしてやろう。聞く耳を持たぬ者に何を言っても無駄だ。それでは、お休み！　（ミルツァとともに立ち去る。）

ミルツァ　ルスタン！

ルスタン　ツァンガ！　馬は明朝だ！

ツァンガ　了解！

（二人の後に従う。三人全員が退場。）

ルスタン　皆、行ってしまった！――胸が高鳴る！　それも不安げに。彼女はあまりにも愛らしく、善良だ。――たとえ、そうだとしても！――出かけよう！――俺の願いは聞き届けられたのだ！これまでずっと望みとしてまどろんでいたものが、今や目覚めて俺の前に立ち現れたのだ。ようこそ！　絵のように美しい姿たちよ、ようこそ、大歓迎だ！　眠い、頭が重い、手足に力が入らない。（寝床の方へ目をやりながら。）よし！　もういっぺん休もう。館の鬱陶しい部屋の中で。将来の行動のために、力を蓄えておくこと。そうすれば、永久に解放される。（寝椅子の上に腰を下ろす。外から竪琴の音色が響いてくる。）何か聞こえてくる！　何だ？　竪琴の音か？　あのへたくそな老いぼれ楽士が近くにいるのだろうか？（上半身は起きたまま、半ば横になった姿勢で。竪琴の音にいつの間にか添えられている歌詞を口真似している。）

「生涯に得られる財貨など、影にすぎない。
人生の多くの喜び、そして
言葉も願望も行動も、影にすぎない。
考えることだけが、現実に存在する。

　そしておまえが感じる愛と、
おまえが行う善が。
いずれおまえが墓の中で休らう時の
その眠りの中以外には覚醒はない。」

茶番だ！　茶番だ！　別の場面が、この心の内に目覚めてくる。（彼は後方へくずおれる。竪琴の音色がさらに続く。）国王陛下！　ツァンガ！　武器だ！　武器だ！

（多声の静かな音楽が竪琴の音に干渉してくる。ベッドの枕元と足元に二人の少年の姿が浮かび上がる。一方は、鮮やかな衣装をまとい、火の消された松明《たいまつ》を手にしている。二人目の方は、茶色の衣服を着て、燃えている松明を手にしている。ルスタンのベッドの上へ覆いかぶせるように、彼らは互いに松明を近づけ合う。鮮やかな服装の少年の松明は発火し、黒っぽい服装の少年は自分の松明を地面にこすり付けて火を消してしまう。

すると、後景の間仕切りが開かれる。* 雲が眺望を遮っている。雲が上昇していく。第二幕が演じられる辺りが見えてくるが、とばりに覆われている。それも消えていく、一つ目、二つ目と順番に。ついに付近は見通し良く広がる。前景に立っている棕櫚《しゅろ》の樹の傍らで、黄金に輝く大蛇が巨大なとぐろを巻いている。大蛇が次第に高くもたげようとしているその首は、棕櫚の樹の一番下の葉の高さにまで、届こうとしている。ルスタンは寝返りをうつ。）

（幕が下りる。）

* グリルパルツァーの戯曲中、処女作とされる『先祖の女』の中に同様のト書きが見られ、それについて翻訳者石川實氏が註釈として解説されているので、そこの部分をかいつまんで引用させていただく。奥行きの深い舞台を〈前舞台〉と〈奥舞台〉に分け、その境目に舞台幅全体をふさぐ大書割り（プロスペクト）が下ろされている。そこに背景が描かれている場面が終了すると、プロスペクトが引き上げられ、ひきつづき奥舞台が次の場面が演じられる場となっていく、という仕組みのようである。

第二幕

森林地帯。背景に岩塊。渓流によって隔てられたそれらの岩塊に橋が渡されている。前景右手に、孤立した岩がひとつ。その岩の、前方に向いた側面には湧き水と、そのすぐ脇には苔むした箇所が見られる。向かい側の左手には、ポツンと一本だけの棕櫚の樹。

ルスタンとツァンガの登場。

ルスタン　ようこそ自由よ！　さあ、思い切り深呼吸して、おまえの精気を胸いっぱいに吸い込もう。朝の高貴な輝きの中で、おまえの旗じるしが翻るのが見える。天空の高みの辺りにあまねく、おまえが打ち立てた旗じるしが。生きとし生ける万物にとって、創造の広大な王国のしるしである旗じるしが。自由よ、大自然の息吹よ！　世界時計の指針よ！　おまえはすべての偉大なるものの揺籃《ようらん》であり、玉座でもある。この生まれ出たばかりの息子を迎え入れよ、そのたどたどしい物言いを大目に見よ！　なにせ、おまえは万物の母なのだから！

ツァンガ　旦那、夢心地はもうそのくらいで十分ですぁ。そろそろもっと必要なことを話し合うとしましょうや。

ルスタン　必要な？　もっと必要な？　なんてこった、考えられぬ。今はもう少し感性の赴くままにさせておいてくれ！　館の中での息が詰まるような空気はもう御免だ。言葉や懸念によって、掟や禁令によって息苦しくされていた。自由であれ！　おのれ自身の支配者よ、おのれ自身の王よ。巣から飛び立つ鳥のようだ。いまだ試したことのない翼を初めて試そうとしている。身震いしながら立ち尽くしている。おまえを呑み込もうと、その前であんぐりと口を開けている深淵の上に。思い切ってやり遂げるのか？　やらざるを得ないのか？　ついに鳥は試みる。羽ばたきする——鳥は持ちこたえる、すると高く、高く引き上げられる。生暖かい空中を緩やかに泳ぎ回る。高く上昇し、声を上げる。自分の耳で聞き取り、その時初めて本当に生まれ出るのだ。だから俺も宇宙を体感したい。あらゆる山に登頂したい。あらゆる泉から飲んでみたい。木々や葉に挨拶を送りたい。そうして初めて俺は人間になる、一人前の男になる。

ツァンガ　好きなだけやればいいさ、どうせ急いでいるわけじゃなし。その間に疲労回復させてもらおう。（腰を下ろす。）

ルスタン　駄目だ、ツァンガ！　休んではいられない、休むのは駄目だ。われわれの仕事が滑り出すまではな。

ツァンガ　われわれの仕事ですって？　てことは、あんたは行動しようって気だね？　試し、思考し、志をもとうという気だね？　（立ち上がる。）そういうことなら、さあ、おいらはあんたのおそばにお仕えしようじゃないか。

ルスタン　いざ、サマルカンドへ！　あの丘の上から確かに見えた、塔が太陽の映し出す明るい輝きの中にあるのを。太陽が沈む前に、われわれはあそこに到着する。

ツァンガ　とにかくやってみようって気なのかい、運を天に任せて？　しかしなあ、やすらかに死ねるように、おいらのために、最後のことを考えておくれよ。そうは言っても、あんたみたいな有能な御仁《ごじん》は、生きることをお望みだ。だったら、始まりを、つまり出だしを十分検討し、吟味することとさ。なぜって、御仕舞いは自ずと来ちまうのだから。見知らぬ人々の間に足を踏み入れるとき、旦那、しかも敷居で足を躓《つまず》こうものなら、あんたはいつまでたっても不器用者だと思われる！　それがもしも、あんたが七賢人のように話そうものなら、盃を交わしながら友となった者たちは、大きな声でどっと笑いながらも、数年後には互いに再会しあうことだろうよ。はたまた、嫁入り際に涙を流した花嫁にかぎって、ため息をつきながらも一生涯あんたに付いてくるものなのさ。おいらたちの癖も考え方もこの花嫁に限りなく似通っているように思われる。牛の群れのように、一歩一歩、後に従って進むものだからさ！　だからこそ、あんたが行う万事において、物事の初めはよくよく考え抜かれてあるべし、なのさ。
　あんたは今やサマルカンドへ赴く。そこで何より必要なのは、あんたが将来なりたいと考えている人物になりきって登場することだ。墓に眠るあんたの父上を、とりあえず武勲の誉れ高い汗《カーン》*とか太守とかいうことにしてしまおう。そうさな、グルジア**辺りの出だとか――それか、お月さまからやって来た、ということにさ――そういったことこそ、初めの一歩の役に立つのさ。望みを叶えてしまえば、他のことは成功が隠蔽してくれる。

ルスタン　上出来だ！

ツァンガ　何と！　上出来ですと？　そういうことなら、おいらが考えていたよりも、期待していたよりも、うまくいきますぜ。あんたの伯父上、それにあの館――

ルスタン　可哀そうなミルツァ！

ツァンガ　確かに。あのひとの哀れな身の上こそが、豊かな夢の実現を妨げてしまっている。たのむから手近な富を受け付けないああいった連中の真似だけはしないでくれ。激しく燃え上がりながらも、決して聞き届けられることもなく、離れ離れのまま、愛の炎の中で、枯れ果てていくのさ。こんなことはもうやめにしよう、さあ、男らしくなるのだ！
　あのサマルカンドの領主は敵にせきたてられている、つまりチフリス***の強大な汗《カーン》が娘への求婚を迫ってきているのだ。娘は甘やかされたひとりっ子で、高慢で高潔で、夫を自ら選びたいと望んでいる。うぬぼれの強い気取り屋が、詩文学の中で読んだようなことをやってしまったってわけだ。……はじめは、ひどく迷っちまったよ、自分たちの今後を強い方に委ねるのか、弱い方に委ねるのか、とね！　しかし強者は自分に満足しているのに対し、不幸は人を感謝の気持ちで満たすものだ。だから、サマルカンドを目指すんだ、彼の軍隊の中にあんたの仕事を探すんだ！　決定的な時がきたら、その時はあんたに号令する、「戦闘開始！」とな。そうしたら、力の限り敵の中に飛び込むんだ、激しい戦闘の奥深くまでな。目をつぶって、縦横無尽に、戦闘の火花を交えるんだ！　あんたが斃《たお》れた時は、それがあんたの定めだったのさ。勝利したときは、ご褒美のことを語り合おうじゃないか。そうやって多くの者たちが王冠を手にしてきたのさ。

ルスタン　良かろう、さあ、来い！

＊　原語のKhanは日本語としては「汗」の他に「カーン」とも訳されるので、ここではその両方を融合した表記を採った。「タタール族の統治者の称号」、「中央アジア地方の王族・大官の尊称」、「十六世紀ペルシャの代官」などといった意である。

＊＊　ジョージア共和国の旧称。カフカス山脈の南斜面を占める地方で、旧ソ連邦を構成する一国だったが、ソ連解体後の一九九一年に独立。

＊＊＊　グルジアの首都トビリシの旧称。カフカス山脈の南麓にある五世紀以来の古都。（詳細は巻末の訳者解説を参照のこと。）

ツァンガ　旦那、もうちょっとだけ、時間をくださいな！　体だって当然の権利を主張しようってものですよ。ここのおいらの背嚢《はいのう》一杯に、数人分の食料を持ち歩いているってわけですよ。まずはご馳走をいただき、たっぷり酌《く》み交わしましょうや！　それから一張羅を取り出して、あんたを貴公子に仕立て上げるのさ！　残念ながら、そういうことが助けとなり、事を推し進めるのでね！　勇敢な貴人に成りすまして、街を目指し、幸運を求めて、いざ、行かん、だ！　たとえ何が起ころうともね！

人の声　（舞台の背後から）。助けてくれ！　助けてくれ！

ツァンガ　聞こえるか？　何の叫びだ？

人の声　助けてくれ！　助けてくれ！

ツァンガ　近づいてくる。——悲痛な声とともに始まったな。——怪物どもよ、覚悟はできたか？

（裕福そうな身なりの男が、後景の橋の上に登場する。彼は時々瞬間的に姿を見せる大蛇に追われている。）

国王　誰もおらんのか！　助けはおらんのか？

（彼は橋を渡って逃げていき、後景の左手へ姿を消す。）

ツァンガ　旦那、槍を握って！　グズグズしないで、素早く投げるんだ！

国王　（後景の左手から、逃げながら登場し、急いで前景へ進む。他方、ルスタンとツァンガは舞台の中景の位置で、ルスタンが右手に、ツァンガが左手に陣取っている）。神々よ！　神々よ！

憐れみを与えてはくださらんのか？

（意識を失い、岩場の腰掛けの上でくずおれる。）

ツァンガ　投げて、命中させよ！

ルスタン　（いまだ姿が見えない怪物めがけて槍を投げる）。

ツァンガ　外れた！　さあ、旦那、全速力で逃げるんだ、できるだけ遠くに！　おいらは木の上へよじ登るとしよう。

（左手に立っている棕櫚の樹によじ登ろうとする。）

（後景の左手に大蛇が部分的に見えるようになり、ルスタンが前景の右手へ避難すると、同じ場所に突き出ている岩塊の上に一人の男が登場する。男は茶色のマントに身を包み、投げ槍を高く掲げている。）

岩の上の男　へたくそな猟師どもよ！　（彼が投げると、命中して貫通し、大蛇は地面の上で動かなくなる。）よし、やったぞ！（見下すように笑いながら。）ハ、ハ！　へたくそな猟師どもよ！まずは当てることを習え！

（岩上から消え失せる。）

ツァンガ　（樹の上から下りながら）。何が起こったんだ？——何と！　大蛇がころがっているのか？

ルスタン　仕留めたのは俺ではない。

ツァンガ　それでは、ますます良くない！　しかしころがっているのが蛇だけで良かった。（倒れている男の方へ歩み寄りながら。）旦那、これは金持ちの男ですぜ！　恐らく領主か、ひょっとすると国王かもしれない。あんたがもう少しうまく狙いを定めていたら、名誉と黄金で報われたろうに。

ルスタン　幸運よ、おまえは俺を贔屓《ひいき》するつもりは全くないのか。

ツァンガ　ご覧よ、この真珠を、この金銀細工を！——旦那、それじゃああんたは、あのおどろおどろしい獣《けだもの》を打ち倒したのは、あんたではなく、あのもう一人の男だと言い張るんですかい？　命中したのはあんたの槍だ。

ルスタン　俺のではない。

ツァンガ　それに、どこへ行ったんです？　そのもう一人の男は？　なぜ奴は下って来て、自分の行いの成果を手に入れようとしないのか？　（岩の上の方へ向かって叫びながら。）岩の上の人よ、山の上の人よ、下りて来て、おいらたちと話し合おう！

ほらごらん、奴は全然やって来ない。たぶん全然いなかったんだ。だいたい、奴がどこにいたというんだ？　辺り一帯、何マイルにもわたって、おいらたち以外に生き物の気配もない。（地面に横たわっている男の傍らで。）ほう、ターバンのところをご覧よ、王冠だ！　命を賭けてもいい、これは絶対にサマルカンドの領主だ。

錯覚だ、すべては幻《まぼろし》だったのさ、旦那。おいらは見たのさ、あんたの槍があの怪物を砂地に打ち倒したのを。

ルスタン　それをやったのは、岩の上に立っていたあの男だ。

ツァンガ　こん畜生め！　それじゃあ、もういっぺん。岩の上のお方、下りて来なさいよ！　この期に及んで、姿を現しなさい。さもないと、あんたがいたことも、今いることもさっさと捻《ひね》りつぶしてしまうよ。ごらん、奴は来ない、分かったでしょう、奴はいなかったのさ。さあ、周囲を見回してごらんよ。誰もあすこに隠れるなんてできやしない。岩の周りは、ぐるりと遮断されてしまっている。そもそも人が岩の上に登ることすらできはしない。

ルスタン　しかし、俺は奴を見た。

ツァンガ　見たとか、見えるとかって！　旦那、あんたは怖がっていたんだ。白状しちまいなよ！　そうやって、恐怖心てものは、どんどん激しくなって、全く奇妙な幻影を見せるものなのさ。この砂の上に領主のように装身具を身にまとった男が、死人のように青ざめて横たわっている。そして、この男を救ったのは、あんたなんだ。めぐり合わせという賜物を受け取るんだ！　そしてただ信じるんだ、今日という日がおいらたちの幸運の始まりである、と。（遠くから角笛の響き。）遠くに角笛の響きが聞こえたか？　とにかく、いつまでも疑い続けるのだけはやめろ！　あんたがあの獣を打ち倒したんだ。もう一人も射ったかもしれないけれど、あんたも射ったんだ。

あの男一人に対して、こっちは二人だ。たとえ奴が「違う」と言い張ったとしてもだ！

救われた男　（起き上がりながら）。角笛の響きだ！――おや、ここはどこだ？

ツァンガ　（ルスタンに向かって）。さあ、いよいよ始まるぞ！（見知らぬ男に向かって。）旦那様、味方でございます。貴いご領主様！　ひょっとしてそれ以上の？　もっと上位のご身分であらせられますか？

見知らぬ男　（立ち上がっている）。わしはこのあたりの諸州の国王じゃ。

ツァンガ　（跪《ひざまず》きながら）。ご主人様、あなた様の僕《しもべ》でございます――（ルスタンは少し離れたところに跪《ひざまず》く。）

国王　それで、あの獣は？　血を流して死んでおるのか。そこに転がっておる。わしの救い主よ！（ツァンガに向かって。）そなたか？（ルスタンの方へ近づいて行きながら。）いや、そなたなのだな！

ツァンガ　王様、おっしゃる通りでございます！　（ルスタンを指し示しながら。）あの者でございます。見事な投擲《とうてき》でした。一直線に心臓と肺を射抜いたのでございます。そして奴は息絶えてございます。

ルスタン　王様、お許しを――

ツァンガ　もう、許されているだろうに！

ルスタン　まだ疑わしいところがあるとしましたら――

ツァンガ　おいらたちが今生きているかどうか、ってことがかい？　あいつがあそこできちんと死んでくれているかどうか、ってことがかい？　(小声で。) くそ、こん畜生め、利口になれって！

(再び繰り返される角笛の響き。)

国王　おや、呼び声が聞こえる、愛する者たちよ、よりどころである大切な人がどこに行ってしまったのか探しているのだな。ここだ、忠臣どもよ！　ここにおるぞ！

(彼は舞台の真中へ戻って行く。そこで、応答するように、腰に下げられた猟笛を一吹き強く吹く。)

ルスタン　ツァンガ、来い、立ち去ろう！

ツァンガ　えっ、旦那！　結局は逃げるんですかい？　状況が有利になってきたこの時に？

ルスタン　他人の手柄で身を飾るよう、俺を惑わすことは決して許さないぞ――とは言うものの、それは褒められたり、おだてられたりしている初めのうちだけで、そのうちにどうしても臆病で卑劣な行為をしてしまうようになる。そのうえ、そうなるのは俺がもう一人の男より劣っているのだから仕方がないのだ、と認めることさえできなくなるだろうと思う。

(繰り返される角笛の響きの後に、領主の従者たちがやって来る。先頭は、彼の娘のギュルナーレである。)

ギュルナーレ　父上！　父上！

国王　ああ、わが子よ！

(二人は、互いに腕の中にとび込む。)

ツァンガ　（ルスタンに）。ちょっとご覧よ、ご覧ってば！　穴のあくほど見つめてご覧って！　黄金、留め金、真珠に衣装。殿下の権勢をほしいままにした様をよくご覧よ！

ルスタン　ツァンガ、なんと光輝に満ちた姿なのだ。父王の首にすがりながら、父の腕の中に優しく横たわっている。彼女が呼吸し、熱を帯びると、肌は脈うち、はつらつとする。今や、王の眼差しが私の存在を指し示し、救われた幸運に対して私に感謝の意を示す。ツァンガ、もはや後には戻らない、たとえ命がけとなろうとも！　あの怪物は俺が撃ち殺したのだ。

国王　ああ、わが子よ！　この若者がおらなかったならば、わしは死神の餌食となっていただろうに。ごらん、危険はこんなに迫っていたのじゃ。（撃ち殺された獣を指し示しながら。）

ギュルナーレ　（片手で目を覆いながら）。ああ！

国王　このおぞましい光景を遠ざけよ！

ギュルナーレ　いけません！　私は強くあろうと固く心に決めました。（前方へ進みながら。）お初にお目にかかる貴いお方、思い違いはなさらないで。私が、あなたからははるかに劣っている、弱々しい哀れな女であるとは。確かに私が雄々しく危険を乗り越えるのを、人々はしばしば目にしたことでしょう。危険に際しては、私はそのように対処してまいりました。しかしこのような不快なものを、このようなおぞましいものを目の当たりにしてしまうと、いつもの勇敢な自分自身を見失ってしまいそうなのです。でもだからこそ、運び去ってはならぬ、そのままにせよと、自分に言い聞かせたいのです。

ところで、私の貴い救い主よ！　あなたの手腕の支配力によって、このか弱き私に残されたすべてのものが、私のために守られました！　敵の勢力は、拒絶された愛に対する報復として、私たちを包囲してしまいました。そんな私にとって、老いた父の生命が唯一の支えであり、私を守ってくれるすべてなのでありました。そのうえさらに竜の怪物が歯を剝《む》き、父は絶体絶命の危機に晒《さら》されたのです。その時です！――この涙をお礼の気持とお受けください！――何者かの腕の筋肉が盛り上がり、それからあの怪物は死なねばならなかったのです。父上、ご覧ください、英雄とは、このようなお姿なのですね！　父上、ご覧ください、殿方とはこのような目付きをなさるのですね！　古くからの歌謡が告げ知らせていることが、ここに実現されているのをご覧ください！

ルスタン　（小声で）。ツァンガ、仇《かたき》に恩をもって報いて、敵を恥じ入らせている！

ツァンガ　（同じく小声で）。恐怖心など御払い箱にしてしまえ！

ギュルナーレ　何もお話しにならないのですか？　黙っていらっしゃるのですか？

ルスタン　（突然跪《ひざまず》きながら）。女領主様、何としたことか、私は打ちのめされました！

国王　（ギュルナーレに対して口添えしながら）。恐らく、われわれの姿が珍しいからだろう。

ギュルナーレ　父上、そのままにさせておいてあげましょう！　はにかんでいる殿方を見るのは、新鮮なものです！　何と私は、殿方が自慢げに闊歩するのを見てきたことでしょう。意味のない決まり文句でいばり散らしておきながら、手柄に報いることを約束しておきながら、いざ、実現の時が来ると、英雄も実行も何と程遠かったことでしょう！　この方は、まるで天から下りてこられたように、危機に際して、自らにふさわしい行いをなされた。それでいて、私たちが賞賛している時になって、口を閉ざしておられる。父上、ご自分でおっしゃってください！　確かにこの方はあの時代を具現しているのではないかと、ご自分でも思われている、と。かつて存在したあの時代、私たちは、驚きながらその時代のことを書物の中で読みました。高貴な出自の英雄のことを、パルシー教徒の伝説で広く知られた、ルスタンという英雄*がいたあの時代のことを。

ツァンガ　彼の名もルスタンです。

ギュルナーレ　ルスタン！　お聞きになりましたか、父上？　ルスタンですって！　何とまあ、そんな時代がいまだに続いているのですね、人間の力が尽きてしまった時に、神々が救いの手を差し伸べてくださる、そんな時代が。この方は、神々の手で私たちのもとに差し向けられて来たのです。（父親に向かって。）ですから、たった今使いの者が知らせてきたことをあなたは泰然とお聞きになることでしょう。あの残虐なチフリスの汗《カーン》、私の求婚者であり仇でもある、あの汗《カーン》が、強大な軍隊を引き連れて、私たちの国境を踏み越えたとのこと。多数の民族を誇らしく束ねて。私たちには助力する者がいない、と思い違いをしているためです。（ルスタンを示しながら。）ここに、救い主がおられる！　ここに、守護神がおられる！　この方を忠臣たちの頂点に据えてください、父上の閃きを彼に託してください。彼の息吹が勇気となり、彼の言葉が功《いさお》となるよう。そして父上の臣下たちは、あらたに鼓舞されて、ある者が血を流せば、それを羨《うらや》みながら眺め、彼の手本が皆を感動させる。（ルスタンに。）私の守護者となってくだされ、私の救い主となってくだされ、このどんよりとした空気を追い払ってくだされ。（次第にゆっくりとした口調になりながら。）そして、新たな輝かしい日があなたに、その成果を捧げることでしょう。

国王 （小声で。）そなたは、わしが危険の中で願った誓願を、まるで聞き知っていたかのように話すのだな。救われるのであれば、わしは救助者に、たとえ最も価値あるものであろうとも、決して拒みはしないと誓ったのだ。わしの言っていることの意味がわかるようだな、そなたの頬が赤らんでおるぞ。

ギュルナーレ 父上、こちらへ！　少し離れたところへ行きましょう。

国王 今となって惜しくなっているのだ、当初は熱烈に救われたいと願っておった！　そなたがわしの立場であったなら、どんな報酬もそなたの値打ちには引き合わないと思われるであろう。

＊　パルシー教徒は八世紀にペルシャから移住したゾロアスター教、すなわち拝火教の信者の末裔たちである。彼らの大部分はインドに居住し、そこでは、彼らは比較的小人数であった。すなわち十万人程度であったにもかかわらず、経済界において指導的役割を担った。彼らの倫理は、善良な思考・言葉・行為を追求し、彼らの善行は宗教、人種、社会的地位を問わずに伸び広がっていった。こうした高い倫理性は、「パルシー教徒の国」をおとぎの国のように詩的に創作する傾向へと至らしめた。その国では、すべてのこうした美徳が人生を決定づけるのである。ルスタンとは、この東洋的伝説の英雄であり、あらゆる、こうした美徳の手本となる生き方をしたとされている。

ギュルナーレ　（話題を変えようとするかのように、後方へ振り返って）。ところで、どこなのです？　その場所は？　ひどい脅威を私にもたらしたその場所は？

国王　わしがやって来たのはあそこだ、だがわしは死なずに済んだ。あの大蛇以外に供もおらず、短剣以外に武具も持たずにな。

ツァンガ　ほら、ここの地べたに、まだその短剣がころがっている。宝石で豪華に飾られている。（ツァンガはその刀剣を拾い上げ、それを自分の主人に預け、ルスタンがさらにそれを国王へ差し出す。）

国王　（拒絶する身振りで）。わしのものはそなたのものじゃ。いったいわしは、このような粗末な石で、このように喜ばしい手柄に報いたというのか？　そこにわしがやって来ると、あそこに大蛇がおった。この者が――（ルスタンを指し示しながら。）

ツァンガ　（地面の、ある場所を示しながら）。彼が立っていたのはここ、ここです。

国王　いや、そなたは思い違いをしておる、彼はあそこの上に立っていたのじゃ、茶色のマントをまとっておった。

ルスタン　ツァンガ！　ツァンガ！

ツァンガ　今日は暑いですからな＊！

国王　（ツァンガに向かって）。初めにそなたが投げた、しかししくじった。それから彼が投げると、大蛇は横たわった。頭がぼんやりしていく中で、夢を見ているかのように、わしはそれを見たのじゃ。そなたはここに立っておった、そして彼はあそこに立っておったが、青ざめておった。それにずっと小柄に思われた。おそらく投擲《とうてき》のために背を丸めて、かがんでおったのじゃ。そうだ、あの茶色のマントはどこにあるのじゃ？

ツァンガ　どこかその辺りの藪の中でしょう。

ルスタン　（小声で）。ツァンガ！　ツァンガ！

ツァンガ　勇気、勇気、勇気を出して！

国王　もうよい、それで充分じゃ！　あそこの断崖の突端に神殿造営を開始させよう。睨みをきかせつつ、眼下を見晴らし、緊急時には救い主を差し向けてくださる方に捧げるためじゃ。姫はおらんか！

ギュルナーレ　（ルスタンに向かって）。直ちに私たちのあとに従いなさい！（立ち去り際に、大蛇の死骸を前にして、たじろぎながら。）ああ、その光景の暴力的な力があらためてその威力を行使してくる。胆力よりも子供のような恐れおののきが勝ってしまう女の弱さを許されよ！

国王　姫に手を貸してやってくれ、あれの言うことを認めてやってくれ。

＊　やや唐突な印象を与えるツァンガのこの発言に対しW・E・ユイルは二通りの解釈を示している。一つは、単なる「とっさの叫び」であるというもの、もう一つは、「快適と言うにはあまりにも危うい状況に対する皮肉」であるとするもの。

ギュルナーレ　死骸から私を守って欲しいのです。まだ生きておるのならば、私は尻込みはしなかったでしょうに。（ギュルナーレはルスタンの腕に寄りかかる。最後尾のツァンガを除き、全員退場。）

ツァンガ　（全員を背後から目で追いながら）。しめしめ、うまくいった！　王女のハートに火が付いた。まだ少し恥じらい気味に振舞ってはいたが、それはプライドと憧れがせめぎ合っている証《あかし》だ。何とがっちりとおいらのご主人にしがみついていることか！　それ！　落とし穴だぞ――さあ！　ジャンプした！　うわー、足を滑らせた、躓《つまづ》いたぞ――落っこちたのか？　いや、おいらのご主人が素早く彼女を抱きとめた。誰かが誰かをしっかり離さないでいる光景より快いものは、この世で他にないな。

ルスタン　（引き返してきて）。ツァンガ、ツァンガ！　この上なく幸せだ！

ツァンガ　そうかい、本当かい!?　上出来だ！

ルスタン　そこで、まず手始めだ！　あそこにあるおまえの小さな荷物だが、川に出くわしたら、すぐさまあれを川へ投げ込むんだ。われわれの身分がばれてしまうようなものを残してはならぬ。われらは行動の申し子だ。上を目指して一歩一歩進むのだ。さあ、やるしかない、付いて来い！

ツァンガ　しかし旦那、その前に、ここら辺り一帯をくまなく探させた方が良いんじゃないか、あの岩の上の男がいないかどうか――

ルスタン　ツァンガ、あの男のことは、俺もじっくり考えてみたんだ。俺が思うに、あの男は生身の人間ではなかったんだ！　人事を超えた世界からの使者だったんではないかと。おののくような恐怖の瞬間に現れ、槍を命中させ、怪物を殺して、ことを為し終えると、消えていった。

ツァンガ　それで返礼の片が付くのならなあ！

ルスタン　たとえあの男がわれわれと同じ人間だとしても、そして奴が現れて、俺に立ち向かったとしても、そのときは、黄金で奴に恩恵を施そうと思っている。たっぷりと、しかし、滴《したた》るようにちびちびと。奴に立派な地位を与え、偉大な富者と見なすつもりだ、たとえ与える側の俺と同等でないとしても、幸運な境遇の筆頭に就けるつもりでいる。そうしたら、誰が俺の不正を咎めたりするだろうか？　ツァンガ、そもそも俺が勝ち取るものは、奴が失ったものと同等ではないのだからな。奴にはあの行動をとるよう仕向けよう、つまり、報酬を欲しがるように仕向けるんだ。奴には淡々と黄金が支払われる。すると奴は、やって来た時と同じように、立ち去って行く。しかし俺の場合は、俺に関しては事情は異なっていた。はっきりとはわからないのだが、父王と娘の、謎めいたあることが、高貴な気質の女の何かが、二人の眼差しの不可解な何かが、俺に向かって引き寄せられて来るみたいなのだ。見かけが同じだからと言って、同じ意味があるとは限らない。俺は自分のなすべきことだけ引き受けようと思う。来い、幸運を目指して出発だ！　どう過ごしたところで、一年後にはまた、同じ日が巡って来る。

ツァンガ　旦那、ああ、旦那！

ルスタン　どうしたんだ？

ツァンガ　ああ、ご覧よ！

（投擲によって大蛇を撃ち殺した男が、岩の背後に立ち現れる。それから右手前景へ歩み出る。身にまとっていた茶色のマントを苔むした岩の上にのせる。今や短く、黒い上着だけを身にまとい、素肌の腕と脛《すね》を露《あらわ》にしたその男は、黒髪と黒い髭をたくわえ、死人のような青ざめた顔をして立っていた。）

ルスタン　ああ、心底気味が悪いことよ！

ツァンガ　あの男だ、同じあの男の槍が岩場から放たれてあのけだものを——

ルスタン　不吉だ！　おまえの矢筒が空になることはないのか？

岩の上の男　（しばらくの間じっと動かずに前を見据えたまま、苔むした岩場に座っていたが、それから泉の方へ身をかがめて水を飲む）。

ツァンガ　旦那、あの男は生きてますぜ！　生身の人間が水を飲んでいる！

ルスタン　俺の夢の楼閣は崩れ落ちた。ツァンガ！

ツァンガ　何ですか？

ルスタン　（短剣に手をかけて）。あれはオスミンではないのか？　ついこの間、狩の最中に俺を嘲り笑った、あの甘やかされた、わがままな男ではないのか？

ツァンガ　それでも、あの髭と髪を見てみなさいな。

ルスタン　確かに、おまえの言う通りだ。しかしそれにしてもよく似ている。見る度にいつも白々しくて、奴の特徴は会うたびに違って見える。奴を見る行為には忌まわしく、憎たらしいもののすべてが貼りついている。

岩の上の男　(上体を起こし、折りたたんだマントを腕に掛け、出発する覚悟を決め、背景に向かって斜めに進む)。

ツァンガ　ほらほら、奴が出掛ける。

ルスタン　そうはさせぬ！　ちょっと待て！　私に断って行け！　どこへ向かうのか？

岩の上の男　(淡々とした口調で)。宮廷へ向かう。玉座の前へな。

ルスタン　何を求めてそこへ？

岩の上の男　私に対する報酬だ。

ルスタン　報酬だと？　何に対する報酬だ？

岩の上の男　(しとめられた獣を示しながら)。私の手柄に対してだ。

ルスタン　貴様のだと？——私のだ！——われらが為したことだ！

岩の上の男　哀れな射手め！　ハ、ハ、ハ！　まずは当てることを学ぶのだ！　哀れな射手め！

(振り返って歩き続けようとする。)

ルスタン　今一度、止まれ！　あの方、つまり国王は、そなたの労に対し、感謝しておいでだ。(国王の短刀をベルトから引き抜きながら。)この高貴な装身具をそなたに送ってよこされた。この豪勢に装飾された短剣を。ダイアモンドの透明な輝きが——

岩の上の男　それほど喜ばしい成果を、そんな貧弱な石で購《あがな》うのか。
ルスタン　さても、短剣は鈍《なまくら》ではないぞ！　切っ先をお見舞いされたいか。
岩の上の男　これは、なんと！　とんでもないことだ！
ルスタン　恐ろしい怪物め！　この悪魔！　身の毛のよだつ怪物め！　怒りで顔をゆがめるな、短剣が私の手の中でうずいているではないか、さっさと始末してしまえと。ツァンガ！
ツァンガ　何です、旦那？
ルスタン　見てみろ、さあ、ほら！　あの男はまたしてもオスミンに似てきてはいないか。あやつがにやにやしたり、大声で笑ったりするときに。
ツァンガ　落ち着くんだ、旦那！　冷静によく考えなよ！
ルスタン　よかろう！　落ち着くとしよう。ところで、そなたは何を望んでおる？　何を求めているのだ？　富や財宝を望んでいるのか。黄金に取り囲まれた暮らしを授けようではないか、そなたの頭の上から、世間が最高と見なすものを降り注ごうではないか。そなたのすべての望み、すべての要求が、芽吹き始める前に実現されて、そなたの眼前に用意されるのをご覧にいれよう、熟して刈り取られてある様をお見せしよう。
岩の上の男　泉の水は流れてゆくにつれて濁ってしまう。つまり、第三者の手を介して受け取った謝礼や贈り物は、贈り主から直接受け取るものと比べると、粗悪なまがいものになるし、値打ちがさがるものだ。私は、湧いてきたばかりの泉の水を飲みたいのだ。……つまり、本来の贈り主の手から直接授かりたいのだ。

ルスタン　（男の前にひれ伏して）。ならば、そなたの足下の私を見てくれ、懇願している私を見てくれ。今後に来るであろうすべての日々の中で、今日というこの日に幸運の時の音が鳴り響いたのだ。私を跨《また》ぎ越して、立ち去ってくれ、そなたの足下の者の今の有り様を踏みつぶして行ってくれ！

岩の上の男　他人の行為を出しにして自慢するつもりか？　見知らぬ者の黄金で支払いをするつもりか？　成功を不正によって勝ち取る気か？　空しい自己欺瞞だ！　おのれ自身で成し遂げたことを誇れ！

（再びマントを肩に投げかけながら、背景の方へ立ち去る。）

ルスタン　（前方へ歩み寄りながら）。あの男の言うことは正しい、だから俺は立ち去ろうと思う。ツァンガ、来い！　故郷へ帰るんだ！　初めの一歩が幸運であれ、恥辱であれ、身内の中にあってこそ、――やはりだめだ！　だめだ、許されない、あってはならない！

見知らぬ男　（橋へ通じる急な坂道を登り切る）。

ルスタン　（男の後を追う）。人でなしめ！　止まれ！　その場所から動いてはならぬ！　この橋はアーチ形に湾曲している、幸運や権力の描くカーブのように。そなたの運勢なのか、私の運勢なのかはわからぬが。人でなしめ！　止まれ！

（ルスタンは自分の前を下っていく男のマントを掴む。）

見知らぬ男　私の衣服ではないか。

ルスタン　ならぬ、持ち主もまだそう遠くには行っていない。止まれ！　私が死ぬか、そなたが死ぬか！（ルスタンは男に掴み掛かる。）

見知らぬ男　私ではない！

（ふたりは橋の上で格闘する。）

ルスタン　この男に触れると、力が抜ける。ツァンガ、ツァンガ、助けてくれ！

（その見知らぬ男は、ルスタンを橋のぎりぎりのヘリまで追い詰め、今にも突き落そうとする。）

ルスタン　もう駄目だ！

ツァンガ　短剣を使うんだ！　短剣だよ！　あんたは武器を持っているんだぜ！

見知らぬ男　私のものに違いないではないか！

ルスタン　まだ認めないのか！　まだ！

（ルスタンは短剣を引き抜き、見知らぬ男の胸に突き刺す。）

見知らぬ男　（橋の上でくずおれながら）。血が流れた！　血が流れた！　厄日だ！

ルスタン　（橋の頂《いただき》から下りながら）。ツァンガ！　ツァンガ！　あいつは生きているのか？　私は生きているのか？

ツァンガ　旦那、あんたは生きてますとも！　でも、ご覧よ、奴は血を流している。

ルスタン　ああ、やってしまった！　ぞっとする！

見知らぬ男　（半身を起こして）。幼年時代が！　幼年時代が！　幼年の純真さの骸《むくろ》を納めた棺の後に従え！

ルスタン　（後ろへくずおれながら。）ルスタン！　ルスタン！　ミルツァ、ルスタンが！

見知らぬ男　ツァンガ、急げ！　どうだ、まだ助けられるか、救助は可能か。急げ！

ツァンガ　（橋の上で断末魔の苦しみにのたうち回り、ついに川の中に転落する）。

旦那、手遅れだ！　奴は川に呑み込まれちまいました。（両手で顔を覆ってその場に立ちすくむルスタンに向かって。）最悪だ、しかし上々でもある。奴が負けていなかったら、あんたの命はなかった。

ルスタン　何ということだ、生まれてこなければ良かった！

（角笛の響き。）

ツァンガ　旦那、落ち着くんだ！　とにかく落ち着け！　勇気を出せ！　正当防衛の出来事だ。——お聞きよ、誰かがおいらたちを呼んでいる。ご覧よ、誰かがこっちへやって来る。さあ、しっかりするんだ！

侍従　（左手から登場）。旦那様、国王のご高配により、あなた様を宿営地への帰還へお招きするよう言いつかってまいりました。ただちに行軍へ御参加くださいますよう。あちらに、王自らお出ましです。

（国王とギュルナーレが背景の高台、すなわち橋の上手へ登場する。）

国王　さて、ルスタンよ、付いて参るか？

ルスタン　畏れ多きご主人様、覚悟はできております。（ツァンガに向かって。）こうなったら破滅か、勝利か、どちらかだ！　黙って、じっと我慢していろ！

（出発の態勢に入った時、新たに角笛が響き渡る。その間に幕が下りる。）

第三幕

サマルカンドの開けた広場。前景の舞台装置の第一番目のものは、天幕をかたどったような高座で、その背後の幕が開けられている。右手にクッションが添えられたソファー。上方は天蓋で、背後はひだ飾りの垂れ幕で飾られている。その隣には小さなテーブルが一つ。向かいの左手には少し大きめのテーブルが、えんじ色のクロスを掛けられて置かれている。
戸外の広場は男女を問わず、多くの民衆で埋め尽くされている。歓呼の叫び、戦闘的な音楽、軍隊の行進。

民衆　勝者、万歳！——国王、万歳！　ルスタン！　ルスタン！——ギュルナーレ、万歳！

(国王の登場。ルスタンとギュルナーレの手を取って、両脇に引き連れている。豪勢な身なりの高官たちが王の後に従う恰好となっている。彼らは舞台を斜めに横切ることで、宿営地の外の広場を行進する様を演じ、舞台の左手から退場する。)

ツァンガ (人込みの間をかき分けて進みながら、宿営地の入り口に立っている人々のところにやって来る)。そこをどけ! どけ! 王家の者だ! (前方へ歩み出る。) しめしめ、上々の出来だ! おいらたちのルスタンが奇跡をやらかした! あの森から抜け出てみると、その行いの名声が国中、四方八方いたるところにとどろいている。遊牧民たちも今や初めて山を下って来るし、いろんな民族が無数に、際限もなく、危機を救った救い主の周りに集まり、群れている。敵は仰天して佇《たたず》むしかない。たやすく勝てるつもりだった敵にとって、今や撤退にこそ勝機があると思われてくる。急ぎ、おいらたちは後を追う、どこまでも、どこまでも! 戦いは接戦となる。その時ルスタンはあの汗《カーン》を目にする。あまりに高慢なふるまいをしたあの汗《カーン》を。ルスタンは彼に突進した、――もっとも、こういうところがまさにへまなところだと思われるのだが――ルスタンは転倒した。しかし、それもどうってことはないのさ! 意気盛んなわが民衆どもが、不安な疑いが漂うのを見て、指導者の貴い命を守ろうと突進したのだ。すると――ああ、見せてやりたかったよ!――たちどころに敵はもはや視界から消えてしまった。と、まあこんな具合さ! おいらは新聞の紙面そのものさ、黒い色をしてこの世に生まれ出てきた。だからこの上わざわざ嘘をついて黒くなる必要もないのさ。*

さあ、さあ、ルスタンのお出ましだ、国王を伴って。早くも上品ぶって、誇らしげな目つきをしている。ヤーイ、ちょっとばかり豪華に着飾っただけで、丸太ん棒が宝石に見えてくるぜ。

（国王とルスタン登場。）

国王　聞こえたか？　聞き分けたのか？　見分けたのだな？　あれの口元の親しみを込めた微笑みを、涼やかなそよ風のような、あれの口調を。握りしめる手の力強さを感じ取ったのか？　さあ、ギュルナーレよ、わが娘よ、最早、抵抗をもくろむのはやめよ！　何という喜び、至福の喜びなのか！　あれは自らの手をそなたに差し伸べるつもりだ。死の入り口の門の前でわし自らが与えると誓ったことが、そしてこれまで夜の闇が覆い隠していたことが、神々しい輝きに満たされながら成就されるのだ。わが娘の傍らにいる汝よ、先祖伝来の玉座に座し、戦闘の喇叭《らっぱ》を吹き鳴らしながら、この国の力と名声を遥か彼方にまでうち広げよ。そこはつい数日前までは、高慢な隣国の所領だったのだ。隣人たちは強力な勢力の脅威の前に震え慄《おのの》いている。栄光の支柱がサマル

＊　ドイツ語の口語表現に、「活字にされたような嘘を言う」（wie gedruckt lügen）というものがあり、これは「真っ赤な嘘を言う」とか、「途方もない嘘を言う」といった意味で通用している。ツァンガは自身の肌の色の黒さと活字の黒さを掛けたせりふを発することで、当時のジャーナリズムを皮肉る効果をねらっている。H・ポーリツァーはこのツァンガのせりふを、「グリルパルツァーの時代の政治的な不愉快な状況への直接的な当てこすり」と解釈する。また、ポーリツァーはそれに続けて、「ウィーンの聴衆はアドリブを好んだ」とつけ加えている。

カンドの玉座を高々と掲げる。見よ、この国を、これはそなたのものじゃ、見よ、わが分身である娘を、あれはそなたの国に従うのだ。ああ、この至福の晩照よ、そこでわしはそなたを、救い主を見出したのだ！（腰を下す。）わしは疲れた、飲むものを持ってこさせよ。喜びさえも、活力を消耗させる。万物がわしに合図を送ってよこしているように思われる。古き王家の若返りを成し遂げよ、と。

ワインを持ってこさせよ、喉がひどく渇いた。天幕の覆いを下ろせ。今のわしを満たしているような喜びは、人知れずひそかに味わいたいと思うものじゃ。

（ツァンガが命令する。ワインが取りに行かれる。天幕が下ろされる。）

ルスタン　私が成しえたことが、現実に十分な報酬を要求できるものだとしても、しかし法外な恩恵は――

国王　（立ち上がりながら）。真価と幸運を調整することは、神の御心に委ねよ！　われらの田畑の上に雨がしたたり落ちるとしたら、それは誰かの功績だとでもいうのか？　生来勇猛で、勝手気ままなライオンが、獲物を追ったとしても、それを手柄と言えるのか。巡りくる自然が豊かな贈り物を分配するとき、その豊かさをもたらしてくれたのが誰なのか、われらは気付かずにいるのではなかろうか？　偶然もまた、戯れを欲しているのだ。そなたの分を受け取るが良い、それが多すぎると思われるとしたら、そう思うそなたの謙虚さこそが、それを受け取るにふさわしい値打ちをそなたに与えているのじゃ。

一つだけ、まだ片が付いていない。ルスタンよ、そなたが両親だと呼んでいる人たちについて、そなたの一族、そなたの出自について皆に尋ねてみたが、誰一人知っているという者がいないのだ、名前も家系も氏族も地名も。

ツァンガ　それはもう小さな部族なのでして、家畜の群れの飼育に携わっております。遊牧の暮らしをしておりますので、今日はこっちに、明日はあっちへ移動するのでございます。

ルスタン　従って、殿、人というものは、初めに何が起こったのかを明確に把握してから、次に、ずっと後になってから、誰がどのようにしてを探るものではありませんか。

国王　そなたの言う通りじゃ！　それに、たとえ誰であろうと、わしの国と民を自由にしてくれたのはなんと言ってもそなたなのだからな。あの身の毛のよだつ朝に、わしの残り少ない生涯の最後の日々を救ってくれた、その者の勇気と一撃があの怪物の猛威を打ち倒してくれたのじゃ。あれはそなただったのか、そなたではなかったのか。そして、そなたではなかった方がわしにははるかに貴く思われるのじゃ、そなた自身であった場合よりも。

そなたを間近に見て、そなたが背が高く強く勇敢で、晴れやかなよくとおる声をしておることを、わしは幾重にも喜んでおる。あのとき、五感が乱れて混乱するなか、頭のなかの幻像のように、わしの救い主の姿を見たと思ったが、それとそなたは違っているのだからな。あのとき、そなたは小柄で青白く見えた。茶色のマントで身を包み、そして、声が鋭く、耳をつんざくようであった――

（遠くからぶつぶつ呟くような声が聞こえてくる、合間に突然発せられる嘆くような音声が混じる。）

国王　何の物音じゃ？――何事か、見て参れ。（人が様子を見に行く。）またもやわしの話が遮られた。その上、合間にあの嘆くような調子じゃ。まるであの時の――（ルスタンに。）あの時そなたもこの者と二人きりだったのか？（ツァンガを指し示しながら。）第三の人物はいなかったのか？　そなたの傍らに別の人物は？

ルスタン　あの者と私だけです。

国王　不安で我を失って倒れていた時に、鈍い、ぞっとするような声が聞こえたような気がした。以前に聞き覚えのあるような、さもなくば誰か知り合いの声が。あの時そなたがおったのは――

ルスタン　殿、岩場でございました。

ツァンガ　上です、上です、岩の上でございます。

国王　その通り、上であった！　考えれば考えるほど、厭わしく思われてくる。岩の上じゃった、小柄で青ざめており、茶色のマントに身を包んでおった。そしてその声は――

（先ほどの嘆くような音声が再び繰り返される。）

国王　忌々しい、あの声音め！　何とか始末してしまえ、不快きわまるあの声を。あれにまつわる記憶とともに。

（ツァンガが退場する。）

（召使いの一人がワインを運んで来る。）

国王　さあ、ワインじゃ。こちらで酌み交わそう！　あの記憶の中の光景を洗い流してしまおう！　わしがあの時、朦朧《もうろう》とした意識の中で受け止めたことは、好ましい限りだが、現実に起こった喜ばしい出来事に置き換えられた。神々が顕現するところでは、神々は予め畏怖の念を流布させておく。そうやって、強力な者が入場するときにはすでに門は開けられているようになさるのだ。さあ、ワインじゃ。こちらで酌み交わそう！　そして今宵は、けたたましい鳴り物や太鼓をこの城塞の塔高くから、辺り一帯へ轟かせるのじゃ。そなたがわしの相続人であり息子であること、高貴な善人であること、守り神であって命の恩人であることを轟かすのじゃ！　さあ、そなたの父親がそなたに祝杯を挙げようぞ！

（国王が盃を掲げ、ルスタンが王の前に跪《ひざまず》いている間に、ツァンガが急いで戻って来る。彼のすぐ後ろにひとりの近侍が従っている。）

国王　（動作を止めて）。何が起こったのじゃ？

ツァンガ　（ルスタンに小声で）。旦那！　しっかりするんだ！

国王　わしはまだ待たされるのか――？

近侍　殿下、町はほとんど騒乱状態です。

国王　（盃を手渡しながら）。騒乱だと？　馬鹿らしい！　何故じゃ？

近侍　殿下、わが城壁に打ち寄せるチフン川*の波が、平らな浅瀬にひとりの男の死体を打ち寄せてきました。その男は殺害されたもののようです。

国王　告訴するよう、命令せよ！

近侍　その男は、殿下にお仕えする数多くの侍従たちの一人で、誰にもその理由を明かされぬままに、だいぶ以前に殿下が宮廷から追放なさった者と同一人物であると判明いたしました。

国王　なるほど、わかった。――それにしても、この声音はなにごとじゃ？　ぞっとする、聞き苦しい、乱れた響きの――？

近侍　殿下、あれは、その父親でございます。殿下もご存じの、あの口のきけない男でございます。書状を手にして、殿下に裁判を懇願しておるのでございます。

国王　確かに、彼の言い分はもっともだ、しかし、彼を黙らせよ！　ルスタン！

ルスタン　殿下！

国王　そなたは、殺害されたあの男を、全く知らないであろうな？

ルスタン　殿下、そんな風にお考えなのですか――？

国王　ならば、良いのじゃ。ただ、あの声が、狩猟のおりに、そなたがわしを救ってくれたおりに耳に響いてきたあの声の響きが、打ち倒されたその男のもののように思われたのじゃ。だんだん近寄って来て、ますます濁りなく、明瞭になってきておる。まるで、半ば忘れられた夢のように。

近侍　それで、犯人として告訴されるのは誰じゃ？

国王　殿下――

近侍　何を躊躇《ためら》うのじゃ。

国王　よろしいのでしょうか。

近侍　申せ。殺害の罪は誰に帰せられるのか。

国王　殿下でございます！

わしじゃと？　ふん、馬鹿々々しい。裏切り者め！　この老人は口がきけないだけではなかった、本当は全くの無能だったのだ。（カーテンを片側ずつ引き寄せながら。）入れ、愚かな男よ、口もきけぬし、頭も働かぬ。さあ、述べてみよ、おまえの嘆きを。さもなくば、わしの手にかかって死ぬがよい！

（老カーレプの登場。灰色の衣服を身にまとい、黒いマントを携えている。白髪で白い髭をたくわえている。カルカーンに導かれ、書状を高く掲げている。国王の前にひれ伏し、口のきけない者がそうしている。

＊　ユイルの注釈によれば、アムダリア川を指す、となっている。この川は中央アジアのパミール高原に源を発して北西に流れ、ヒンヅークシを越えてアラル海に注ぐ。一方、ブリンクマンは、「チフン」という名称はグリルパルツァーによる創作であるとしている。

するように、はっきり聞き取れない音声を発する。）

国王　おまえが撤回するまでは、わしの衣服に触れるな。

ツァンガ　（小声で）。旦那、どう思います？

ルスタン　黙ってじっとしていろ！

ツァンガ　この男には以前に会ったことがある。ねえ、似ていませんか――？

ルスタン　誰に似ていようと、どうだっていいじゃないか！　彼が携えてきたものの中身をまずは聞いてみることだ。

国王　（文書が、老人によって高く掲げられながら差し出される）。この文面に対し、わしにどうしろと言うのじゃ。怒りで熱くなって、目の玉が飛び出さんばかりだ。（老人の導き手に向かって。）そなたは、その時の事情を知っている者か。

カルカーン　彼の一族の近親の者でございます。

国王　では、そなたの知っておることを述べよ。

カルカーン　世間で言われていることと、私の述べることは異なります。殿下のご存知の、あの死者を、私たちは夕映えの中で見つけました。胸に短剣の刺さった状態で。そしてその短剣は――殿下のものでございました。

国王　わしの短剣じゃと？　どういうことだ？　（自身の短剣を半分抜きながら。）わしのものはここにある。

カルカーン　殿下が狩のおりに、いつもベルトに下げておられる、あの短剣でございます。そして、奇跡が起こって殿下が救われた、あの瞬間にも殿下はそれを下げておられました。

国王　（ルスタンに近づいて、小声で）。ルスタン、わしはそなたに短刀を与えた。危機迫る中で錯乱状態に陥り、わしの手から滑り落ちてしまったものだ。あれをもって参れ。あれをわしに返すのじゃ！　顔色が真っ青になったではないか？——ルスタン！　ルスタン！　皆が口にしているあの男は、わしによって宮廷から追放された。厚かましくも奴の目論見は、わしの跡継ぎに対して企まれたものだったのだ。つまり、そなたの恋敵だったからなのだ！　ルスタン！　ルスタン！　岩の上から語られた、あの声が今やくっきりと鮮やかに心に浮かぶ。あれはあの男の声に似ている。ただし今となっては、殺人者の怒りのため、人知れず殺されてしまったが。ルスタン、あの短刀をわしに返せ。（大声で。）あれは、緑色の石が飾られたものであったな？

カルカーン　エメラルドがふんだんに飾られております。胸元深く打ち込まれておりました。しかも恐ろしいことに、びしょ濡れの茶色のマントの上から刺し込まれておりました。

国王　茶色のマントだと？——岩の上に立っていた——青ざめて痩せていた——そなたは脇に立っていた。上にいたのは奴で、それから射った——誰が命中させたのか。ルスタン、ルスタン！——今は何も言うな。そなたを後悔させるような言葉は、一言も喋るな。わしは出かける、死者を見てまいる。そなたは短剣を探しにでも行くがよい。

老人よ、付いて来い。おまえたちも従うのだ！　（ルスタンに歩み寄って。）立ち上がれ、疑惑を吹き払うのじゃ！　わしらは申し開きをする義務を負っている。領主であるわしは全人民に対して。わしの息子であり、人民であるそなたはわしに対して。

（カーレプと従者たちに伴われて退場。）

ツァンガ　旦那、どうするんです？

ルスタン　おまえがそれを俺に尋ねるのか。それでなくとも使いきれないほどのやり口を、つまり策略や陰謀を知っていた、そのおまえが？　俺を故郷から引き離して、ここに至るまで導いてきたのもおまえだ、俺にさいころをつかませて、幸運への偽りの戯れへと向かわせたのも、おまえではなかったか？　その言葉巧みな、おもねる口調を、世間知らずの俺は信用してしまったのだ。嘘や否認という手を使って、他人の成し遂げたことを不当にわがものとするように俺を誘ったのも、おまえだ。平坦でまっすぐな、栄誉の黄金の道筋から逸れるように俺を誘ったのも、おまえだ。

ツァンガ　平坦な道筋だって？　麗しき妄想だ！　おっと、恐れ入ります、閣下！　あやうく笑いがこみ上げるところだったぜ。勇ましい拳《こぶし》と純朴な心根が幸いして、歩兵部隊の仲間入りぐらいはできたかもしれないさ、まあそれでもせいぜい中隊長までがいいところだろうよ。そうすりゃあ、弾丸で半ば打ち砕かれた骨でも出汁《だし》にして、滋養の乏しい慈善スープを炊いてもらえたことだろうよ。しかし、より高いところに駆り立てられる者は、幸運のより豊かな施しものを求めて、たとえ歩調はのろくなろうとも、辿った道筋を見直すであろう。おいらはあんたを一押しして、とにかく高い山の斜面に立たせた、それが善行だろうと悪行だろうと。頂上目指して半分よじ登るのに、これからあんたは一生涯かかるだろうさ。

ルスタン　そして今や、破滅が口を開けて待ち受けている！

ツァンガ　フン、それで何を失ったっていうんだ？　あんたが大蛇を討ちそこなったとき、あんたは敵を打ち倒し、人々の将来のすべての日々に繁栄と安寧をもたらした。あんたには自分のための軍隊がいるじゃないか。戦いの中で勇敢にあんたに従った仲間の中へ逃げ込むんだ！　たとえそのとき国王が威嚇したとしても、誰が命令を下しているかなんて、分かったもんじゃないからな、旦那、勇気を出すことだ！　あそこに、わが軍の指揮官のうちの二人が見えますぜ。何と、待ち伏せて、様子を窺っていますぜ！　ここにじっとしていなさい、そしてことが起こるまで待つことだ！　ちょっと彼らの様子を見に行ってみよう。

（ツァンガは後景へ向かい、半円形の列をなしてそこに留まっている人々の方へ進む。）

ルスタン　彼のあとに従うべきか？　すぐさま逃走の機会を利用するべきか？　面目ない！　下劣だ！　忌まわしい！　忌まわしい！

俺があの男を打ち殺したわけではないのだ。彼を死に至らしめてしまったとしたら、それはわが命を守るためであったのだ。あの橋の通路は狭すぎるうえに滑りやすく、二人のうちの一人分を持ちこたえるのがやっとだったからだ。彼が憎悪に満ちた軽蔑の念を抱いて待ち伏せしながら、蛇を殺した自身の行為を隠していたからだ。そしてすでに別人に与えられた報酬に、彼が先に手を伸ばしてきたからだ。それに、どうしても言い添えずにいられないのは、あやつと俺で合わせて二つの頭を有しているが、この国の王冠は一つきりだってことだ。とにかく、事は起こってしまった。だがしかし、たとえまだ起こってないものと仮定しても、今の俺が、あの恐ろしい橋の上で彼の術策に向き合って立っていたとしたら、やはりこの通りに推移していたことだろう。しかし、勝利を勝ち取った戦いの後、運勢が頂点に上り詰めた今というこの時に訴えられ、俺は、そんなにも質の悪いちっぽけな奴の命について申し開きをさせられるというのか。そんなことになったら、どんな勝利も慰めにはならない。

ああ、捨てるのではなかった、故郷の拠り所を！　ああ、決して捨て去るのではなかった！　そして有頂天の小道には、何としても踏み込んではならなかった！　そこには心配という蔓《つる》が絡みついているのだ。内的な価値と引き換えに外的虚飾を得ようなどと、そんな料簡《りょうけん》を持たなかったなら！　そして、遥か彼方の朦朧《もうろう》とした背景の上に希望という幻影を描くことなど、するものではなかったのだ。故郷のあの土地にい続けていたらなあ！　あそこでは、判決を下すのは心だった。愛のない努力などあり得なかったし、苦痛を伴わない拒絶などあり得なかった！

それみろ！　だがしかし、運命が俺に差し出したものをそのままにして立ち去るというのか？　にぎやかな街路のあるこの街を、王国の領主としての幸運をそのままにして立ち去るというのか？　俺の熱い望みが得ようと努めてきたものを、紛れもなく現実にこの目で見ている。だが、手を伸ばした瞬間に、まるでペテンにかける迷妄のように、俺を闇で覆おうとするのか？　行動せよ、古代の英雄たちもまた、同様な疑念の堂々巡りにしばしば陥っていたのではあるまいか？　理性と勇気に耳を澄ませ！　いや、静観せよ、と良心が彼らにそう呼び掛けもする。そして彼らは思いこまされたのだ、優柔不断な者は問題だ、と。あるいは実際に行動してしまった。その結果俺たちは、彼らがやり遂げたことにかけて誓いを立てるのだ。

俺も待ち続けてみよう、踏みとどまってみよう、死の深淵が大きな口をあけていようとも。そうだ、俺を追放しようなどと考える者は、自分の足場を固めておくがよい。

（遠くに立っている人々が描く半円形の開口部に、ツァンガの姿が見えるようになる。）

ルスタン　ツァンガ！　ツァンガ！

ツァンガ　（前方へ登場してくる。灰色の衣服を身にまとった老婆を伴っている。老婆は杯《さかずき》を携えている）。立ち去れ！　魔女めが！

老婆　ツァンガ、こちらへ！　これをおまえの主人に与えよ。

ツァンガ　俺にかまうな、ほっといてくれ！

老婆　性悪な従者めが！　自分の主人を気遣わないのか。
ルスタン　何事か？
ツァンガ　おいらがそれを知っているとでも？　杯を持って、勝手について来ているんですよ。薬だ、薬だと言い張ってね。
老婆　確かに薬だ！　性悪な家来めが！　さっさと受け取って、主人へ渡せ！
ツァンガ　かまうな、放せ！
ルスタン　その女を寄こしたのは誰だ。
老婆　自分から来たんですよ、ご主人様！　あなた様はご病気だ、さあ、私は経験でわかるんですよ——
ルスタン　病気だと？
老婆　さあ、お若い方！　重症ですよ！　あなた様の暗い眼差しは、ほのかに荒れた光を放っている。口元が病的にひどく痙攣している！　手を出しなさい、腕を伸ばして！　熱を測ってあげましょう。
ルスタン　放せ！
老婆　間違いなく病気だ！　伝染病だ！　あなた様に近づいた者がひとりすでに死んでいる。外の砂地の上に横たわっている。国王も確かに恐れておられる、あなた様の殺意がわが身の上にも降りかかりはしないかと。国王は待ちくたびれておいでだ、熟慮の上で立ち止まっておいでだ。あなた様に、かわいい息子よ、逃げ去るための猶予を与えようと。

ルスタン　ツァンガ！

老婆　さあ！　ほんの少し弱気の虫を抑えるのです！　ごらん、息子よ、ここに薬がある。きらめきながら泡立つ液汁をごらん！　あなた様の唇を濡らすか濡らさないうちに、どよめきは静まりながら喉の奥へと沈んでいく。だるい手足は解きほぐされ、苦痛は静まって、一日が消え去る。怒りたい奴には、怒らせておけば良い！

ルスタン　何と恐ろしいことだ、ぞっとする！

老婆　困ったものだ！　わかったよ！　この飲み物の見た目があなた様を驚かせてしまったのだ、なにせ、しゅうしゅう音をたててざわめくのだから。そら、静まったよ、そら、弱まったよ。若者の熱狂のようにね。それにね、わが息子よ、ワインの中に注ぎ込むと、たった一滴で全部の量の効果があるんだよ。ここにワインがある。なんとまあ、杯もだ。ご覧！　この杯は私のものとそっくりだ。さあ、あなた様のために、飲み物を調合してあげよう。

（老婆は寝椅子のそばの小テーブルに近づく。そのテーブルの上には国王の杯が載っている。）

ルスタン　（老婆につかみ掛かりながら）。待て！――ツァンガはいるか！――カーテンを下ろせ――天幕のカーテンを下ろせ！

（ツァンガがカーテンを引き、天幕が閉じられる。）

老婆　ヒ、ヒ、ヒ！　なぜ、カーテンを？　真っ当なことをやるだけなのに、なぜ包み隠さねばならないのか。おや、あなた様は飲み物を欲しがっておいでのようだ、ただし、誰かに強いられたことにして欲しいのだな！　こらっ、息子よ、私は誰にも強要したりはしないよ。私からの贈物をお示ししながらご提供させてもらっているだけさ。手に入れる者は、それを欲しがるからさ。だから私はそこに杯を置くよ。それはあなた様を昂《たかぶ》らせ、また怖がらせる。かわいい息子よ、あなた様の病気がもっと悪くなる時、あなた様に回復を呼び覚ますものが何であるかを知るのだ。だがこの飲み物はあなた様にだけ効くわけではない。他の者を救うこともできるし、病人をたちまち元気にしてもくれる。もちろん健康な者を病気にもする。（老婆は杯を左側に置かれたテーブルの上に置く。）さて、わが息子よ、ご機嫌よう！　挨拶もお礼も無用だよ！

ルスタン　（頭を垂れて、考え込むように前景に立っていたが、突然、跳び上がって老婆につかみ掛かる）。待て！　その杯を持って帰れ、おまえの飲み物を持って帰れ！

（ルスタンは、小テーブルの右寄りに置かれていた杯をつかみ取り、それを老婆の手のなかに押し込む。）

老婆　ヒ、ヒ、ヒ！　選び間違えたようだな！　そっちに立っている方が、貴い飲み物の方さ。こっちはただの葡萄ジュースだよ。（老婆は飲み干す。）何と爽やかにしてくれることか！　何と元気づけてくれることか！（杯をひっくり返しながら。）からっぽだ、何もない！　さて、幸運を祈るよ！　そして私には、ご褒美にこの杯をな！　（老婆は杯を衣服で包み込む。）ご機嫌よう、わが気高い息子よ！　何が起ころうと、目を覆ってはならない！　耐えねばならない。玉座の上に死体を見ても。己れの運命の指揮官になれれば、知恵のあるものたちの忠告を唱えれば、自身の運を勝ち取ることができる。

耳をすませよ！　誰か来る。それでは、私は立ち去ろう。心配は無用だ！　彼らには私の姿は見えない。誰もが私に祈りを捧げはするものの、実際は皆、私の顔に尻込みするのだ。ご覧！　あそこの天幕の薄い仕切りに、隙間が空いているのを。老婆にとっては、あの幅で充分さ。それでは、わが息子よ、未来を切り開いて行け！　幸運と、強固な意志と、そして知力じゃ！

（老婆は、天幕の右手側へ向かって足を引きずって行く。そこに据えられた寝椅子の帳《とばり》の背後に引っ込むが、その帳を持ち上げながら、最後にもう一度、顔を覗《のぞ》かせる。その後はもはや姿が見られなくなる。）

ルスタン　見ろ！　あの老婆はどこへ帰っていくのか。

ツァンガ　旦那、おいらにはわかりません。婆さんが消えちまった。あそこの帳の隙間を通り抜けて行ったんですかい？　本当に？　おいらにはまだ訳が分かりませんよ。

ルスタン　喋るな！　その布を寄こせ。

（ツァンガが首の周りにゆるく巻き付けていた暗赤色の布を指し示しながら。）

ツァンガ　この布ですか？

ルスタン　そうだ！　その布だ――さあ！――それから、しばらく静かにしていろ！

（ルスタンはその暗赤色の布を、同じように布を掛けられた左側のテーブルと、その上に載っている杯の上に広げ、不安げに待ち構えて立っている。）

（天幕のカーテンが開く。国王が登場する。カーレプ、カルカーンと二人の随員が後に従っている。）

国王　そなた、まだここにおったのか。

ルスタン　他のどこに行きましょうか、殿下？

国王　そうか、そなたは遠くに離れて行ったと思っていた。他の者たちは、はずせ！（カーレプに向かって。）そなただけ残れ！

（随員たちは離れていく。天幕のカーテンが閉じられる。）

国王　（立ち去って行く一人が携えていた茶色のマントと短剣を引き取り、マントを地面に投げ出しながら）。ルスタン、このマントに見覚えはないか。このマントとこの短剣に？

ルスタン　私は衣服に関しては無頓着なので。しかし武器に関しては心得があります、殿下もご存じのように。

国王　それでは、この武器を知っておるな？

ルスタン　はっきりと。それは殿下が何時ぞや狩の折に紛失された短剣でございます。

国王　わしがなくしただと？　それはわしがそなたに与えたものじゃ。

ルスタン　その通りであります。殿下がそれをなくされた後で、私が見つけたのでございます、殿下。その後私自身がそれをなくしてしまった時、ああ、何と、別の誰かが見つけようとは！

国王　そなたは、あれをなくしたのか？
ルスタン　その通りでございます。
国王　他の者があれを見つけたと？
ルスタン　そのように思われます。
国王　すると、その別の者が、報復することを強く促すような犯罪を犯したということなのだな？
ルスタン　殿下、私はただ、私自身が行ったことと知っていることについて、申し上げているだけでございます。
国王　それで、マントは？
ルスタン　殿下、先ほど申し上げましたように、私は衣服に関しては不調法なのであります。
国王　しかしあの死者の顔立ちは、狩の折にわしを救ってくれた男のものと同じだ。
ルスタン　あの時、殿下はほとんど意識がありませんでした。たった今ご自身でそうお認めになられたではありませんか。
国王　（老カーレプから手渡された書面を掲げながら）。しかもここにある書面は多くを語っており、恐ろしい死に方をしたこの故人に対し、わしがいかにひどい不公正を働いたかについて示している。
ルスタン　殿下がその故人に対して不正を働いたのならば、同じことを生きている者たちになされませぬよう！　亡き者の書面が私にどうしろと言うのです？　殿下が納得できるよう、私の業績をして語らせてください。殿下に平安と勝利をもたらした、あの血なまぐさい戦いを勝ち抜いたのは誰だったのですか。半ば敵に奪われかけていた王冠を、再び殿下の頭上にしっかりと確保したのは誰だったのです？　あなたご自身が危機的状況にあるなか、脅かされているこの私に、格別の感謝の意を示してはくださらないのですか。われわれに助けをもたらしてくれた、その救い主に対して、われわれが非難の重圧を積み重ねることによって、恩義に報いる手間を省けるならば、それは確かにずい分手っ取り早い方法だと思う。殿下、まずは私に権限をお与えください。あの家来の身に降りかかったことは、今後、私たちに検証させてください。そして仇を討たせてください。今はまず、約束を守って、私に与えることを約束したものを与えてください。

国王　待て！　あの時わしが約束したものは、他の事情が引き出したものだったのじゃ！　わしの最も大切な宝を自分のものと見なそうとする者は、純潔な男としてわしの前に立たねばならない。わしの総勢の真ん前で身の証をたてよ。どんな嫌疑がそなたを苦しめているのか、それを聞き知る者はまだ誰もおらん。今晩一晩だけ、そなたに時間を与えよう、自分自身と向き合って、何が自分のためになるか、よくよく考えてみることだ！　しかし、夜が明けてもそなたが明らかにすることができなかったならば、わしは別の会議を召集する。わしの軍隊の精鋭からなる会議をな。その会議が決定することになろう、わしら二人のうちのどちらが公正であるかを。（ルスタンからカーレプへ向き直って。）ご老人よ、こちらへ！　これからそなたの書面を読もうと思う、きちんと最後までな。そなたの気の毒な息子が何者であったかがここにははっきりと示されている

――ただし、もう手遅れじゃ。（右手のソファーの脇に立ちながら。）その前に、灯りとワインを取りに行って参れ！　暗くなってきた。それに喉が渇いた。さっき立ち去ったときに、わしはここに満杯の杯を置いておいた。祝杯のための一杯だったのだ。地面が飲み干してしまった、とでもいうのか？　なるほど、喜びは消えて行ってしまった、その上、ワインまでが消え去ってしまったというのか？

（ルスタンはかっとなって、左手のテーブルの上の杯の上に広げられていた布を引きはがした。）

国王　そうか、そちらにあったのじゃな。おお、おお、なんと親し気にわしに目くばせしてくることか！　ワインよ、わしがそなたへの愛着をつのらせてからというもの、なんと様々なことが壊れてしまったことか！　ツァンガ、灯りを取りに行け。（ツァンガ退場。）ご老人よ、そこの杯をわしのもとへ持って参れ。その喜ばしく、快いワインを！　ああ、わしがこれを飲んだ時にわしの中にあった幸福な想いが、香気となってこの杯の中に沈んでいるのかもしれない。そして今、杯が香気となった幸せな想いを蘇らせるのだ。杯を持って参れ！　ワインを持って参れ！

（国王はソファーの上に寝そべる。老カーレプは、左側のテーブルの上の杯に歩み寄る。カーレプが杯を掴んだ瞬間、ルスタンが彼の腕に掴み掛かる。）

ルスタン　殿下、飲んではなりません。

国王　何ゆえじゃ？

ルスタン　この男の手から受け取ってはなりません。この男は、狡猾にでっち上げた嘘によって、殿下のご愛顧を私から逸らせたのです。そして、どんなに嘘をつこうが、この男が殺害することは可能なのです。この男の手から受け取ってはなりません。

国王　まあまあ、目下のところは黙っていなさい。彼が語ったことは、（例の書面を手に握ったまで）つまり、ここに書かれていることは、真実に背《そむ》いてはいなかった。彼のもの言えぬ口は、真実を語っていた。だからわしは信頼して、彼の手から器を受け取る。たった一人の者がそうではないと主張したからと言って、誰が全員を疑ったりするだろうか。

ルスタン　それならば。幸運へ転じますように！

（ルスタンは、国王のもとへ杯を運んでいこうとする老人から手を放す。）

国王　ルスタン、この杯を見るがよい。わしは当初はこれで、そなたのために祝杯をあげた。第一に相続人として、そして息子として。分かるか、わしは今なお宥和的な心情で、この杯を手にしておる。何があったのか、そなたが何をしたのかを明らかにすることが、良いことだと思えるのならば、――ただしそれは、もはや息子としてでも、また相続人としてでもない、と言うのも、お前よりももっと気高い者にのみ、その資格はあるからだ――しかし、わしの恩寵の印である、誰も今までもらったことがないような贈り物で飾り立ててやるから、ここから去って行きなさい。われらに新たな平和を甦《よみがえ》らせよ！（杯を高く掲げて。）ルスタンに！　悔い改めるすべての者に！

ルスタン　（ひとりごとのように）。乾杯！――最初に後悔しなければならぬ者のために！

（ルスタンは背を向ける。）

（国王が飲もうとした瞬間に、天幕のカーテンが開き、ツァンガが入って来る。彼の背後に、灯りとワインを持った召使いが続く。）

国王　灯りをテーブルの上へ置け！　それから娘の所へ行ってくれ。わしは、なお小一時間ほどここで、夕暮れ時の冷気を味わっていたいと思う。夜まで待っていてくれ！　杯も片付けて行ってくれ。さあ、わしのお楽しみのワインじゃ！（ワインを飲む。）今まで飲んだことのない味がする。炎のように強烈で、さかんに泡立ち、濃い色をしておる。緊張を解かれた四肢の末端にまで、まるで身軽な若者のように、滑りわたっていく。この飛び散るような霊妙な香りによって、部屋の空気までもが打ち震えておる。美味じゃ！　力が甦るようじゃ！（ワインを飲む。）

ツァンガ　旦那、ご覧なさい！

ルスタン　黙っていろ！

ツァンガ　大軍の指揮官たちまでもが、味方に引き入れられて、あんたの役に立とうとしている。恩知らずなやり方に不平を言って、あんたを待ちわびているんだ。

ルスタン　ならば、出かけよう！

国王　他の者どもは立ち去れ！　カーレプ、そなたは残れ！（従者たちは立ち去る。）この書面をともに読もう、ばらばらになっている個々の書面を。わしらがすでに読んでしまった弁明の書面とは別に、追放の身の上のそなたの息子が、ひどい侮辱を受けた父親宛てにしたためた書面じゃ。

わしの知っている名前が書かれておる。よく聞け！　そして黙っておれ——と言ってしまうところだった——そなたは金輪際口が利《き》けないというのになあ。

（ルスタンは他の者たちのあとに従い、天幕の出口までやって来た後、そこで立ち止まる。さらに、聞き耳をたてながら数歩後退《あとずさ》る。国王はソファーに横になりながら読み続けている。老カーレプがソファーの脇に膝をついてしゃがみながら耳を傾けている。テーブルの上の灯りが、これらの人々を照らし出している。舞台の他の部分は暗い。）

国王　（読み上げる）。「ヴァーイア*の泉の畔に、私は追放された者として、ひとり寂しく暮らしています。そこはマスードの家の近くです」と、そなたの哀れな息子は、一枚目に書いてよこしておる。

「そこで、ミルツァという彼の娘に会いました。彼女は、わが主《あるじ》の娘、高貴なギュルナーレ様に唯一比肩しうる、稀にみる女性です。」さぞや高貴なことじゃろう！　そなたがそのことを以前に考慮していたなら、そなたの運命は楽で穏やかであったろうに。（さらに読み進めながら。）

「ルスタンよ、ルスタンよ、乱暴な猟師よ！　おまえはなぜ、おまえの恋人を苦しめるのか。なぜ、踏み入ったことのない前途に、不確かな運命を探し求めるのか。」

（背後の幕が透けて見えるようになり、明るい照明のなかに、ミルツァが映し出される。彼女は、父親の館の前で、両手を膝の上に載せて腰かけている。彼女の前に老人が一人立っており、その姿や服装は老カーレプにそっくりである。彼は、腕に小さな竪琴を抱えている。ルスタンはひどく驚いて、二、三歩後退りしながら、両手で二人の老人を指し示し、二人がよく似ていることに注意を喚起する。）

国王　（読み続ける）。「見るがよい！　ほら、彼女がおまえを出迎えに来る。真剣そうな眼差しでおまえのことを案じている。（ミルツァの姿が浮かび上がる。）おまえの道を取って帰れ！　ここにないとしたら、幸福はどこにあるのか。」

ルスタン　ミルツァ！　ミルツァ！

（投影されていた像が消える。）

国王　誰かいるのか？

ルスタン　（前に歩み出ながら）。私でございます。領主様。

国王　して、何ゆえここにおるのか。

ルスタン　私の名前を呼ぶのが聞こえ、殿下だと思ったのです。

国王　そなたを呼んではおらん、ルスタンと叫んだが、それは同じ名の別人じゃ、遠くのヴァーイアの泉の畔に住んでいるという。しかし、そなたがここにいたいのであれば、いてもかまわん。ここには多くのことが書かれている。その内容をそなたは解き明かすことができるし、また、そ

＊　架空の地名。

うしてもらいたい。

（ルスタンは引き下がる。）

国王　（さらに読み続ける）。「ルスタンよ、ルスタンよ、乱暴な猟師よ！」――（読むのを一旦止める。）目元が暗くなって、訳が分からなくなってきた！　老人よ、灯りをこちらへ。眠いせいで目元がぼやけてきたようだ。もう一杯だ。（ワインを飲む。）さあ、少し良くなったようだ。（読み続ける。）「ルスタンよ、ルスタンよ、乱暴な猟師よ！　おまえの道を取って帰れ！　名声とは何か、偉大な者の幸運とは何か？　私を見よ！　高みを目指したがために、禁じられたものを得ようと努めたがために、今、この荒れ地をさまよっているのだ。無防備なこの命が、暗殺者の刃にさらされている。」

（天幕の背景が再び透けて見えるようになる。明るい照明が当てられ、岩の上の男が映し出される。茶色のマントが右肩の上から背中に垂れ下がるように掛けられている。はだけた左胸を毒蛇がかじっており、その蛇を男が掴んでいる。）

国王　（読み続ける）。「たとえ私が、――牧人が大蛇を踏みにじるように――暗殺者を打ちのめしたとしても、それによって私が死から遠退いたと言えるのか？」

（岩の上の男は、あたかも、大蛇をルスタンの方へ投げつけようとするかのような手付きをする。）

ルスタン　（その場にくずおれながら）。驚いた！

（背景に映し出されていた画像が消えて見えなくなる。）

国王　ここに何があるのじゃ？（寝椅子のカーテンを開けながら。）床に倒れているのはルスタンか？　何が起こったのじゃ？　ご老人、さあ、確かめてみなさい！

（老カーレプが倒れた男のもとへ近づく。）

ルスタン　（上体を起こしながら）。あの男はいなくなったのか？　なんと、魔法の業か！　いや、単なる錯覚による幻だ。（後ろを振り返って。）手遅れだというのに、まだ来るのか。すでに済んでしまったというのに？　半分空になった杯を見よ！　俺の運命は完全にかなえられた。

国王　蒸し暑くなってきた、身内が燃えるようだ。わしの血潮が一滴残らず高波となって、押し寄せるようじゃ。性悪な飲み物じゃった。——杯に入っていたものは何じゃ？　ルスタン、ルスタン！　杯の中のものは何じゃ？

ルスタン　（慄きながら）。殿下、どうして私に分かりましょうか？

国王　それにこの器は！　何ゆえわしの目を欺くのじゃ？　これはいつもの杯ではない！　見知らぬ模様が付いておる。ばかげた、乱雑な、もつれた模様だ。わしの杯はどこじゃ？　ルスタン、ルスタン！

ルスタン　（がくっと膝をつきながら）。殿下、どうして私に分かりましょうか？

老婆　（寝椅子の天蓋の覆いの背後に姿を現す。携えてきた杯を足で蹴って、前景へ向けて転がしてくる）。

ヒ、ヒ、ヒ！
回れ、回れ、我が車よ、
紡げ、紡げ、おまえの糸を！
今しかないぞ、その時は！
ヒ、ヒ！

（カーテンの背後に姿を消す。）

（ルスタンは転がる杯を懸命に受け止め、床に置かれたままのマントの下に隠そうとする。）

国王　何の物音じゃ？――わしの杯じゃな。ここにあるのはこっそりすり替えられたものじゃ。（寝椅子から起き上がる。）ルスタン、ルスタン、ルスタン！　聖なる神々よ！　誰もいないのか？　誰も助けてはくれぬのか？　ご老人、こちらへ！　わしの支えとなってくれ！（依然として杯にてこずっているルスタンに向かって。）おい、それを隠そうとしても無駄だ！　そなたの犯した罪は永久に明らかだ！

ご老人よ、助けてくれ！　わしは死んでしまう！　誰もいないのか。医者のもとへ急げ！　救助を頼む！　介添えはいないのか！　復讐だ！　助けてくれ！

（王は、天幕の入り口のところで、そこに来合わせた者たちの腕の中に倒れ込む。一群の人々を覆うように幕が下がる。）

ルスタン　（自分の前にころがっている杯に数回手を伸ばして掴もうとした後に、とうとう掴み取って）。ようやくやった！　ようやく！——ああ、あそこにも！　（寝椅子の横に転がっている二つ目の杯も拾い上げ、両手に持った二つの杯を交互に眺める。）同じ片割れが二つだ！（床の上を目で探しながら。）もう片方はどこだ？　同じ片割れが二つ！　もう一方はどこに？　もう片方の杯はどこだ、どこにあるんだ。

（疲れ切って、頭を寝椅子にもたせ掛け、ぐったりとなる。）

ツァンガ　（登場）。旦那！　ああ、万事休すだ！

ルスタン　（驚いて跳び上がる）。

ツァンガ　外にいる家来の腕の中で、老いぼれ領主が死にかけていますぜ。何か口ごもっているようだが、たぶん、何が起こったかを打ち明けるんだ、ここで何があったかを喋っちまいますよ。

ルスタン　（ソファーの横のテーブルをその場からずらしながら）。ここのテーブルとベッドをどかすんだ！　あそこに老婆が逃げ込んで行った、俺もあそこから逃げ去ろうと思う。

ツァンガ　無駄だ。ここの広間は城の内側の部屋という部屋に接している。こちらは頑丈な城壁が塞いでいるし、あちらは、頭に血が上った群衆が立ちはだかっている。

ルスタン　ここから、外へ向かう！　死にものぐるいでこの壁を打ち破るしかない。この自分の腕で突破口を切り開いてみせる。

ツァンガ　万事休すだ！　だって聞こえるだろう！　人が来る。

ルスタン　ならば、今からもう、おまえの短刀を構えておけ。奴らが俺を捕らえたら、いいか、ツァンガ、背後から俺の身体を突き刺せ。しっかり聞いているか？　後ろからだぞ、ツァンガ、万事が休した時にはな。

（ルスタンは頭を垂れて、ツァンガにつかまりながら立ち上がる。）

（天幕のカーテンが両側へ引かれる。月の光に煌々《こうこう》と照らし出された町が見渡せる。群衆が外の広場を埋め尽くしている。）

ギュルナーレ　（侍女たちに付き添われ、下手から登場する。前景へと足早に進み出る）。ここに、私が名指した人がいます！

ルスタン　ツァンガ！　おまえの短刀をこちらへ！　武器を寄こせ！

ギュルナーレ　殿、私の歩みは自ずとあなた様のもとへ向かいました。わが父は臨終を迎えました。そして怒りに燃えた、あの殺害者たちが――

ルスタン　誰のことだ？　誰があれを目撃していた？　誰が知っているのだ？　私も知っているものか？

ギュルナーレ　（続ける）。あの年老いた口のきけない男が、息子の死に報復しようと、気高い領主の命に不届きな手を差し向けた。彼の援軍や同盟軍は休むことなく、遂に父上のもとに、娘の私を送りつけた。不届き者は捕らえられたが、彼の援軍どもも強力なので、彼を解放し、彼は戻って来るであろう。それで彼の企みは終結する。

ルスタン　ツァンガ！　ツァンガ！　彼女の言葉なのか？　聴き間違いではないのか？
ギュルナーレ　(跪《ひざまず》きながら)。殿、どうか私をはねつけませぬよう！　あなたのお名前を口にしつつ、善良な老父は亡くなりました。それはあたかも、あなたの助力に対する父の愛と信頼を、今生の別れに際し今一度最後の遺言として、私に残そうとしたかのように思われるのです。「ルスタン」と言って、父は死去しました。そこで私は頭を下げて哀願する次第です。どうか、この、ひとり取り残された者を、そして、かつて一度はより近しい縁へと定められていた者をあなたの庇護のもとにお受け入れくださいますよう！

(トランペットの響き。)

ギュルナーレ　(立ち上がりながら)。聞こえますか。暴動を起こしている軍隊の騒ぎが。この城壁へと迫って来ています。彼らはあなたの名前を叫んでおります。彼らの指導者として、君主として、あなたの名を。民衆もまた、軍の兵士たちのもとへ集結し始めています。彼らの総意は、私への不承知の表明なのです。あなたの庇護の下にない私に対しての。

(天幕のカーテンの外側の左手から、武装した数人が老カーレプを引き連れて来る。)

ギュルナーレ　あそこに年老いた殺害者が見えますか。復讐心と怒りがどれほど滾《たぎ》り、燃え上がっていることか！　ああ、なんということ！
ツァンガ　(サーベルに手をかけて)。奴にかかれ！　八つ裂きにしてしまえ！
(後景の右手から、隊列を組んだ武装兵たちが登場して来る。そして、中心へ向かって半分ほど向きを変える。）

ギュルナーレ　軍隊だ、もう、おしまいだわ！

ルスタン　（ツァンガと、老カーレプに睨みをきかせている武装した者たちに向かって）。止めよ！（隊列を組んだ兵士たちに向かって。）おまえたちもだ！（カーレプに向かって。）彼が何の悪事をはたらこうと、罪があろうとなかろうと、私の監視下に置け、そして裁判にかけよ。（軍隊に向かって。）そしてその他の勇敢なる戦士諸君よ、だが今の諸君には恩義があるのだ——私同様に！——（ギュルナーレの前にひれ伏す。）おまえたちも私と同じようにひれ伏すのだ！　君主様の御前ぞ！

（隊の最前列の者たちが跪く、その他の者たちは槍を下げる。）

ギュルナーレ　礼を申す。そなたたちが赦免されんことを！　謀反人としてこの上の幸運はないであろう。そなたたちが反抗しつつ強く欲したものを、そなたたちの女領主が叶えてあげるのだから。（国王のターバンが運ばれ、そこから王冠がはずし取られる。）

この国の支配者の象徴だ。私のもとに留まるべきものだ、これを私は誰にも渡しはしない。たとえ死が突然ふりかかろうとも、誰にも、たとえあなたであっても、渡しはしない！——許されるとしたら、分かち合うこと位だろう。

（ギュルナーレは右手で王冠を高く掲げる、他方ルスタンは、激しい絶望の身振りで額を床にこすり付ける。)

群衆　万歳、ギュルナーレ、万歳、われらが領主！　ギュルナーレ、万歳、ルスタン、万歳！　万歳！

(幕が下りる。)

第四幕

王宮の広間。左右両側に側面扉。後景左手に中央入り口。その隣に壁の窪みのような小部屋――カーテンで覆われている――前景の右手にテーブルと椅子が一つずつ。

高価な衣装を身にまとい、髪に黄金の輪のようなものを付けたルスタンが中央入り口からせかせかと入って来る。同時に、左手の側面扉からツァンガも入って来る。ルスタンは、唇の上に置いた指によって、引き返すように指示を送る。ツァンガは扉を通って引き返す。ルスタン自身はカーテンによって遮断された小部屋の中へ入って行く。カルカーンと彼の親族二名が、中央入り口から入って来る。

カルカーン　仲間たちよ、ここから入り給え、そして私の後に付いて来てくれ。長いこと心に決めていたことを、今こそは実行するのだ！　あの突然やって来たよそ者が、君たちや君たちの一族郎党を侮る様を、これ以上見ていられるというのか？　日々厚かましさが増し、刻々と勢いを増大させているではないか。彼の猜疑心によって疑いをかけられた最良の人物たちが、知らぬ間に日々われらの中心から消えて行ってはいないだろうか。どうやって？　どこへ？　誰ならばそれを知ることができるのか？　そして彼の手下のあの黒人、地獄の穴から吐き出されてきたあの黒人が、ルスタンの大胆さを陰険に刺激して、盲目的な熱中にまで膨らませてしまうのだ。どこかに正義は残っているのか、裁きは？　私の年老いた伯父は、弱っていないだろうか、口のきけない不幸な伯父は、邪悪な暴虐という間違った罪をきせられ、聞き入れてもらえず、審問も受けられず、不当にも暗黒の壁の背後に移送されたままだ、告発したという理由で。ああ、公正な裁判官が、伯父の無音の言葉を、耳によってではなく、目によって聴きとってくれたなら！　不幸せな伯父が唇ではなく、手を使って語る無音の言葉を！　そうすれば多くの疑いが消えることだろう、多くの謎が明らかになることだろう。今、裁く側にいて、対立する人々を拘束している者たちは自ずと有罪であることが判明するだろう。

おや、諸君は黙ったままなのか？　俯《うつむ》いたままでいるのか。男なら、男らしくしろ！　私に付いて来い！　ここは女領主の部屋だ。われら三人で入るんだ。そしてこの国の苦境と、自らの苦境を訴えるのだ。恥ずかしさに赤面する領主様に、領主様の命令がいかに無力かを示すのだ。ああ、私にはわかる、領主様自身が束縛の重圧にうめいているのが。あのよそ者が、ほとんど女奴隷を扱うように、領主様の身に絡みつけている束縛の重圧に。女王を助け起こそう！　わが伯父上に正当な権利を認めさせよう！　隠蔽されていることは、全人民の前で包み隠さず、声高に告げ知らされるべきだ。そして誰が有罪で誰が無罪なのかを、賢明な判事たちの口から裁かせよう。第一歩を私はすでに自ら踏み出した、思い切って戦闘態勢に踏み込んだ――まず行動に移してのち、はじめて有効となることを、馬鹿者は先に口に出してしまうものだ。さあ来い、私の後に付いて女領主のもとへ行こう。守り、支えてくれるのは、あそこだけだ。今日というこの日よ、不法な権力奪取の最後の日となれ！

（彼らは右手の側面扉に歩み寄る。）

ルスタン　（最後の言葉が語られていた間に、カーテンの後ろに登場していたルスタンは、彼らの行く手を遮る）。ちょっと待て！　降伏しろ！

カルカーン　どのような権限によるのか？

ルスタン　叛逆者ども！　ツァンガ！　番人ども！　番人ども！　ツァンガ！

（三人は刀を引き抜く。）

ルスタン　さあ、その卑怯な武器を引き抜くがよい！　おまえたちのような集団を、ご覧の通りの、たった一人の私は恐れはしないぞ。

（左手の側面扉からツァンガが、中央扉から兵士を引き連れた部隊長が登場する。）

ルスタン　彼らを連れ去れ！　叛逆者どもだ！

カルカーン　叛逆者ですと？　われらが？

ルスタン　身に覚えがないと言うのか。おまえたちの手に握られた、叛逆の不遜な刀剣がきらめいていないとでも言うのか？　おお、私はおまえたちの行動を知っている！　おまえたちの家の中には私の注意深い偵察兵が潜んでいる。おまえたちがどんなに小声で話したことでも、遠方の私の耳元まで届くのだ。ぐずぐずしないで、彼らを連れて行け！

私はこの国を、清めてくれる嵐のように、すっかり奮い立たせるつもりだ、部族の幹を打ちのめし、徹頭徹尾根こそぎにするつもりだ。そして開墾された土壌に新たな種を託すつもりだ！

さっさと、彼らを連れて行け！

（部隊長がカルカーンに近づくと、カルカーンは声を出さずに、頼むような身振りで女王の扉を指し示しながら、部隊長にやめるように頼む。）

ルスタン　（前景のツァンガに向かって、小声で）。だが、おまえには、牢獄の老人のもとへ行ってもらいたい。私がこの手で奴の命を救ってやったのだ、しかし致し方ない、奴を別の場所へ移せ！

ツァンガ　分かりました、旦那。でもどうやって？

侍従　（右手の側面扉から登場）。閣下、女王陛下がお尋ねになっておられます、部屋の中で、何の物音なのかと。

ルスタン　急用を済ませたら直ちにお知らせすると、お伝えしろ。

（侍従は再び、立ち去る。）

ルスタン　（ツァンガに向かって、小声で）。奴をこの城壁の外へ連れ去れ！　刀剣を構えて、厳しく誓わせるのだ。しかし、危険が迫ってきたときには、よく聞け、俺たち二人よりも奴の方が有利だ！

（ツァンガは引き下がる。そして次の場面の間にひっそりと立ち去る。）

ルスタン　（捕らわれた者たちに目をやりながら）。おまえたち、まだここにいたのか。無法者たちを連れ去れ！

部隊長　閣下、女王が自らお出ましになります。

（部隊長は引き下がる。）

（二人の近侍が側面扉を開ける。ギュルナーレが供の者を連れて出て来る。）

ギュルナーレ　私が送った従者には、説明を拒否されました。それで、私自身が使者となってここに来ました。何が起こったのかを尋ねるために。

ルスタン　（カルカーンを指さしながら）。彼らを連れ去れ！

ギュルナーレ　この人たちは何者です？

ルスタン　重大な謀反人どもです。

カルカーン　女王陛下の足下に伏して懇願する、弾圧された者たちです。

（三人とも跪く。）

ギュルナーレ　彼らに語らせなさい。

ルスタン　あの年老いた犯罪人については、あまりにも軽い罰しか受けてはいないが、了承してやってもよい。

カルカーン　彼が無罪であるというのなら、了承できます。しかし彼があなたの敵であるならば、私も彼の敵です。情け容赦は無用です。伯父に代わってお願いするのは、ただ、聴いていただくことだけです。たとえ犯罪者であっても、与えられるべきは判事の目と耳です。

ギュルナーレ　彼らが熱心に求めていることは、正当であるように思われるが。

ルスタン　そうであるなら、私も承諾するでしょうに。

ギュルナーレ　そして、もし私自らがそれを望んだとしたら？

ルスタン　いつもそればかりですね！「望む」「望む」と！

ギュルナーレ　では、命ずる！

ルスタン　その言葉が「望み」であろうと、「命令」であろうと、それに対してあれこれ口答えすることが許されたとしても、それでも私は絶対服従しようではありませんか。女性の意に背きたくはないのです。それどころか、論争の的となっているその老人を判事のもとへ連れて行くように、私の従者をすでに差し向けてあります。

カルカーン　その従者が老人に出くわした時には、老人の命はないでしょう。彼の牢へ自ら誰か人をお遣りください。御自ら彼の言葉に耳を傾けるお情けをお与えください。

ギュルナーレ　（侍従に向かって）。さあ、行って、老人を連れ出してきなさい。

ルスタン　待て！（侍従の行く手を遮りながら。）

ギュルナーレ　私が命じたのです！

（侍従は立ち去る。）

ルスタン　なるほど、よく分かった、小者たちの結束と思われたものが、秘密裏の陰謀と思われたものが、実は高位の者たちも身分の低い者たちも、どちらをも巻き込んだ周知の同盟であるのだ、ということが。まるで獅子の没落を狙った、蛇や虫けらの毒にも見紛う。しかも些細な小者は狙われることがない。狙われるのは、支配能力によって女々しいわがままな気紛れをこの国から遠ざけておくことのできる、煩わしい後見人ということだ。殺しはしないまでも、脅しつけておこうということだな。

ギュルナーレ　何であれ、まずは老人を連れて来さえすれば、明らかになるでしょう。

ルスタン　ひとつだけあなたは忘れてしまっている。広いこの国の善良な人々が自分たちの幸福を私の腕に委ねているということです。あなたの兵士たちは私の呼びかけに従います。あなたの廷臣は私の命令に従います。物言わぬ町人たちは保護者としての私を信頼して見守ってくれています。あなたが、あの老人を解放するために送り出した、あの従者は手ぶらで門前から引き返して来るでしょう。私の命令が彼を通さないからです。塔の堅固な見張りは私の軍旗への忠誠を誓っているからです。私の許可なく老人を解放するような負け犬は、己の首で購《あがな》ってもらわねばなりません。こんな時が来ることもあろうかと、前々からすでに覚悟して、抜け目なく用心していたのだ。お情けに縋《すが》る者は臆病者だ、感謝を当てにする者は愚か者だ。

ギュルナーレ　こんなにも早く本性を露《あらわ》にするとは！　以前から嫌な予感がしてはいたが。父上、父上！　あなたはとんでもない守護者に最愛の娘を委《ゆだ》ねたものです！

ルスタン　お父上は誰に嫁がせるべきかをよくご存じだった。臆病なはにかみ屋にではなく、力ある者にだ。

カルカーン　領主様、心配なさることはありません。まだ、すべて失ったわけではありません。多くの味方が領主様のもとに留まっています。私の仲間も武装して備えております。長い間じっと秘めていたことを、今こそ思いのままに率直にお伝えしましょう。ここで領主様にお話ししている間にも、わが仲間たちは領民たちに、臆病な隷属を断ち切るように呼びかけています。そして、それはすでに始まったように見受けられます。というのも、ご覧ください、彼の犯行の共犯者が、おどおどと黙ったまま不安そうに戻って来ていますよ。まるで任された仕事を首尾よく果たせなかった後のように、ほら、そこに。

ツァンガ　（極度の当惑の兆候を示しながら登場し、ルスタンの間近に立つ）。

カルカーン　それに、足音とも人の声ともつかない様々に混ざり合った物音が、幅広い階段を登って迫って来ています。そうです、領民たちはこの事件では領主様の味方に付いているのです。そして、報復の時が来たのです。あそこをご覧ください。私の伯父が釈放されています！

（老カーレプが戸口に登場する。武装した供の者たちが背後に付き従っている。）

ルスタン　（ツァンガに向かって）。このばか者、このならず者め！

ツァンガ　旦那、あの諺は古すぎて、もう通用しませんよ、「無理が通れば、道理が引っ込む」というやつは。

（老カーレプが入って来る。しかしルスタンの姿を見ると、引き返そうとする。）

ギュルナーレ　留まりなさい、何も怖がることはありません。ここでは私はあなたの支援者です。とにかく、重要な一点に関して、あなたの明確な証言が必要なのです。その点に関しては、あなた以外に誰も知る者もなく、深い霧に包み込まれてしまっています。あなたの国王の死についてあなたの考えを明らかにしなさい。

ルスタン　それを彼にさせるのか？　狂気の沙汰だ！　犯行の嫌疑がかかっている彼が、いや、それどころか確かに有罪の宣告を受けた彼がそれをやるというのか。あの、身の毛のよだつ刻限に、犯行を為したのは彼だと誰もが口にしている、その彼が今や、原告として登場するのか？

ギュルナーレ　当初の疑いは、だからこそ、必ずしも正しいとは言えない。その後私が確かに聞き知ったところによれば、国王が最後の深い眠りにつく時に、ここにいるこの男を友人として抱きしめ、彼に最後の言葉を委ねたということだ。誰が父に一撃を加えたのか、父は知っていたのだ。

（老カーレプはがっくりと膝を折り、懇願するように両手を掲げた。）

ルスタン　なんという、巧妙なでっち上げなんだ！　ただし、そうは問屋が卸さない、ということだ。あなたは忘れているようだ、ここにいる証人が、まるで夜のように静まり返ったまま、あなたたちが抜け目なく彼に吹き込んだ目付きや身振りを使って告白したとしても、それが通用するのは、子供を相手にしているときぐらいだということを。法の権力の前では、何の力もないということを。

ギュルナーレ　そしてあなた自身も忘れているようですね、人類はその英知を用いて、彼の声を具体的に表す手段を考え出しています。考えられたことを記録しておく手段を考え出しているのです。そこに机と紙とペンがあります。わずかな字数で完了します。そして小さな紙片が事件の闇を明るく照らし出すのです。彼を席に着かせなさい、そして書かせるのです！　私の権力の名においても彼を守らせます。

（老人は親類の者たちに助けられて、前景右手の小テーブルの前に着席する。筆記用具が彼に与えられる。）

ルスタン　彼が誰の名前を書こうが、彼が嘘を書いて、それが私の名であろうが、どちらでも同じことだ。（鞘《さや》に納まった軍刀を高く掲げながら。）私のペンは鞘の中に納まっている。血の滴る傷口が私の筆跡だ。毒虫よ、泡を吹け！　私は治めるために出かける。それが、おまえの毒を抜くことになるのだ。

（ルスタンは背景の方へ向かって進むが、中央付近で立ち止まり、半身を老人の方へ向けながら、待ち受ける。）

カルカーン　（老人へ向かって）。怖がらないで、心配はいらない。ことはもうすでに半分成し遂げられている！　字句は出来上がっている。その言葉は――（読み上げる。）「国王の殺害者は――」

ルスタン　（激しい動作で、刀剣を半ば鞘から引き抜いて）。待て！

（老人は驚いて飛び上がり、震えながらテーブルにしがみつく。ペンが手から滑り落ち、テーブルの右側の床の上へ落ちてしまう。）

ルスタン　書くことを禁じる！

ギュルナーレ　書くことを命じる！

ルスタン　彼を私の前に立たせろ！　私の目をしっかり見るがよい、そして消え失せるがよい！　さもなくば、おまえたちが立ち去れ！　そんなに熱心に老人を謀反人に仕立て上げようとするおまえたちが。明瞭さも論拠も欠けた、公正さが疑われる事件においては、両陣営が研ぎすまされた刀剣を武器に一騎打ちを果たすというのが、この国の慣習ではないのか。来い！　この老人に代わって戦うのは誰だ？　私がその者の敵役を演じよう。

ギュルナーレ　誰が強いかではなく、誰が正義かなのです。交戦ではなく、分別を示しなさい！　あなたはとにかく書きなさい。ペンはどこに行ったのです？　彼がペンを失くしてしまいました、新しいのを持って来てあげなさい。

ツァンガ　（前の場面の間、自分の主人から一歩ずつ離れ、後ろ向きに、前景の右手に移動していた）。新しいのはいいことだ、しかし古いのはもっと良い。（ツァンガは床に転がっているペンを拾い上げる。）さあ、ペンだ！（すばやく入り口に目をやりながら。）おや、誰かが来るのか？

（間近にいた者たちの視線がツァンガの視線の後を追い、扉の方を振り向く。）

ツァンガ　爺さんよ、ほら！（ツァンガは左手で老人にペンを渡す。老人がおずおずとそれに手を伸ばしている間、右手に短剣を隠し持ちながら老人をめがけて突進し、老人を負傷させる。）気を付けろよ！

（老人は苦痛の唸り声をあげながら、椅子の上に崩れかかり、負傷した右手を初めは左手で、後には布で覆う。）

ギュルナーレ　（老人に目をやりながら）。まあ、どうしたのですか。怪我をしたのですか。

（ツァンガは、短剣を持っている手をすばやく背後に回し、背景の脇へ向かおうとする。そこには彼の主人が立っている。）

ギュルナーレ　犯人はどこです？　扉を閉めなさい。

カルカーン　この男です！　血が付いているのが見えるでしょう？　彼が手にしている短剣をご覧ください。彼を捕まえるんだ！

ツァンガ　旦那、お助けを！　お守りくださいよ！

ギュルナーレ　さあ、彼を保護しなさい。隠し立てしてはなりません。この犯行はあなたの命令だったのですね！

ルスタン　私の命令ですって？　恐ろしい疑念を私の頭から払拭してくれることができる唯一の人物であるこの男が生き延びてほしいと、そして彼に知らされていることを、言葉が駄目なら手ぶりで表してくれることができるようにと、誰よりも願わずにはいられないこの私が命令したというのですか？　私が自ら彼を傷つけたとさえ考えられている。今すぐここで、自身の潔白を示すことが不可能になるようなことを、自らしでかすとでもいうのか。ここにいるこの男が彼を傷つけたのであれば、自らその責任をとるがよい。証言の言葉を言いたがらない者は、自身の潔白に自信がないからだ。先代の領主様が息を引き取った時、彼は居合わせてはいなかったとでも言うのか。見たところでは、多くの者に有罪の可能性が分かれそうなのに、なぜ、たった一人の者に罪を着せようとするのか。犯人が自ら手を下さなかったとしても、口出しや提案をすることだってあり得る。そうでしょう！　犯行を遂行する手段なんていくらでもある！　さあ、どうです、私は彼に背を向け、彼から目をそむけよう。彼が無実ならば、運が良かったということだ、有罪だとしたら、天命に従うしかない。

ツァンガ　旦那！

ルスタン　無駄だ！　老人が証言してしまった。

ツァンガ　それが分け前ですか。

ルスタン　裏切り者め、分け前だと？　私を邪道に誘い、故郷から引き離し、籠絡《ろうらく》して罠に陥れたのは、おまえではなかったのか。

ツァンガ　まあな！　ひとつだけあんたに思い出させてあげよう。老人は口がきけないが、おいらは違うってことをな！　さあ、ご静粛に！　これからおいらは、どうやって王国と王冠を見つけて、微賤《びせん》の身の上からのし上がっていくことができるかについてお話ししようと思います。

ルスタン　ツァンガ！

ツァンガ　何だ？

ルスタン　おまえが望んでいたのは――

ツァンガ　「望んでいた」のは、ではない、「望んでいる」のは、だ！

ルスタン　おまえの言う通りだ！　嘘でかためた腹黒い仕業に従ってしまうなんて、敵のぺてんにまんまと引っかかってしまうなんて、俺たちは何と愚かだったことか！　敵の策略が崩れ去ったというのに。敵方が信頼しているあの証人、彼らのすべての行為の基礎となっているあの証人、彼らの希望の唯一の担保であるあの証人は口がきけないし、手も動かない。俺から離れるな、おまえを守っていこう、われら二人の忠義よ、永遠なれ！

　女領主様、最後にどうしてもお尋ねしなければならないことがあります。あなたは、他にもあなたの訴えを証明する手段を手にしているのでしょうか。他に証人がいるのですか、いるのならここに連れ出してきてください。

ギュルナーレ　おらぬ。神とあの男以外には誰も。

ルスタン　結局は神がすべてに勝るのだ、しかも神は、ただ為されたことだけでなく、「どのようにして」と、「何ゆえか」もご覧になっている。しかし今、ここにいるあなたの証人は人々の前で証言しなければならない。そしてそれが最後だ。その後は永久に黙るべきだ！（ルスタンはテーブルのもとへ近づき、その上に載っている紙切れをつかみ、それを持ったまま、老人の前に身構える。）「国王の殺害者について証言せよ」――それは誰だ？　おまえ自身だったのか？　おまえがそれを口にすることはないであろう。それは、あそこにいる、おまえの甥だったのか？　偽善者で、私の仇である、あの男だ。国王の、格別の酌人《しゃくにん》だったあの男だ。あるいは、彼女だ。領主の娘であった彼女が、領国と王冠を欲しがり、国王のまどろっこしい最期を先取りしたのだな？

目くばせや身振りによってではなく、法の前で明確に証言せよ！（テンポを速めながら。）それとも、私がひどい錯乱状態の中で自ら告発してしまった私の従者だったのか。不慮の事故か？　自然死か？　兵士たちか？　市民たちか？（一人一人指でさし示しながら。）あの男か？　そこにいる男か？　この男か？

老カーレプ　（前の場面が演じられている間に上体をまっすぐに起こしていたが、射抜くような眼差しをして、胸を波立たせながら、その場に立ち上がった。それから獣じみた音声を数回発した後で、力をふりしぼるようにして、つかえながら言った)。おーっまーっえーっだあー!

ギュルナーレ　彼が喋ったのか。

ルスタン　馬鹿馬鹿しい、狂気の沙汰だ! 苦痛のあまり、とぎれとぎれに発する音よ、おまえたちが意味のある言葉へと組み立てられることなどあるのか? 証言できるのなら、さあ、やってみろ! たとえ天地がひっくり返ろうとも、名前を示してやり遂げよ! (紙片を差し出して。)「国王の殺害者は」——

老カーレプ　(数回激しい動きをした後で、傷を負った右手を、押さえていた左手から突然引き離し、頽《くずお》れるようにして、周囲に立っている人々の腕の中に沈み込む。小声だが素早く)。ルスタン!

カルカーン　何ということだ、彼は死んでしまった!

ギュルナーレ　ああ、永遠なる神の思し召しよ! (全員が老人の世話に取り掛かる。——間——)

ルスタン　ツァンガ!

ツァンガ　旦那!

ルスタン　聞こえるか。

ツァンガ　もちろんでさー!

ルスタン　つまり、これはすべて現実の出来事ではないのだ。幻だ、夜が生み出す幻影だ。おまえ好みに言い換えれば、病的な妄想だ。われわれは、熱にうなされてこれらを見ているのだ。（時計が鳴る。）聴け、時計が鳴っている！――夜明けの三時だ。もうしばらくだ、それですべてが終わる！　そしたら俺は伸びをして、身震いする。朝の空気が額を冷ましてくれるから。朝になれば、すべてが明らかになる。そうすれば、俺はもう犯罪者ではない。そうだ、俺はまた、以前の俺だ。

（先ほどまで離れていた、女王の侍女の一人が、小瓶を手にして、怪我人の看護のために、戻って来る。）

ルスタン　ごらん、あれは従妹のミルツァではないか？　これもまた、夜の幻影なのか？　あそこで老人を取り巻いて立っているあの人たちと同じように！　ごらん、息を吹きかけると、あの人たちは消えてしまう。

何ゆえだ、彼らはまだそこにいるのか？　近づいて来るのか？　威嚇しているのか？　よし、それならば改めて身を潜めて、さらなる展開を窺おう。

ギュルナーレ　（老人のもとから立ち上がりながら）。万事休す！　脈が止まった。残念ながら、彼が死んだことは火を見るより明らかだ。（ルスタンを目にとめて。）そなた、まだここにいたのか。強情を張り通すおつもりか。

ルスタン　女王陛下、お待ちなさい！　焦ってはなりませぬ！　ここで現実に起こったことのおかげで、私にどれだけ多くの負担がかかったことか。私の取り分がどれだけで、あなたの持ち分がどれだけか、ともに差し引きの算定を行おうではありませんか。あなたが多くの業績をあげられたのも私のおかげです、あなたのこの国も、多くの良きことを私に負っています。それでも、差し当たり、それらをあなたに譲りましょう。あなたが私に負うべきすべての義務も放棄しましょう。あなたは最も高価な財宝の中から選び取るがよい、一番価値ある領地を選び取るがよい、数多の宝物、珠玉、宝石をお取りになるがよい。私に残されるのは不毛の荒れ地だけだ。そこでは欲望が貧困と戯れる。黄金と呼べるものはお日様の光くらいのものだ。ただし、支配権、それだけは私のものとせよ。

ギュルナーレ　そなたに支配権を、ですと？　ならば牢の中で支配するがよい！　その男を捕らえよ！

ルスタン　よくお考えなされ！（後景は次第に兵士たちでいっぱいになる。）もう一言だけ言わせてほしい！　戦闘の中では、私はこれらの戦士たちの崇拝の的だった――

ギュルナーレ　彼らは私の味方です、私に歯向かうことなどありません！　ご覧なさい、彼らはそなたの隊列を見捨てているではありませんか！　さあ、私のもとへいらっしゃい、忠義なる者たちよ！

（ルスタンの側に立っていた戦士たちは、ひとり、またひとりと反対側の隊へ移り、指揮官もろともそちらへ加わる。）

ルスタン　（戦士たちに呼び掛ける）。待て！

ギュルナーレ　彼から離れなさい、その男は私の敵です！

（最後のわずか数名を除いて、全員が立場を移した。）

ルスタン　（刀剣を引き抜きながら）。ならば、いざ、戦うだけだ！　ここに剣がある。ツァンガ、これを括り付けてくれ、しっかりと鉄の鎖で括り付けてくれ！　そうしたら戦いの場へ赴こう。死ぬまで剣を離しはしない。

ツァンガ　（独り言を言う）。ここは今になって急にやばくなってきたぞ！（ルスタンの背後で、開けたままになっていた左手の側面扉を通って退散する。）

ルスタン　（フェンシングの構えをしている）。さあ、全員で掛かって来い！

ギュルナーレ　（ルスタンに立ち向かって）。この者たちはそんなことはしません。彼らは従者たちですから。そなたに勇気があるのなら、自ら私を突きなさい。

ルスタン　（後退りしながら）。誰でも相手になる、あなたを除いたすべてが相手だ！

ギュルナーレ　さあ、勇者よ、父を突き殺した者が流血を恐れるのか。

ルスタン　（ギュルナーレの前から退きながら）。ツァンガ！　ツァンガ！

ギュルナーレ　さあ、いよいよその時が来たようだ！　そなたらの出番だ！　さあ、その男を捕らえよ！

（ギュルナーレは前景の右手へ向かって進む。その場で編成された兵士たちと、彼らの先頭に立つカルカーンは、後景へと向き直る。戦闘場面。）

ルスタンの声　ツァンガ！　ツァンガ！　馬はどこだ！

ギュルナーレの侍女の一人　女王陛下、あそこに連なる部屋部屋をご覧ください。今しがたあの黒人が通りぬけて逃げていった部屋の並びです。あの男が、炎々と燃え上がるたいまつを手にして、広い城館の中を足早に通り過ぎて行くのをご覧ください。あやつが城に火をつけたのではないかと危ぶまれます。

ギュルナーレ　城も私自身も滅びるとしたら、あやつもまた自分たちの手で倒れるだけの話であろう！

（ギュルナーレは侍女たちとともに、右手の側面扉を通って足早に退場する。老人はすでにとっくに運び出されている。小規模の戦闘が後景の戸口にまで追いやられている。小競り合いの物音。小休止。その後、左手の戸口から竪琴の調べがしばらく鳴り響く。その合間に、「ツァンガ！」と繰り返し叫ぶルスタンの声が聞こえる。この場のシーンは終結する。）

後景に、扉が一つ付いた手狭な田舎風の部屋。右手に側面扉が一つ。漆黒の闇。

ミルツァ　（ランプを手にして、後景の方から登場）。耳をすませて！　あれは彼の声ではなかったかしら。至る所で彼の声が聞こえるような気がする。瀕死の危険の中で救助を求めているような、救援者に呼び掛けているような。（左手の戸口に耳を澄ませながら。）

その上私はひとりぼっち、私の言うことを聴いてくれる人も、慰めてくれる人も誰もいない。私を愚かだと叱ってくれる人もいないし、彼は大丈夫だと言ってくれる人もいない。ただ一つ確かなことは、私が苦しんでいるということだけ。

駄目だわ、私には耐えられない！　誰か身近な人を探さなければ。この苦しみを打ち明けられるような、この心持を楽にしてもらえるような！（右手の戸口で。）お父さま、ぐっすり眠ることができますか。私のことや私の心配のことを思い悩んだりしていませんか。

マスードの声　（右手の側面扉から。）ミルツァ、おまえなのか。

ミルツァ　そうです、私です。私と同じように、心配で眠れないのですか。私のように、やはり彼のことが心配なのですか。

マスード　（室内から）。何時になるのだ？

ミルツァ　明け方の三時です。

マスード　入っておいで。

ミルツァ　そちらへ？

マスード　そうだ！　それから一緒に向こうへ行こう！

ミルツァ　本当ですか。――ああ、なんて優しいお父さま！　さあ、入りますよ！――どうか、神々よ、こうしている間も彼があなた方とともにありますように！　私が別のことを心がけている間も、別の者のことを語っている間も、どうかかけがえのないあの人をお守りください！　悩みや困難からだけでなく、望みや目論見《もくろみ》からもお守りください。いかなる害悪にも彼の心が惑わされないように。私の気持ちが再び彼のもとへ届くまで、そして私が再び彼のために祈ることができるまで。

マスードの声　まだなのか？

ミルツァ　さあ、ここですよ。（扉を開けながら。）もう、床から出ているのですね、それにもう、身支度ができているのですね。まあ、優しいお父さま！　何てすばらしいのでしょう！（ミルツァは中に入って行く。）

森の辺り。前景右手に、前方へ突き出した形の岩。後景には、二幕冒頭にあったような橋。
暗闇。遥か彼方に聞こえていた戦闘の物音が次第に消えていく。
そこへ、負傷したルスタンがツァンガに支えられて登場する。

ルスタン　ツァンガ、どうだい、戦いの様子は?

ツァンガ　戦いだって!　それを言うなら、「逃走」だろう。あんたの家来たちはあんたを見捨ててそこらじゅうへ散らばったよ。他の者たちは敵の刃の衝撃のもとに、討ち死にして転がっている。

ルスタン　そんなことになっていたのか。それが結末か?

ツァンガ　うへっ、自分の腕を責めることだね!　球筋は人がどのように打ったかで決まるものだ。あのごちゃごちゃと込み合った街中で、敵がおいらたちに厳しく迫って来た時に、あんたがおいらの思った通りに……　もしもあの時あんたが、恐怖で静まりかえった、あまたの街路に火つけ棒を投げつけることを許してくれていたら、おいらたちはうまく進軍させてもらえたことだろうに。万事がもっとうまくもちこたえていたことだろうに。

ルスタン　身の毛がよだつ話だ!　そんなに多くの人命がかかっているのに!――うまくいったかどうかだって、わからないだろう?

ツァンガ　うまくいったかどうか、だって？　そこが難しいところさ！　それが悪事だからではなく、危険だからでもなく、まじめな心の持ち主を不安がらせてしまうからだ。そんなぐらついた足取りで、そんな生半可な胆力で、支配者の梯子段《はしごだん》を、偉大なものへの険しい道のりを、権力と地位を求めてよじ登るつもりだったのか。権力という原石は、いくつかの素材がとりどりに混ぜ合わされて成り立っている。坩堝《るつぼ》の中で煮えたぎっている混合物を調整するためには、十やそこらの国々を炎上させたぐらいでは十分とは言えない。しかし、新たな世紀が目前に迫って来ると、人は過去に対して好意的になり、懐かしむ。炎が金属の煤《すす》を拭《ぬぐ》い去り、国王は黄金のように輝きだす。しかし、あんたは持ちこたえることができなかった。思慮分別は乏しいくせに、射程だけはやたらと広い。勝ち抜こうと思うなら、勇気をもって挑まなければならない。そうでないなら、下層へ戻れ！

ルスタン　従者の口からそんなことを聞くことになろうとは、邪悪な行為の首謀者であって同時に助手でもあった従者の口から！

ツァンガ　助手だ？　首謀者だ？　まあ、そんなところか！　しかし、従者とは⁉　笑わせるじゃないか！　いったい誰の従者なんだ？　主人はどこだ？　大それた野望に必要な勇気、大胆な行動へ向かう勇気が欠けていたから、あんたはおいらが指し示した高みから没落してしまったのではないのか、転落してしまったのではないのか。おいらたち二人は、罪と罰にがんじがらめにされているのも同じなら、地位と権力を欲しがっているのも同じだ、まるで母親の胎内にいるかのように、夜の闇の中ではおいらたちは全く同等だ。

ルスタン　よし、わかった、ふたり一緒に助かる道を捜そう！　手だてを考えるのだ、俺のもとを離れるな！　だってそうだろ、そんな不敵な行為を心得ているおまえに、どんな逃げ道が残されているというのか。

ツァンガ　どんな逃げ道だって？　本音を吐いたな！　それとも、おまえさん、本気で信じているのか、おまえさんを引き渡す者に何の報酬も支払われないとでも？　へーえ、あんたの頭は本当に純金製だったんだな！

ルスタン　（ツァンガに向けて剣の一撃を加えながら）。悪魔め！　人でなし！

ツァンガ　（抜き身のままマントの下に隠し持っていた刀剣で一撃をかわしながら、ルスタンの手からサーベルを叩き落とす）。待て！　こんなこともあろうかと、用心していたのさ。あんたたち殿方には人は用心深くなっているのさ！　とかく絶望は人を打ちのめしてしまうものだからな。われながらわからないのは、なぜおいらがそのやたら長ったらしい刀剣をあんたの胸に突き刺さずに思いとどまっているのかってことだ！　ただの一突きで、踏みにじられた国土に対する、おいら自身の恨みを晴らすことだってできるだろうに。いや、それは止めだ、怖がらなくてもよい！　たとえあんたが非力な弟子だったとしても、それでもやっぱりおいらの弟子だ、おいらがこの手でつくりあげた弟子ならば、壊れてしまっていても大事だと思うぜ。あんたは逃げろ、おいらはここに残る。あんたの幸せの残骸をかき集める。新たな恩恵に浴するんだ。あんたは死んだものと見なされる。そうすれば、報酬はおいらのものだ。（後景を指し示しながら。）あそこがあんたの行く道だ！　あっちへ向かって逃げろ！

ルスタン　ツァンガ、これが最後だ！　俺と一緒に行こう！　考えてもみろ、以前の俺がどんなだったか。人々がどれほど俺を大事にしてくれたかを。俺がおまえにも施した度重なる恩恵を思い出してくれ。おまえの上に、おまえの頭上に積み重ねた恩恵を。

ツァンガ　あんたがおいらに殺人の容疑をかけた時、おいらにはもうどこにも逃げ道がないとでも思ったからなのか？

ルスタン　肝腎なのは、忘れるということだ！　俺は負傷している、介添えが必要なんだ！　この辺りの道筋に不案内だからな。

ツァンガ　この辺りに不案内だって？　ハ、ハ、ハ！　周りを見回してみろよ。ここは、あんたが国王を救ったのと同じ場所じゃないか。あんたと、あのもう一人の奴がな。ここであんたは、そのもう一人を撃ち落とした。あそこに橋がぼんやりと見えないのか。そうだ、あれが幸運への道のりの第一歩でもあったたし、また不幸へ至る道筋でもあった、ということだ。

ルスタン　悲しいなあ、なんて悲しいんだ！

ツァンガ　（橋を指し示しながら）。あそこへ向かって、逃げろ！

ルスタン　金輪際、あそこには踏み込むものか！　こちらから出て行こう！（右手の方へ向き直る。）

ツァンガ　そうかい！　そうかい！　だがな、あの小さく見える炎だけは見逃しては駄目だぞ。この辺り一帯に広がっている。あれが打ち倒された者たちの亡霊でないとしたら、松明を手にした戦士たちだ、あんたを捜しまわっている！

ルスタン　（左手へ向き直って）。だったら、引き返そう！　もと来た道を引き返そう。

（左手の方角から、かすかに響く喇叭の音。）

ツァンガ　聞こえるか！　あの響きは何だと思う？　背後にも追手が迫っている。あんたは追い詰められてしまった、袋の鼠だ。せっかく忠告しているものを、まだ疑うのか。あそこが逃げ道だ！

ルスタン　（橋へと続く上り坂へ足を踏み入れたが、立ち止まりながら）。できない、やっぱりだめだ！　あの時おまえを信じてしまったなんて！

ツァンガ　今頃気付いたのか、遅すぎやしないか？

ルスタン　おお、めまいがする、なんて怖ろしいことだ！　辺り一帯にまたたく青白い光よ。脳の血管が熱く猛り立っている。姿かたちが揺らめいていて、捉えて離さずにおくことができない。旋回するダンスのようにぐるぐる回っている。敵《かたき》よ！　唆《そそのか》す者よ！　邪悪な天使よ！　どこへ消えてしまったのか。おまえの肌はそんなに黒ずんでいたのか！

ツァンガ　（マントも被《かぶ》り物も投げ出してしまい、黒ずくめの衣装で立っている）。暑いな。そう、おいらは黒人だ。

ルスタン　まるで蛇のようだ、おまえの髪は！

ツァンガ　（頭に巻き付けてあった二本のヘアバンドが翻っているが、それを引っ張りながら）。布切れさ、細長い布切れだよ、ヘアバンドに違いないさ！

ルスタン　それに、おまえのその衣は背中で、黒い翼のように膨らんでいるじゃないか。

ツァンガ　癖の良くない皺《しわ》なんだ。でも、これが便利なこともある。おいらの生国じゃあ、みんなこんなものを着ている。

ルスタン　シカの足のように、鋭利な刀のようなおまえの足は、青白く陰鬱な光を放っているな。

ツァンガ　（それまでは地面に横たわっていたが、上体を起こし始める。その上体は、柄《え》のついた棍棒のように見えるが、今になって光り始める）。腐った丸太と黴《かび》だ！　だがな、灯りとして役立つのさ。（ますます強く光り始めた上体を起こしたままで。）あんたが地獄へ落ちるまで、足下を照らしてやるぜ。さあ、そこを登って行け！　あそこにしか助かる道はない。自分が絡めとられてしまっていることが分からないのか。そら、敵だ！

（前景の右手に、武装した者たちが登場する。）

指揮官（一）　それ、奴がいるぞ！　あきらめて投降せよ！

ルスタン　ああ！

ツァンガ　橋を登れ！

（左手の、ツァンガの背後に戦士たちが登場する。）

指揮官（二）　罪人はここだ。
ツァンガ　橋を行くしかない！
ルスタン　（橋へ通じる坂を足早に登る）。
指揮官（二）　（左手に待機している戦士たちに向かって）。急げ、奴の逃げ道をさえぎるのだ！
（数名がルスタンの後を追う。）
ルスタン　（橋の脇へ現れる）。ツァンガ！
ツァンガ　もう、橋しか逃げ道は残されていない！
（ルスタンが橋へ足を踏み入れる。）
（丘の上の右手寄りに、従者と松明を携えて、ギュルナーレが登場。）
ギュルナーレ　待て！　血まみれの輩《やから》よ！
ツァンガ　死刑執行人の手にかかって斃《たお》れるつもりなのか、この臆病者め。あんたは今、絶好の場所に立っている！　流れに身を投げろ！　戦士として死ね、英雄として斃れろ！
ギュルナーレ　投降しなさい！　降参するのです！
（すべての方角から、松明を手にした兵士たちが登場する。武装した者たちが迫って来る。）
ツァンガ　おいらに従え！　万事休すだ！

ルスタンによく似た人物が流れに身を投げる。まさにその瞬間に、前景右手の岩が崩れ落ちる。自室のベッドに横たわっているルスタンの姿が見えてくる。第一幕の終結部と同じように、彼の傍らには二人の少年が佇む。あたり一帯には靄《もや》がかかり、二重、三重と濃くなっていく。人物たちの姿がぼんやりとしてくる。ツァンガは、床の落し戸を通って姿を消す。雲がすべてを覆い隠す。

ルスタン　（寝返りをうちながら）。なんて悲しいんだ！　俺は死んでしまったのだ！

（ベッドの足もとに立っている黒っぽい服装の少年が、枕元に立っている鮮やかな衣装の少年の松明の燃えさかる炎から、自分の松明に火を灯す。鮮やかな衣装の少年は、その代わりに、自分の松明を地面に向けて火を消す。ルスタンが目覚める。少年たちは低い姿勢で姿を隠す。雲は後方へと流れていく。第一幕と同様の館の内部が現れる。）

ルスタン　（驚いて飛び起きる。両腕をさすりながら）。おや、まだ生きているのか？　捕らわれているのか？　そうだ、大河に呑み込まれてしまったのではなかったか……？　ツァンガ！　ツァンガ！　ああ、何という悲惨な……！

ツァンガ　（一幕のものと同様の部屋着を着た姿で、ランプを手にして登場し、ランプを置く）。ようやく目覚めたようだ！　薄明るくなってきた。もう馬の用意もできている。

ルスタン　妖怪め！　人殺し！　大蛇め！　この悪魔！　俺をあざ笑うためにやって来たのか！

たとえおまえの髪が毒蛇であろうと、おまえの瞳が炎となって燃えていようと、稲妻を手にしていようと、この世の者よ、唆《そそのか》された者よ、俺はこの恨みを晴らしてみせるぞ。そのおまえの肢体を形作る鉱物が、おまえのずうずうしさと、憤怒と、それに心情を形作っている鉱物と同じものなのかどうか、試してやろうぞ、俺の手中にあるこの剣で！

（ルスタンはベッドの横に吊り下げられた剣をつかみ、それを投げつけようとする。）

ツァンガ　助けてくれ！　彼は正気をなくしているぞ！　ミルツァ！　マスード！　誰も聞いていないのか！

（ツァンガは逃げ去る。）

ルスタン　奴は逃げてしまった！　俺は無力ではないんだ、奴の力が太刀打ちしがたいわけでもないんだ！　とにかくこの場から逃げ出そう。あたりは死の恐怖に取り巻かれている！

まずはすぐに灯りを消さねば！　灯りは俺の居場所を敵に知らせてしまう。（ルスタンはランプの炎を吹き消す。背景の半分以上の広さを占めている、幅広い張り出し窓を通して、水平線を見渡すことができる。四角く縁どられた水平線上に、一日の始まりの最初の兆候をみることができた。）扉はどこだ？　この地の恐ろしさから抜け出す出口はないのか。俺は果たしてここで破滅するしかないのか。何か聞こえる！　誰か来るぞ！　それならば、せめて敵に多大な損害を与えて死んでやろう。死を受け入れよう、だが、その前に、まずは敵を殺してからだ。（ルスタンは、自分のベッドの横に立てかけてある軍刀をつかむ。）
（マスードとミルツァがやって来る。彼女は明るく燃え上がる灯火を手にしている。）

ルスタン　ああ、国王か、それにギュルナーレなのか。いいや、国王ではない！　そんなことがあり得るのか。あなたはマスードのように見える。――ミルツァ！　ミルツァ！　あなたたちは死んでしまったのか？　俺もやはりそうなのか？　どうやって俺はあなたたちのもとへ戻ったのか？　この館を再び目にしているのか？

ああ、もったいないことよ！　君のその眼差し、愛にあふれたその眼差しをこの陰鬱な敗残者の上に注ぐとは！　愛が俺にもたらしてくれたものに、俺は血なまぐさい憎しみで報いてしまった。いや、やはり違う、俺は君を憎んでなどいない！　違う、心から感じるのだ、憎んでなどいないと。――そうだ、君を憎んではいない。――憎しみだって？――それどころか、どんなに温かい感動とともに今、俺は自分の内心に向き合っていることか。あなたたちを憎んでなどいない！　誰のことも憎んでなどいない！　世界のすべてを恨むことなく許したい。無垢で信心深かったかつての日々のように、自身の目にあらたに涙が溢れているように感じられるのだ。

ミルツァ　ルスタン！

ルスタン　いけない！　僕に近寄ってはならない！　僕たちが最後に会って以来、起こったことを君がすべて知ったならば……

ミルツァ　私たちが会って以来……？

ルスタン　幾日も、何週間も――

ミルツァ　何週間？　幾日？

ルスタン　訳が分からなくなってしまった！　時間の力は恐ろしい。

ミルツァ　でもそれは、一晩よりも長い時間だったかしら？

ツァンガ　（戸口に現れる）。旦那、馬の用意をせよとの言いつけでしたよね。

ミルツァ　さあ、思い出してちょうだい。昨日の晩のことよ――お父さま、彼に説明してあげて。私にはうまくできそうもないわ。

マスード　昨晩だ、覚えていないのか。おまえはわしらと離れたいと言って、今日のために馬の用意を言いつけた。今日がその日だ。そして馬がここにいる。

ルスタン　昨晩ですって？

マスード　他のいつだと言うのだ？

ルスタン　昨晩だったのですか？　私が見聞きしたすべてのことが。すべての大事件、すべての残虐行為が。血が流れ、人が死に、勝利したり、戦闘があったり――

マスード　ひょっとしてそれは、人知れぬ力による、不可思議な警告だったのかもしれない。その力にとっては、数時間が一年のようでもあり、また一年が一晩のようでもある。その力は、お前が考えたことが恐ろしいということが、明らかになることを望み、真実を暴いた今となっては、夜もろとも、その威嚇する力を撤収しているのだ。神々がお与えくださったその忠告を疎かにするな。神々が援助の手を差し伸べてくださることが、繰り返されることはめったにないものだ。

ルスタン　一夜ですって！　しかも人生そのものだった。

マスード　そう、一夜のことだった。すべては夢だったのだ。ごらん、太陽だ、一日前に見た、あの同じ太陽だ。別れ際のおまえの反抗心や頑なさの目撃証人となった、あの太陽だ。あの永遠の軌道を見るがよい。あの山際を下から上へと昇り、驚いておまえを照らし出しているかのように見える。そのおまえは、あまりにもぐずぐずと新たな行路を進もうとしている。旅立つつもりだとしても、それでもわしの息子に変わりはない！　もうその時が来たぞ！　ぐずぐずするな！

（窓越しに見晴らせる地域は、すでにもう、これから始まる一日のすべての局面を示してしまったが、今や日の出の、あふれるような光の中に輝き出ている。）

ルスタン　（跪《ひざまず》いて）。ようこそ、聖なる夜明けよ、永遠なる太陽よ、幸福な今日という一日よ！　あなたの輝きがいかばかり、夜の闇を、群がる靄を蹴散らしてくれることか！　あなたの輝きはまた、暗闇に打ち克ちながら、私のこの胸の内にも差し込んでいる。もつれていたものは明快になり、秘められていたものは今後、明らかとなる。明るさは温かさとなり、温かさはまさに、光そのものだ。

ありがとう！　感謝します！　手を血で汚す、あの恐怖、それは真実ではなく、単なる警告であったことを。現実に起こったことではなく、ただ夢に見ただけであったことを。この世を照らし出す女神よ、あなたの澄みきった光が、血塗られた罪人としての私の上にではなく、清らかな者としての私の上に降り注がれていることを。

降り注がれるあなたの光のように、どうか広く行き渡らせてください！　すべての人々の胸の内に深く刻み付けてください！　この世の幸福はただ一つであることを。それは、内面の静かな平和、そして罪の意識にとらわれない胸の内。偉大さは危険であり、名声は空虚な戯れであることを。名声の与えるものは取るに足らぬ影に過ぎず、その奪うものはあまりに大きい。

だから私はここに宣言する、名声の甘言からわが身を永久に引き離しておく、と。そのうえで伯父上、私は跪《ひざまず》いてあなたに懇願します。三つの賜りものをお許しいただきたい、と。

ミルツァ　ルスタン！　お父さま！

ルスタン　まずは、お許しを！　この切なる願いに寄り添ってくださいますよう。そしてあなたのお住居に、再び私を迎え入れてくださいますよう！　この惑いし者を、そしてその悔恨の思いを！

ミルツァ　お父さま、聴いてくださった？

マスード　ああ、なんとうれしいことか！

ルスタン　ならば、あそこにいる唆《そそのか》す者に、つまり、導きの星が彼に対して用心するよう戒めてくれたその男に、自由と金貨を与えていただきたいのです。どこへなりと、遠い所へ解き放っていただきたいのです。
ツァンガ　旦那！
ルスタン　（ツァンガに向かって）。そうしたいのだ！　お願いです、父上！
マスード　おまえの望みはわしのものと一致した。（ツァンガに向かって。）行くがよい、おまえの身は自由だ！　二頭の馬のうち一頭を連れて行け。財布の中身の額は、路銀として与えるものだ。おまえのものとするがよい、ただし、ここから立ち去れ！
ツァンガ　本当に自由に？
マスード　間違いない！
ツァンガ　（ルスタンに向かって）。何と言ったら良いか……
ルスタン　おまえが自由に立ち去ることが、私への感謝のしるしだ。
ツァンガ　生まれて初めてのこの喜びを無駄にはしません。ご機嫌よう、善良なお二方！　それに美しい娘さん、どうもありがとう。さあ、それでは出かけよう、森を抜け、荒れ地を抜けて！
（一足飛びに扉の外へでる。）
ルスタン　（すでに立ち上がっている）。さて、私の最後のお願いです！　昨晩、お暇《いとま》を申し出た折に、あなたは私に希望を持たせてくださいました、信じさせてくださいました、つまり、ここにいる、あなたの娘御《むすめご》を――

マスード　そのことは言うな、それ以上話すな！　このわしの家も、すべての賜物も、悔い改めているこの者と喜んで分かち合いたい。しかし家や財産以上のものについては、今はもうしばらく出し惜しみをさせておくれ。それは、わしの人生の最も奥深くにあるもの、核心となるものなのだ。ルスタンの中にある衝動的な激しさが、遠ざかっていって、二度と再び息を吹き返したりしないかどうか、時間の経過が証明してくれるまで。

ルスタン　伯父上、何故です？　もしや、あなたは疑っておられるのですか。

マスード　いいや、今のおまえの思いがそうだと言っているわけではない。しかし、このことだけは忘れてはならない。夢は希望を創り出すことはできない、ということを。今手もとにあるものが、希望を呼び覚ますことができる。*　そして今、朝が払いのけてくれたものは、萌芽としておまえの中に隠れていたのだ。用心せよ、わしもそうこころがけるつもりだ。

ルスタン　伯父上、お聞きください！

ミルツァ　彼の言うことを聞いて、お父さま！

マスード　おまえまでが、彼の味方なのか。

＊「夢は希望を……呼び覚ますことができる。」という箇所については、有力な別訳が考えられるが、本書においてはあえてこちらの訳を採用した。詳細は「人と作品」三二三頁を参照のこと。

ミルツァ　だって彼はとても穏やかで、善良ではありませんか。
(もの柔らかな音色が聞こえてくる。)
マスード　何か聞こえてくる！
ミルツァ　お父さまったら！
マスード　仄《ほの》かな響きだ！
ミルツァ　答えてください！
マスード　近づいて来る。
(ツァンガと老托鉢僧が窓の外を通り過ぎていく。年老いた托鉢僧は竪琴を弾き、ツァンガがそれに合わせて笛を吹く。それは、一幕の最終場面で聞こえたものと同じ旋律である。)
マスード　あれはツァンガではないか、あの黒人は？　それに、その傍らの老人は――
ルスタン　何と痛ましい、恐ろしいことだ！
ミルツァ　でも、なぜなの？　あれは、善良な托鉢僧でしょうに。あの方は不思議な力を持っているわ。忠告と教えを示して、父親のように接してくださるわ。
ルスタン　今こそ消え去れ、暗き夢よ！　父上、どうか、寛大なお言葉を！
マスード　ごらん、ふたりが近づいて来る、ごらん、とうとうふたりがやって来た！　そして太陽の前でお辞儀をしている。
ミルツァ　お父さまったら！　許してはくださらないの？

マスード　（小声で）。これこれ、待ってくれよ！　今は耳を傾けよう。ちょっと静かに！

ルスタン　（同じく小声で）。でも、そのあとでは——？

ミルツァ　（同じく小声で）。約束してね！

マスード　しーっ！

ルスタンとミルツァ　（互いに肩を寄せ合いながら）。お父さま！　伯父上！

マスード　（戸外に耳を傾けたまま、左手で同意の合図を示す。小声で）。そうさな、よかろう！

（ふたりは、マスードの肩にも腕をまわしながら、三人そろって窓辺に跪《ひざまず》く。楽の音は依然として響き続ける。）

（幕が下りる。）

グリルパルツァー略年譜

一七九一年
一月一五日、ウィーンに生まれる。
一八〇七年
大学で法学を学びはじめる。
一八〇九年
一一月一〇日、父ヴェンツェル・グリルパルツァー病死。『カスティリアのブランカ』完成。
一八一〇―一八一三年
ザイレルン伯爵家で家庭教師を務める。
一八一三年
三月一八日、宮廷図書館に無給の実習生として勤める。一二月二〇日より、財務局に勤め始める。
一八一五年
三月二日、宮内省の書記官実習生となる。

一八一六年

六月二二日より、J・シュライフォーゲルとの親交が始まる。八月一二日―九月一五日、『祖先の女』執筆。

一八一七年

一月三一日、『祖先の女』初演。七月一日―七月二五日、『ザッフォー』執筆。九月二一日―一一月六日、『夢は人生』第一幕執筆。一一月一四日、弟アードルフ・グリルパルツァー自殺。

一八一八年

四月二一日、『ザッフォー』初演。五月一日、五年間の予定で、宮廷劇場作家に任命される。

一八一九年

一月二三日深夜、母アンナ・マリーア・グリルパルツァー自殺。三月二四日から七月末にかけて、イタリア旅行。

一八二一年

年頭にカタリーナ・フレーリッヒと知り合い、婚約。三月二六日／二七日、三部作『金羊皮』初演。

一八二五年

二月一九日、『オットカール王の栄光と没落』初演。

一八二六年

八月二一日から一〇月初めまで、ドイツ旅行。その間、九月二九日から一〇月三日まで、ワイマールのゲーテを訪問。

一八二九年

小説『ゼンドミールの僧院』が出版される。一月から二月にかけて、『海の波、恋の波』が完成される。二月二八日、『主人の忠実な召使い』初演。

一八三〇年

『夢は人生』完成。

一八三一年

四月五日、『海の波、恋の波』初演。

一八三二年
一月二三日、宮廷公文書室長に任命される。
一八三四年
一〇月四日、『夢は人生』初演。
一八三六年
三月三〇日―六月二八日、フランスとイギリスへ旅行。
一八三八年
三月六日、『嘘つきに災いあれ』初演。
一八四二―四七年
『リブッサ』完成。
一八四八年
『ハプスブルク家の兄弟争い』完成。小説『哀れな辻音楽師』出版される。
一八五〇年以降
ブルク劇場のハインリッヒ・ラオベ監督によって、グリルパルツァー作品の新バージョンによる上演が開始される。
一八五一年
『トレドのユダヤ女』完成。
一八五六年
四月一七日、宮廷公文書室長の職を退き、年金生活に入る。
一八五九年
ウィーン大学、ライプツィヒ大学より名誉博士号授与。
一八六一年
四月一五日、フランツ・ヨーゼフ皇帝より貴族院の終身会員に任命される。

一八六四年
一月一五日、ウィーン市名誉市民。
一八六八年
三月二九日、『エスター』断編初演。
一八七二年
一月二一日、逝去。九月二四日、『ハプスブルク家の兄弟争い』初演。一一月二一日、『トレドのユダヤ女』プラハにて初演。H・ラオベ、J・ヴァイレン編集による、最初の全集がコッタ社から出版される。
一八七四年
一月二一日『リブッサ』初演。
一九五八年
『カスティリアのブランカ』初演。

フランツ・グリルパルツァー――人と作品

城田千鶴子

1 原作者グリルパルツァーについて

本編二作品の原作者、フランツ・グリルパルツァー（一七九一―一八七二）はウィーンに生まれ、ウィーンで活躍して、オーストリア随一の劇作家と評されている。明晰で几帳面な弁護士である父親と、豊かな音楽的感性に恵まれた芸術家肌の母親との間の第一子として誕生した。母親の実家のゾンライトナー家はウィーンでは有数の音楽一家で、フランツの祖父を筆頭に幾人かのおじたちが作曲に携わったり、様々な音楽活動を主宰し、ウィーンの音楽文化の基礎を築くことに貢献している。この母親から幼少の頃に施されたピアノの手ほどきに閉口させられた思い出を作家自身が書き残している。

他方でバイオリンの演奏には情熱的な意欲を燃やしたにもかかわらず、禁止されてしまった経緯も伝えられている。いずれにせよ音楽にまつわる彼の体験は多彩であり、簡略にまとめることは困難であるが、晩年の彼自身の次の言葉は、彼の生涯において音楽がいかに大きな意味をもっていたかを知る手がかりを与えてくれている。「私の母は大変音楽的な人でした。最後の日々まで少なくとも大変な音楽愛好家でした。そして私は執筆したり、詩作したりする時でも常に自分の中に大いなる音楽とでも言うべきものをもっていました。」

グリルパルツァー家には、長男のフランツを筆頭にさらに三人の弟たちがいた。しかしナポレオンがオーストリアに侵攻してきたころに、父親が病気で寝込むようになり、一家の命運に影が射し始める。ほとんど寝たきりの状態になっていた父親は、国土の一部がフランスに割譲される報に接すると、めったに口をきかなくなり、しばらく後に家族に見守られながら息を引き取った。それから、残された一家は経済的な窮状に見舞われることになる。父親が母親のために備えておいた恩給も、一八一一年の財政令によってほとんど皆無になってしまう。フランツ自身は当時十八歳で、法律の勉強をあと二年残していた。幸い教授たちの好意で若い貴族のもとでの家庭教師の口を紹介してもらい、当面の窮状を乗り越えていく。その間、宮廷図書館の無給の実習生の資格を得、さまざまな言語を独学で習得する便宜を存分に活用する。そのなかに、スペイン語の習得が含まれ、この頃にカルデロンの『人生は夢』の翻訳を試みている。また、同じ頃、伯父の一人を通して財務局の次官の知遇を得、この人物のおかげで、ついに一人前の財務官になることができた。ちなみに、当時の文人たちは、官僚の地位と兼業であるのが通常の生き方であった。

処女作『祖先の女』がアン・デア・ウィーン劇場で初演され、ウィーンのみならず、ドイツ全土でも大反響を巻き起こしたのは一八一七年の初めだった。こうして多彩、多産ではあるが、決して平坦ではない彼の劇作家人生が展開していくのである。父の死後、母との共同生活を経済的に支えるのは彼だけであり、彼は息子であると同時に夫の役割をも担っていたことになるが、その牧歌的ともいえる共同生活を何ものにも代えがたい貴重な思い出として回想している。しかしこの息の合った共同生活は、思いもよらぬ悲惨な結末を迎えることになる。四十八歳の当時の母親を、彼自身「女性特有の大きな転換点を迎える危険な時期に差し掛かっていた」と分析しているが、自室で首を吊って自殺してしまった母の遺体をまのあたりにしなければならなかったのである。しかも、不幸はそれだけでなく、実はその一年余り前に、一番下の弟も自ら命を絶っていたのだ。母親とのこうした事情が影響していたか否かは計り知れないが、彼は生涯ついに結婚に至らなかった。最晩年の彼は永遠の婚約者と称されるカタリーナ・フレーリッヒ Katharina Fröhlich の自宅に同居しており、彼女に看取られて臨終を迎えたと、伝えられているにもかかわらず。

プライベートな日常の障害に悩まされたり、劇作上の様々な困難に遭遇したりすると、彼はウィーンを離れ、ヨーロッパ内の各地へ旅行に出かけている。母の自殺という、健康を害するほどの衝撃的なできごとの後、彼はイタリアへ旅行している（一八一九年三月—七月）。一八二六年にはドイツへ旅行し、ワイマールにゲーテを訪れているが、この時も、『オットカール王の栄光と没落』が検閲局で二年間も留め置かれ、その後ようやく上演されると、今度はボヘミア人の民族意識を刺激し、ボヘミアの学生たちによる騒擾事件にまで広がっていってしまったという事情が引き金になっていた。一八三六年のパリ・ロンドン旅行は同様な逃避・休養の動機のほかに、これら大都市に対する純粋な好奇心も作用していた。そこで実際に彼が面会し、交流した芸術家、作家たちのほとんどが、世界史上に名を遺す大家であるだけに、彼が書き残した日記や記録は大変興味深い資料となっている。

年代は少しさかのぼって、一八三四年に『夢は人生』がブルク劇場で初演され大成功をおさめる。しかしこの成功は、上演の成功としては彼の生前最後の演目となってしまう。その後も戯曲の執筆は続けられ、更なる幸運にも恵まれる。ブルク劇場の新たな演劇部門ディレクター、ハインリッヒ・ラオベが彼の作品に理解を示し、積極的に上演させているからである。晩年の彼は様々な称号を授与された。ウィーン大学、ライプツィヒ大学より名誉博士に、フランツ・ヨーゼフ皇帝からは貴族院の終身会員に任命され、七十三歳にしてウィーン名誉市民となっている。当時としては長寿といえる八十一歳まで生き永らえ、苦悩に満ちてはいたが、根気強く丹念に劇作家の人生を全うした。フォルクス庭園（国民公園）の傍らに佇むグリルパルツァーのレリーフ像はバラの香りに包まれながら、ウィーン市民に寄り添いつづけている。

2　原作について

（1）『リブッサ』について

『リブッサ』のドラマ全体の初版の刊行は一八七二年のことであり、つまりこれは、グリルパルツァーの死の翌年に当たる。この作品が「遺稿」に分類される所以《ゆえん》である。ただし、一幕だけは、一八四〇年に上演され、翌一八四一年に出版されている。この間の諸事情を含め、成立事情に絡む作家の身辺事情、内的葛藤などをまとめ上げた秀逸な「あとがき」をハインツ・リーダー Heinz Rieder が著し、レクラム版の巻末に掲載されている。従って、本編においては、その要点を最後に紹介し、他の評論と共に資料として提供したいと考える。訳者としては、その他のテーマについて先ずは二、三補足させていただくのみにとどめておきたいと考える。

この作品の完成までの経過をさかのぼってたどってみると、一八二七年には第一幕を書き上げており、この作品への作家の意気込みが見て取れる。ところが、そこで筆は止まったまま一向にはかどらず、二幕を完成させたのは一八三三年になってからであった。たしかに、第一幕の艶《あで》やかさに、観客は一気にひきこまれてしまう。白馬の気品溢れる姿からは、スペイン乗馬学校の優美な白馬を思い起こす読者も多いことだろう。若さと美しさの絶頂にある男女が、抑制の効《き》いた礼儀正しさから一歩も踏み出すことなく、この白馬に同乗して疾駆する情景。こうした情景は台本を読む読者の眼前に即座に彷彿《ほうふつ》となる魅力に溢れている。それにしても、この情景は当時、舞台上でどのように演出されたのか、グリルパルツァーはどのような演出を望んでいたのか。その点に関しては、様々な可能性にめぐまれている現代のわれわれにとっては、この疑問は大きな関心をよびさまさずにはおかない。

作者はこうした魅惑的なシーンを手放しに展開させているわけではない。この若い男女の抑制の効いた行動と同様に、作者は細心の注意を払って、ふたりの内面を行為へと形象化している。グリルパルツァーが日記に記しているメモを概観すると、彼が次のような配慮を施していたことがわかる。

先ず、男性性と女性性を比較する作者は、少なくとも個々の事例においては、あらゆる点で女性性は男性性に匹敵すると断言する。知識と思考力、勇気と決断力、これらすべての天分を、いわゆるより弱い性である女性であっても、選び抜かれた者たちにおいては、持ち合わせていると断定している。これらすべての天分をリブッサもまた所有している、その上プリーミスラオスはその多くの点で彼女に劣っている。ただ一点でのみ、彼は彼女を凌《しの》いでいる、即ち根気強さにおいて、自身の決断に対する粘り強さにおいて。

さらにグリルパルツァーは、渓流に流されるリブッサに手を差し伸べるプリーミスラオスの助力が、彼女の無事な帰還にとってどの程度の比重を占めるべきかについても、厳密に計算し設定している。即ち、リブッサは誰かの助力が無くても難を逃れることができただろうが、しかしプリーミスラオスはこれを見過ごさずに、手を差し伸べるだけの充分な行動力と親切心を備えている、と想定していたことを記録している。

それでは、この作品に対する反響はいかなるものだったのだろうか。

作家の死の翌年初版が刊行され、さらにその翌年に初演されたにもかかわらず、この上演は短期間で打ち切られてしまった。訳者自身の感想を述べさせていただくならば、この作品は他国語への翻訳が少ない一方で、作品論の数が多い、それも時代が下るにつれて数も多く、論調も熱を帯びてくる傾向があるように思われる。つまり、作品論の中に登場する原作は、次々と新たな生命を吹き込まれ、次々と新たに生まれ変わっている印象を受けるのだ。

*

そうした作品論の中から、ここでは原作理解にとって大きな助力となる二点を紹介しておきたいと考える。最初に取り上げるのは、ベンノー・フォン・ヴィーゼ Benno von Wiese（一九〇三―一九八七）の「リブッサ論」である。ヴィーゼは本書において訳者が参考に取り上げてきた文献の著者の中では、「グリルパルツァー」をその研究活動の専門の対象として据えているわけではない研究者の例となるであろう。その射程をドイツ語による劇文学全般に想定していると考えられるヴィーゼが、グリルパルツァーの作品を論評するうえで、とりわけ『リブッサ』という作品を対象として選んでいることに訳者は否応なく着目させられるのだ。ヴィーゼはこの作品を、神々の秩序と世俗の秩序の間の葛藤に追いこまれた人間の悲劇と捉えている。

ハインツ・リーダーによる『リブッサ』の「あとがき」においては、グリルパルツァーがこの作品に取り掛かった当初の経緯《いきさつ》を以下のように伝えている。

*

一八二二年に、当時三十一歳のグリルパルツァーは、日記に書き留めている。『リブッサ』の五幕目についてまだ決心がつかない、と。この頃よりも恐らくもう少し前から、このドラマに関する仕事は始まっていた。この題材をグリルパルツァーはムゼーウス J・K・Musäus の選集中の『クロークスの娘たち』という民話を通して、そしてチェコのリブッサ伝説を通して幼少期から知っていた。クレメンス・ブレンターノ Clemens Brentano のドラマ『プラハ創設』(一八一五年)がさらに新たな刺激を与えていた。しかしこの作品完成までの足取りは遅々として進まなかった。一八四〇年に第一幕がウィーンのブルク劇場の慈善活動の催しとして上演され、一年後に印刷された。しかし作品全体は、恐らく一八四八年に完成されたと思われるが、『ハプスブルク家の兄弟争い』、『トレドのユダヤ女』とともに作者の机の引き出しの中に残されたままだった。彼の死後になってようやく遺稿として出版され、一八七四年一月二十一日にウィーンのブルク劇場で初演された。

ハインツ・リーダーは、この作品の解釈の手掛かりとして必須な要素となる、作者の〈三つの意図〉の重なりについて述べている。それらがこの作品の形式的な、そして思想的な構造を決定しているのだ、と。すなわち、作家個人の人生上の問題、とりわけカタリーナ・フレーリッヒとの愛の体験、次に国政上の、及び文化政策上のメッセージ、そして最後に人類の最終的な疑問に対する答えの探求だ。

グリルパルツァーのカタリーナ・フレーリッヒとの恋愛は長期にわたる婚約中の状態にとどまり、ついに婚姻にいたることなく、恋愛感情は友情へと変わってしまう。同様に、プリーミスラオスとリブッサの間の愛の成り行きも、国家政策上の、文化政策上の発言における解釈の根拠でしかなくなってしまう。グリルパルツァーのドラマの中の他の女性の登場人物たちと同様に、リブッサの人物像もまた、作家本人の個人的な体験によって強く特徴付けられている。それによってとりわけ、リブッサとザッフォーの間に気付かされる同類の特徴が説明可能となる。すなわち、運命によって選び出されてしまった女性が、世間の人々に混じって人の子の喜びを享受するために、自分自身と自身の天命に忠実でいられなくなってしまうのだ。すでに、シラーの『オルレアンの乙女』において見られたテーマの後を行くリブッサにおいては、プリーミスラオスへの愛を抱く自身の女性性が、女預言者・女支配者としての自己に打ち勝ってしまっている。リブッサはこの成り行きを引き返そうと試みるが無駄となる。そして死の間際になってようやく自己を克服した彼女に預言能力が回復されるのだ。『海の波、恋の波』の中で神職に自らを委ねるヘーローもまた、内心の葛藤に陥り、それによって同様に、より上位の使命に忠実であり得なくなってしまうのだ。

神話的な結婚の黄金時代は、リブッサが愛に我を忘れ、支配権をプリーミスラオスに譲るために、彼の地位を高めたときに終焉を迎えるのである。が、すべてが理性的に解明されるプリーミスラオスの冷静な世界が、リブッサの世界になりうるはずがなかったのだ、とリーダーは解釈する。ここでリーダーは、第一幕の暗示に富んだ幕切れを引用する、「東の空が白み始めている、夜は昼に負けて引き下がっていく!」と。

互いに入れ替わる時代の薄明かりの中で、リブッサは当時作者を取り巻き、影響を与えていた政治的発言を代弁する。それは、一八四八年革命の直前の、三月前期のオーストリアの風潮であり、徐々に衰退し始めているメッテルニヒ体制の気分であり、また没落にゆだねられてしまった復古的専制君主国の気分であった。その生き残った政治的背景の裏側では、科学技術と工業によって特徴づけられる新しい市民階級と労働者階級の社会がはっきりと現れ出てきた。それに伴って登場したのが、すべてを滑らかにし、平均化する文明社会であった。そこでは、ワイマールの精神的遺産*もまた、疑問視されてしまうのだ。グリルパルツァーは、人間の秩序の、この画期的変化を三つのドラマのかたちで芸術的に造形し、解釈したのである。すなわち、彼の死後に遺稿として出版された、『ハプスブルク家の兄弟争い』、『トレドのユダヤ女』そして『リブッサ』である。

ハインツ・リーダーは、『リブッサ』をも「メルヘン」の枠組みに分類し、原作には添えられていない「メルヘン」の副題を敢えて添付している。その理由をリーダーは次のように説明している。

「時代の転換点にある、(この)作家の政治的発言とは、愛されているというよりは、むしろ恐れられている民衆支配という、新しい時代のただ中にあってなお、精神的・文化的遺産の救済と保持への支持を表明するものであるのだ。そのために作家は、この作品においても、比喩的発言の可能性を提供してくれるメルヘンの枠組みから決して離れることがなかった。それは、作家の強い意志によるものであった。」

リーダーはこれに引き続き、以下の詩行を引用する。

地上の世界は天の高さにまで上昇し、
神々は再び胸に宿るようになる、
そのときに恭順こそが、唯一の最高の美徳となっている。

手書きの最終草稿に残された「恭順 Demut」という単語に対し、グリルパルツァーは当初は様々な別の単語を想定していた。すなわち、「人道的な感情 menschlich fühlen」、「人間性 Menschheit」、「人道 Menschlichkeit」、「助力する用意のある hilfreich sein」、「人間にふさわしい Menschenwert」等々。グリルパルツァーの信念はこういうものだ、とリーダーは主張する。「野蛮行為にしばしば絶望的

* ゲーテ、シラーにおいて頂点を極めたドイツ古典主義文学のこと。

に屈服させられる諸民族の曲がりくねった運命の行路において、人類に内在する人間性は繰り返し出現し、勝利を収めたと。しかし『恭順 Demut』という単語を用いて彼が、人道的な価値の序列の中に指し示そうとしたものは、「足るを知る」境地へ、自己抑制へと人道的自我を強く促す、そういう価値であったと思われる。人間に対して非常に尊大な判断をくだすリブッサの姉妹たちも、そしてまた、完璧に冷静に功利主義的直感に服従しているプリーミスラオスも同様に、この『恭順』を持ち合わせていない。『恭順』は、言ってみれば、来るべき世界へのリブッサからの贈り物なのだ。しかしその世界は、すぐ次の文明世界でもないであろう。『その時が来るまで、何世紀もの間寝過ごしてしまうであろう。』このような世界が過ぎた後になってようやく、黄金の時代が始まることだろう。リブッサの王国を支配していたが、文明によって失われてしまった自然との合一を、人類が再び取り戻したときになってようやく。」ハインツ・リーダーは次の詩行の引用によって、論を締めくくっている。

跡継ぎの居ない富豪が
がらんとした屋敷の中で孤独を感じるように、
人は内心の虚《むな》しさを感じることであろう。
やかましい作業の轟音《ごうおん》が静まると、
あらためて自身の胸の内の声を耳にする。
それは欲望が焦がれる愛ではなく、

欲求そのものであるような、優美な愛なのだ……

（2）『夢は人生』について

本作品『夢は人生』の完成までのいきさつは、少々入り組んでいる。最初に着手したのは、処女作『祖先の女』がアン・デア・ウィーン劇場で初演された一八一七年のことであり、四週間足らずの間に一気に書き上げた『ザッフォー』（翌一八一八年四月初演）の完成の直後のこと（一八一七年九月）であった。しかし、第一幕を書き上げた時点で、執筆は中断される。その理由として彼自身は、黒人のツァンガ役の俳優が演じることを拒否したからだ、と述べている。しかし、執筆継続の意欲を消失させる決定的な理由は、同じ題材を他の作家が扱い、『まどろめ、夢見よ、そして認識せよ！』という題名のもとに、アン・デア・ウィーン劇場で上演されてしまったためであった。主役を演じたのは、ツァンガ役を拒否した例の俳優だったのである。こうして、グリルパルツァーが再びこの仕事にとりかかるまでに九年間の歳月を要することになる。一八二六年にようやく仕事を再開するものの、しかし最終幕の完成にてこずり、完成にいたったのは一八三〇年のことであった。一八三一年三月に台本はブルク劇場の演劇部門ディレクター、シュライフォーゲルに提出されたが、シュライフォーゲルは舞台効果に懐疑的で、受け付けなかった。グリルパルツァーは戯曲に手を入れ、シュライフォーゲルの死後の一八三三年一月に再度ブルク劇場に提出し、一八三四年十月四日の初演へ漕ぎつけるのである。卓越した配役のもとで大成功を博し、「完璧な成功」という作家自身の言葉が残されたほどであった。この芝居はウィーンの聴衆のお気に入りであり続け、グリルパルツァーの生前にブルク劇場だけでも七八回の上演が行われ、彼にとって舞台上の最後の大成功となったのである。

この作品の出典として、われわれの念頭にまず浮かんで来るのは、カルデロンの『人生は夢』（一六三五年）であろう。グリルパルツァーはかつてこの作品の翻訳を試みたこともあったのだった。しかし作者は、この作品からヒントを得たのは題名だけだと語っている。筋立ての大部分を負っているのはボルテールの『白と黒』（一七六四年。邦訳、『白と黒――哲学的物語』森下辰夫訳、大翠書院、一九四九年）だ、と述べている。グリルパルツァーがこの作品で意図しているのは、古典的な五幕の形式に則らない、より自由な形式で、なおかつ民衆劇の伝統の延長上に、より洗練された見世物芝居を成功させることだったと考えられる。「四幕のメルヘン劇」と銘打たれているが、だからと言って、「メルヘン」としての内容を目指しているわけではなく、「悲劇」でも「喜劇」でもない、庶民向けの郊外劇場が上演してきた、伝統的な「改心劇」や「メルヘン劇」のジャンルの延長上の作品を目指していたのだととらえるのが妥当であろう。（郊外劇場の伝統の分かりやすい例としてよく挙げられるのが、モーツァルトのオペラ『魔笛』だ。シカネーダーが脚色した冒頭シーン――王子が大蛇に追われる――と、ルスタンの夢の冒頭シーンの類似については、しばしば言及されてきている。）『夢は人生　注釈書』の著者、カルル・ブリンクマン Karl Brinkmann は、「彼〔グリルパルツァー〕は啓蒙主義的教化の傾向を伴ったアレゴリーを制作するつもりはなく、現実の人生の芝居をメルヘンの形式で表現しようとしたのだ」と述べている。

「改心劇」の「改心」というテーマに的をしぼってさらにコメントを加えるならば、グリルパルツァーがこの作品を執筆するにあたって念頭にあったモチーフとして、ナポレオンの成功と没落も含まれていたであろうという推論が有力である。

いずれにせよ、この作品の成功は、いわば、旧市街の市民層を対象としていたブルク劇場の教養劇と、郊外劇場の庶民のための民衆劇との融合が一気に果たされたことを意味していたと言える。

さて、このメルヘンの舞台ははるか東方のペルシャに設定されている。これもボルテールからの借用で、ボルテールの『白と黒』の主人公ルスタンはカシミールの王女をめとることになっている。グリルパルツァーはこの王国をサマルカンドに置き換えている。このあたりの地理的および歴史的な事情をブリンクマンが解説してくれている。その要点は、ほぼ以下のようなものである。ペルシャの一地方の首都であったサマルカンドを、紀元前三二九年にアレクサンダー大王が征服した。紀元後七一二年にアラブ人に征服され、サマルカンドはアラブ人のもとで極東と西洋との交易における重要な貨物積み替え地となり、同時にイスラム教の精神的な中心地となった。ヨーロッパでは、この東洋的なメルヘン劇が知られるずっと以前から、この都市の名前は知られていた。一二二〇年にチンギス汗《カーン》がサマルカンドを征服し、チムール（タメルラン）が一三六九年に彼の帝国の首都としていた。ロマン派の作家たちの間では、この町は、はるかなメルヘンの王国として愛好されていた。グリルパルツァーの作中の国王は侵略者としてチフリス（トビリシの旧名）の国王との戦いの最中に宿営している。チフリスは、歴代グルジア（ジョージア）国王たちの旧都である。そこは、グルジア人ルスタン（在位一三三六―五八年）がトルコの支配から解放し、トルコに対する強固な砦とし、同時に正教キリスト教の拠点へとつくりかえた時に有名になっていた。しかしグリルパルツァーが幼少の頃の一七九五年に、イスラム教徒のペルシャ人将軍、マホメット・カーン・イラクリに征服され、三万人のキリスト教徒住民が捕虜となってひきまわされたのであった。当時、全西洋地域のキリスト教徒には、この戦いによる哀れなキリスト教徒犠牲者たちのための祈願礼拝と夕刻の鐘を打ち鳴らすことが指示された。その記憶は幼少のグリルパルツァーの脳裏から消えることはなく、この作中の紛争の描写に反映していると言われている。（ただし、関係性は逆転している。と言うのも、ペルシャの代わりに設定されているに違いないサマルカンドに対して、ルスタンは勝利しているからだ。）

　本作品理解のうえで参考になると思われるグリルパルツァー論のうち、二十世紀半ば以降に発表された二点の中から、本編に関連の深い部分をとり上げて、かいつまんで紹介しておきたい。

　先ず初めはゲルハルト・バオマン Gerhart Baumann の著作『フランツ・グリルパルツァー――作品とオーストリア気質』である。ここでは、スペインバロックの伝統と、それがグリルパルツァーの作品と登場人物たちの特徴のうえにどのように反映しているかについて述べている箇所をとり上げておこう。バオマンは、バロックの伝統が途絶えることなく引き継がれたオーストリア・バロックの特徴について次のように述べている。「この地においては、意識が、無数の役割を演じている夢を見ている。私という自我が気前よくそれらの役割を割り当てるのだ。だからすべては単なる戯れであり、単なる借りものであり、人生は夢であって、死こそ最終的な目覚めであるということを決して忘れない。

ウィーンの、時代を越えたバロック的人生感覚だけが、〈世界劇場〉という、そして〈人生劇場〉という生き生きとした表象から『死』に関する寓意を言い表すことができたのだ。」（強調訳者）この解説を読んで初めて、第一幕の終わりで、托鉢僧が琴の音に合わせて歌う歌詞（「いずれお前が墓の中で休らう時の／その眠りの中以外には覚醒はない」）の意味の謎が解けてくる。バオマンはまた、スペインバロックにおいては「人生そのものは唯一の冒険を意味しており、世俗の幕間狂言を、そして神の中にある永遠なる存在の鏡に映じたつかの間の反射を意味しているにすぎない」（強調訳者）とも述べている。バオマンはグリルパルツァーが作劇上利用しつくした、このような視点を、「鏡像」という手法として捉え、彼の様々な作品の解釈に応用する。「ひとつの視点をグリルパルツァーはそのあらゆる可能性にわたって利用しつくした。すなわち鏡像という手法だ。変化すること、喪失すること、記憶、忘れることができないこと、生き写しなどのモチーフは、すべて彼の文学に投入された無数の鏡の中に登場する。グリルパルツァーの登場人物たちは、自身が真実であることを確かめることができないので、鏡の中に自身の自我を捜すのだ。」こうしてバオマンはルスタンが「夢」という鏡像の中に、自己実現の可能性を追求してしまったことを暴き出す。見せかけに誘い込まれてしまった者は、最後に次のことを認めなければならない。つまり「自分たちが、人生を直接的で完全な存在の中にではなく、鏡像の中に捜し求めてしまったことを」。

バオマンも気づき、言及していたテーマを、ハインツ・ポーリツァー Heinz Politzer はより詳細に展開している。即ち、ポーリツァーのグリルパルツァー論の中でとりわけ目を引くのは、ウィーンの精神科医ジークムント・フロイトの主張の先駆的特徴をグリルパルツァーの作品のなかに見出している点である。ポーリツァーは、グリルパルツァーが第一幕の場面で描こうとねらっていたものは、「他でもない、正にジークムント・フロイトが『昼間の名残』と名付けることになったもの」であると述べ、さらに敷衍して論を展開する。そもそもグリルパルツァーのこの作品は、一八一七年に第一幕が完成したにもかかわらず、その後執筆が中断されていたのであった。この段階での題名は『人生の影』であり、「影」という単語は、第一幕の幕切れに托鉢僧が歌う歌詞の中に繰り返される。

生涯に得られる財貨など、影にすぎない。
人生の多くの喜び、そして
言葉も願望も行動も、影にすぎない。

（強調筆者）

「人生の影」にとらわれることなく、「思考」「愛」「善」によって達成される「内面の平和」＝「葛藤の不在」を求めることを歌った托鉢僧の歌は、フロイトの学説の中で打ち立てられた目標とほとんど変わらぬものである、とポーリツァーは主張している。ポーリツァーは、『夢は人生』から百年後の一九一七年に「精神分析学入門について」と題する講演の中でフロイトが「昼間の名残」を定義して述べた言葉を引用している。――「意識的な生活に由来し、意識的な生活の性格を分け合う何かあるもの、そして無意識の世界に由来する何かあるものと共同で夢の形成へと進んでいくあるもの」。こうしてポーリッツァーは、『夢は人生』の第一幕を「昼間の名残」と見なし、第二幕以降の夢のストーリーの展開の中に潜在していくと解釈するのである。「内面の平和」を目標に「葛藤の不在」を追求し続けても、到達点に達することができるのはようやく死後になってからだ、とみなすグリルパルツァーとフロイトのこの姿勢を、ポーリッツァーは「人間通」と名付け、「生まれつきの、そしてまた熟練したペシミスト」とも呼んでいる。他方で、「この作家もこの精神科医も、例えばショーペンハウアーのようなロマン主義の教えの影響を被っている。即ち、ドイツ文学における最初の無意識の登場の恩恵を被っている」とも評している。

このようにフロイトの理論の基礎の上に、グリルパルツァーの「夢」を見事に読み解くポーリッツァーに対し、本書においては不遜にも敢えて別訳を提示することを試みた箇所がある。最終幕の幕切れ近くで、マスードがルスタンを諭すセリフである。「……夢は希望を創り出すことはできない……今手もとにあるものが、希望を呼び覚ますことができる。……」このマスードのセリフは、フロイトの思想をより忠実に反映させるならば、次のように訳すべきところであろう。「……忘れるな、夢が願望を創り出すのではなく、今ある願望が夢を見させるのだ……」訳者が本書においてこの見事な解釈をあえて選ばなかったのは、十九世紀から二十世紀にかけてこれらの先人たちによって生み出された、この知的遺産に依拠するだけでなく、二十一世紀へ向けて新たな展望を模索する姿勢を重ねる翻訳を試みたい、という願いを込めたかったからである。

ポーリツァーはまた、グリルパルツァーが、「ツァンガの上にルスタンの内面の夜の衝動を真に投影さ」せているとし、西欧の演劇界においては黒い色は悪人の色であったにもかかわらず、「この悪そのものは黒い色のツァンガではなく、白いルスタンであるという驚くべき証明の中にこそ、この夢の芝居の本来の内的な筋の本質が存している」ことに着眼し、「主人公の内面の無意識的なものが舞台上の形象として可視化されて」いることにも注意を促している。

3　グリルパルツァーの作劇法

（1）作品のテーマ

グリルパルツァーの作品のテーマとして見逃すことができないのが、女性のアイデンティティーの問題、女性の自立の問題である。女流詩人ザッフォーを主人公とした悲劇『ザッフォー』は、まさにこのテーマそのものを劇化した作品とみなすことができる。生身の女性としての生き方と、天命ともいうべき詩人としての生き方の葛藤に苦悩し、自滅していく女性を描いた悲劇である。『リブッサ』においても、このテーマは主要テーマとは言わないまでも、内在するテーマとして作品中に一貫して伏流している。

グリルパルツァーにとってこの種のテーマは、女性に限定するまでもなく、自分自身の切実な問題でもあったのだ。彼自身、実生活を生きる生身の自分と、芸術家としての自身との葛藤に常に悩まされ続けていた。女性の自立の問題である以前に、自身のアイデンティティーに関わる重要なテーマでもあったはずである。しかしこうした問題を舞台上で視覚的にわかりやすく表現するのであれば、女性の問題として描いた方が、一目瞭然に納得してもらえるという劇作上の戦術を彼は優先したに違いなかった。この種の葛藤がテーマとなるとき、女性を主人公に設定するのは、主にこのような事情に起因すると考えるのが自然な見方であると考えられる。それでもなお、あのような古い時代であったにもかかわらず、彼がこのような偏見のない公平な視線で男女の関係性や物事の実相を鋭敏に観察できたのは何故だったのか、その興味深い問いの答えを探求することは新たな発見への糸口へと導いてくれるのではないか、という期待を抱かせてくれる。

(2) せりふの特徴

ここで紹介した彼の二作品の際立った特徴として忘れてはならないのが、せりふ全体が韻律を伴った詩行で作られていることだ。スペイン風のトロヘーウス(またはトロカイオス)と呼ばれるこの韻律は処女作『祖先の女』でも用いられ、大成功をおさめた。「その詩行は流れるような切迫感をもち、魔法のように軽快であると同時に、人の心をとらえる的確さをもっていた」(ヨアヒム・ミュラー)。当時ドイツ語によるシナリオがこの韻律による詩行で執筆されることは珍しかったようだ。にもかかわらず、彼は韻文で書かれたドラマを最良の詩文学の形式ととらえていた。彼にとって、劇中の人物や様式は五感を通して感情へ直接的に訴えかけるものでなければならず、熟考を必要としてはならないものであったからだ。こうした彼の見解は彼の音楽観に直結している。詩人であったにもかかわらず、彼は文学よりも音楽を上位に位置づけていた。従って、オペラにおいても歌詞よりも音楽の方が優先されねばならない、という見解に依拠していた。そして音楽を最高の芸術と位置付けるこの姿勢は終生変わらなかったのである。こうしたことから、せりふにおいても音楽的な響きに重点が置かれていた。特定の個人の生き様を言葉によって写実的に表現するのではなく、老若男女を問わず、人間一般に共通する根源的テーマを浮き上がらせる音楽的表現を優先させたこの作家の五幕の戯曲『リブッサ』に、敢えて「メルヘン」という分類を当てはめているH・リーダーの姿勢に訳者は賛同の意を表したいと思う。ただし、リーダーが本作品を「メルヘン」に分類する根拠は、必ずしも訳者の根拠とは一致していないように思われるが。ウィーンでも名立たる音楽一家の出である母親によって幼少期から音楽教育を受けた作家は、音楽的効果を深く刻み込んだ台本を編み出すことになったということなのだろう。ただしこのように、せりふの韻律を重視するにもかかわらず、意外なことに彼は韻律学に手を付けたことがない、とも告白している。

4 翻訳にあたって

わが国においては、フランツ・グリルパルツァーの翻訳書として最もよく知られている作品が、彼の小説であって、戯曲ではないのではないかと推測している。オーストリア随一の劇作家と称されているにもかかわらず、国際的な知名度が低いのは、とりもなおさず彼の作品が祖国での上演を、それもウィーンでの上演を意識して執筆されているからだと言えるだろう。とりわけ『夢は人生』はその最たる例で、しかもバロックの伝統の延長上の、見世物芝居の系譜に属する作品と称されている。劇場と作家が密接に結びついているウィーンの伝統を体現した作品として、マグデブルク生まれのドイツ人文学者フリッツ・マルティーニは、本作品を、とりわけその装飾的な舞台芸術である魔法のからくりや、身振りの動きに合った言語、音楽的に多声の言語が所作の緊張感とかみ合う様の見事さを例に挙げて賞賛し、ウィーン市民の見る喜び、聴く喜びを満足させ、相乗効果をもたらしていると伝えている。

ただし、ここでもう一度カルル・ブリンクマンの助言を思い起こしておこう。彼は『夢は人生 注釈書』の中で次のような助言を加えている。「彼〔グリルパルツァー〕はウィーン民衆劇の他の作家たちと同じような『改心劇』を書いたわけではない。彼の芝居は、人間は高望みをするよりも安易な中庸を選ぶべきだ、という平板な教訓を示しているわけではない。〔……〕グリルパルツァーは自分の芝居をメルヘンと呼んでいたが、しかし完全に写実的なものに戻っていくことを念頭に置くようにしていた。主人公の性格と、できごとの間に統一がとれているからこそ、そう言えるのだ。」ブリンクマンはここで、グリルパルツァーが民衆劇の体裁を借りてはいるが、しかし内容的にはすべての偉大な作家の作品と同様に、やはり永遠に人間的なものへの果敢な試みを達成していると評価しているのだ。

グリルパルツァーの時代はナポレオン後のメッテルニヒ体制下にあり、検閲に象徴される抑圧的な時代であった。その上、ゲーテ、シラー等の偉大な先人たちが偉業を成し遂げてしまった後に、遅れて登場しなければならなかった世代にとって、すべてはやり尽くされてしまっているという無力感と伝統の重圧に悩まされた時代でもあった。社会的には、殖産興業と富国強兵の近代的な進歩・発展が叫ばれる時代にさしかかっていた。グリルパルツァーは、ある意味で、近代という時代が始まった当初からすでにその弊害の方を予見してしまっていた作家であったとも言える。それでは、グリルパルツァーが見世物芝居の民衆劇の型から完全に離れなかったのは何故なのだろうか。無論それは、この作家が民衆劇のテーマに依っていたからではなく、音楽的効果を存分に発揮させたかったからではないかと訳者は推論している。韻文のセリフによる音楽的効果は、戯曲の展開の中に、御伽噺《おとぎばなし》や寓話がもたらすのと同類の効果を自ずと生じされることになる。つまりそれは、特定の一個人の具体的な実生活・実人生をリアルに表現するのではなく、世間一般の、もっと言うならば、人類全般の普遍的なテーマを人々の感覚の中に直観的に印象付ける手段となるのだ。ここからはまた、当然、男女の区別を超越した人道的視野が開けてくるはずだ。男女平等の発想も、苦心して捻出する表現の対象ではないからこそ、人々が自然に寄り添える「葛藤のテーマ」として受け入れられるのであろう。

「初訳」という難事業にあたって、当初、最も気がかりだったのは、原文が韻律に特徴のある韻文で書かれている点であった。しかしその問題については、本作品と同じ韻律で書かれた処女作『祖先の女』の翻訳の出版がすでに行われており、韻律にこだわらない、分かりやすい口語訳で訳されていることが、勇気を与えてくれた。口語訳であっても原作の迫力や見事さは十分に伝わっていたからだ。

それは、後に続く登山者とも譬えられる、後進の翻訳者にとって、やはり無くてはならない道標《みちしるべ》となっていることを思い知らされたからであった。このたび、二〇一九年に水声社より刊行した『夢は人生』の再録にあたり、より読みやすい訳文にするため、若干の修正を行った。

今回「本邦初訳」の対象となるのは『リブッサ』のみであるが、今回は、大変力強い「助言者」のお力をお借りすることができた。「日本グリルパルツァー協会」の発展・維持のために長年ご尽力され、「ドイツ運命劇群と後期ロマン派の世界像」（『ドイツ・ロマン派全集　第一七巻』所収、国書刊行会、一九八九年）の筆者でいらっしゃる深見茂先生が惜しみなくご助力くださり、有益なご助言を賜ることができた。ただでさえ難解なグリルパルツァーのセリフをすらすらと見事に解読なさるその手際に圧倒されるのみならず、また、人は年を重ねても、ただ衰えるばかりではなく、このように、ますます技を磨き上げることも可能なのだという実例を証明して示してくださる結果となった。何ものにも代えがたい貴重な体験をさせていただき、勇気と希望を与えてくださったことに、幾重にも感謝の言葉を述べさせていただきたいと念ずるばかりである。

また、『夢は人生』の初版刊行時に、励ましのお言葉を直接お伝えくださった、石川實先生が逝去され、今回の刊行の報告が叶わぬ結果となったことは、無念の限りである。

さらに、『夢は人生』の翻訳作業においては、資料収集に際して、早稲田大学図書館のスタッフの皆様の熱心なご協力に助けられた。そして、水声社の鈴木宏社主、編集スタッフの飛田陽子氏をはじめとする皆様の丹念な作業に支えられて出版の実現にこぎつけることができた。こうした多くの皆様のお力添えに対し、この場をお借りして深く感謝の言葉を述べさせていただきます。

*

なお、これら二作品の翻訳の底本には、以下のテクストを使用した。また、チェコ語の固有名詞に関しては、原則としてドイツ語の発音方法に即して和訳した。ただし、チェコ語に準じた発音がすでに外来語として日本語の中に定着している語に関しては、日本語として通用している発音方法を採用した。

Franz Grillparzer, Sämtliche Werke. Ausgewählte Briefe, Gespräche, Berichte. Band 2. Hrsg. von Peter Frank und Karl Pörnbacher. München (Carl Hanser Verlag) 1970. 2., durchgesehene Auflage.

Franz Grillparzer: Der Traum ein Leben. Dramatisches Märchen in vier Aufzügen. Stuttgart (Reclam) 1971.

Franz Grillparzer: Libussa. Trauerspiel in fünf Aufzügen. Mit einem Nachwort von Heinz Rieder. Stuttgart (Reclam) 1972.

【主要参考文献】

Baumann, Gerhart: Franz Grillparzer. Dichtung und österreichische Geistesverfassung. Frankfurt am Main / Bonn (Athenäum Verlag) 1966.

Brinkmann, Karl: Erläuterungen zu Grillparzers Der Traum, ein Leben. 3. Aufl. Hollfeld / Obfr. (C. Bange Verlag) 1957.

Franz Grillparzer, Sämtliche Werke. Ausgewählte Briefe, Gespräche, Berichte. Band 4. Hrsg. von Peter Frank und Karl Pörnbacher. München (Carl Hanser Verlag) 1965.

Martini, Fritz: Deutsche Literaturgeschichte. Von den Anfängen bis zur Gegenwart. 16. Aufl. Stuttgart (Alfred Kröner Verlag) 1972.

Müller, Joachim: Franz Grillparzer. 2., verbesserte Aufl. Stuttgart (J.B.Metzlersche Verlagsbuchhandlung) 1966.

Politzer, Heinz: Franz Grillparzer oder das abgründige Biedermeier. Mit einem Vorwort von Reinhard Urbach. Wien / Darmstadt (Paul Zsolnay Verlag) 1990.

Stecher, Richard: Erläuterungen zu Grillparzers Der Traum, ein Leben. 2., neubearb. Aufl. Leipzig (Beyer Verlag) um 1940.

Viviani, Annalisa: Grillparzer – Kommentar. Band 1. München (Winkler Verlag) 1972.

Wiese, Benno von: Die deutsche Tragödie von Lessing bis Hebbel. München (Deutscher Taschenbuch Verlag GmbH & Co. KG) 1983.

Yates, W. E.: Grillparzer. A critical introduktion. Cambridge (The University Press) 1972.

Yuill, W.E.(edited): Der Traum, ein Leben. London / Edinburgh (Thomas Nelson and Sons Ltd.) 1955.

Duden Aussprachewörterbuch. Wörterbuch der deutschen Standardaussprache. 4., neu bearbeitete und aktualisierte Auflage. Bearbeitet von Max Mangold in Zusammenarbeit mit der Dudenredaktion. Duden Band 6. München / Leipzig / Wien / Zürich (Dudenverlag)

『グリルパルツァ自伝』佐藤自郎訳、名古屋大学出版会、一九九一年。

グリルパルツァー『先祖の女』石川實訳、『ドイツ・ロマン派全集／第一七巻／呪縛の宴――ドイツ運命劇集』所収、三二五―四一七頁。国書刊行会、一九八九年。

深見茂「ドイツ運命劇群と後期ロマン派の世界像」、『ドイツ・ロマン派全集／第一七巻／呪縛の宴――ドイツ運命劇集』所収、四二一―四二九頁。国書刊行会、一九八九年。

松村國隆「作品の舞台としてのボヘミア――グリルパルツァーの劇作品『リブッサ』の場合」、『中欧――その変奏』所収、一二九―一四六頁。鳥影社、一九九八年。

訳者について——

城田千鶴子（しろたちづこ）　一九五二年、神奈川県に生まれる。早稲田大学大学院文学研究科修士課程修了。二〇二三年三月まで、早稲田大学等非常勤講師。専攻、オーストリア文学・ドイツ文学。主な論文に、「グリルパルツァーと同時代の音楽——『進歩』に対比されるもの」（『オーストリア文学』第九号、一九九三年）、「ハンスリックのグリルパルツァー論」（『オーストリア文学』第十四号、一九九八年）、「アルトゥア・シュニッツラーの遺稿掌編『私（Ich）』について——『言語懐疑』のテーマをめぐって」（『オーストリア文学』第二十九号、二〇一三年）、訳書に、ロッテ・イングリッシュ『ペスト記念柱』（二〇〇一年）、フランツ・グリルパルツァー『夢は人生』（二〇一九年、ともに水声社）などがある。

装幀——齋藤久美子

グリルパルツァー戯曲選――リブッサ／夢は人生

二〇二四年一二月二五日第一版第一刷印刷　二〇二五年一月一〇日第一版第一刷発行

著者――フランツ・グリルパルツァー

訳者――城田千鶴子

発行者――鈴木宏

発行所――株式会社水声社

東京都文京区小石川二―七―五　郵便番号一一二―〇〇〇二

電話〇三―三八一八―六〇四〇　ＦＡＸ〇三―三八一八―二四三七

［**編集部**］横浜市港北区新吉田東一―七七―一七　郵便番号二二三―〇〇五八

電話〇四五―七一七―五三五六　ＦＡＸ〇四五―七一七―五三五七

郵便振替〇〇一八〇―四―六五四一〇〇

URL : http://www.suiseisha.net

印刷・製本――精興社

ISBN978-4-8010-0834-2